巧婦當家 4 完

文創風 525

半巧 著

目錄

第七十六章

「妳身子重，孩子不輕哩。」麥芽兒搖搖頭，不願讓李空竹冒險抱娃子。

「不礙事！」才滿月不久的小兒沒多大力氣，又不會亂踢亂動，抱著安全得很。

麥芽兒瞧她眼露祈求，就不由得噗哧一聲。「多大點事？看妳那可憐勁，哪，小心抱。」說罷就將自家兒子遞給她。

李空竹歡喜地接過。那小小軟軟的粉團子一入懷，心立時就被化成一灘水。

用指腹輕點了小人兒一下，見小兒立刻就轉動眼珠看她，不由得輕笑出聲。

麥芽兒挪著還有些壯的身子上了炕，發現她放在針簍子裡的小肚兜，就拿起看了眼。

「嫂子，妳如今真是越發上心，這針線都知道藏頭了。」

「呸！」李空竹抱著小兒也坐去了炕上。「少拿我尋開心，真當我聽不出來哩！」

「嘿嘿，俺說的可都是真話！」擱下手上的小肚兜，麥芽兒喝著于小鈴遞上的溫開水，又拿了塊桌上的糯米糕吃。「如今我這月子坐的，屁股都比凳子寬，可愁死我了，偏俺當家的還天天給俺灌雞湯、塞豬腳吃。妳瞅瞅，這一過年，那又是成天的雞鴨肉不離嘴，俺這肚子就像還揣著個娃似的。」

李空竹嗔怪她。「妳這是身在福中不知福，蜜糖水泡久了，不知了甜。如今也就妳敢煩成天大魚大肉，放眼村中，妳看有幾戶敢說這話？便是有媳婦產子，也斷沒有妳這吃法的。」

雖對於趙猛子這做法不贊同，可論著大家的生活水準，她算是有福的了。

「嘿嘿！這不是跟嫂子發了財嘛！如今俺手頭攢的銀子，多少人集祖孫輩都不一定有俺存的多哩。」年終山楂地分成時，是直接三百兩入了她的手。家中婆婆不知詳情，瞧她坐月子花了好些銀兩，可沒少冷嘲熱諷。

李空竹抿嘴笑著，問她咋想到抱娃子過來串門子了？

孩子這般小，就是不來拜年，也沒人說。

誰知麥芽兒卻嘆了聲。「我是懶得聽家中成日嚷嚷。如今俺婆婆越發小氣了，恨不得時時刻刻盯著我兩口子的錢袋，想榨出銀呢！」

李空竹點頭。雖說這是他們的家事，可聽說了，總忍不住會想要幫一把。「年後要開分店，要不，我把你兩口子調那兒去？」這樣一來，婆媳離得遠了，也能少些紛爭。

麥芽兒怔了一下。「在哪個地方開分店？」

「臨縣和另一個頤州府，妳若要去，這兩地方任妳選。」

「嫂子準備讓俺當家的幹啥位置哩？」

「掌櫃的得識字才能做，若可以，妳倒是可讓他邊幹活邊跟著識字，就先暫時讓他管庫存可行？」怕她覺得為難，又道：「若他認字多了，能記上兩筆帳，到時我再提了他當管事如何？」這不識字，要提拔到底還是難了不少。

麥芽兒聽罷，想了下。「成，這話俺聽耳裡了，待俺回去跟俺當家的商量看看成不？」

李空竹點頭。「倒是不急，如今離開新店還有幾月，這期間，妳讓他上班得空時，找作坊的管事學認字，若他是那塊料，到時再回我也不遲。」

麥芽兒點點頭。「俺知了。」

「嗯！」

這話過後，兩人又聊著小兒話題，待小泥鰍從外面玩得一臉紅撲撲回來時，麥芽兒才將兒子重新包裹回抱被，告辭回家。

李空竹起身送她，又著于家的拿了雙銀手鈴出來，送給她兒子。

見她推辭，李空竹笑道：「本就打了好幾副，妳看泥鰍他們都有，是我的一片心意，總不能糟蹋了吧？」

那邊的趙泥鰍聽罷，當即露出自己的小胳膊。「芽兒嬸子，俺也有哩，三嬸給的，跑起路來叮叮噹噹的響，可好聽了！」

麥芽兒見他那一臉無邪就不由得好笑，見推辭不過，只得接了過去。「成吧，俺只當又貪回便宜了！」

李空竹瞋了她一眼，無語的讓她趕緊回去。

麥芽兒見此，就嘿嘿笑了聲。「那俺走了啊！」

「走吧！」

站在屋簷下看著那遠去的人兒，李空竹輕笑著搖頭轉身，見趙泥鰍正仰頭看她，一雙眼亮晶晶的似在朝她邀功，不由得揪了下他的小包子頭。

「快回屋，站這兒風大，別回頭涼著了。」
「好！」沒得到賞，得了一記摸頭的小兒也很滿足，笑眯了眼，快步的向屋裡跑去。
「哥兒越發開朗了。」
身旁的于家的跟著笑說了一句，李空竹點頭，隨即扶著肚子進屋。

年初二走娘家。
李空竹因有身子，可以不用去李家村受氣。
不想，她在這邊躲人，那邊李家村卻有人想來找她。
在年初三時，懷有七個月身孕的惠娘，不顧路滑與涼意，扯著李沖前來拜年。一行人鬧到正午，正要備飯時，那前來找她的人就敲響了院門。
于家的出來應門，看著院外的幾人，愣了瞬，便笑道：「原來是哥兒回來了。怎地連老太太也來了？這位是……」
李驚蟄一臉的尷尬，他實在是甩不掉這兩人。
昨兒晚上為防她們跟著，他甚至躲去二叔家睡；今兒回來時，更是特意著柱子哥去盯著她們倆，想在她們沒發現時偷偷出村。
誰知，將出村就讓她們給堵住了，弄得他在那兒不上不下，硬被兩人給推著來了大姊這兒。
郝氏見她這麼問，直接皺眉道：「妳說的是啥話？我女兒懷著身子，我一直沒來看過，如今過年她不回門，我這做娘的親自來看還不成嗎？」

李梅蘭亦是紅了眼眶。「我一年到頭難得有了空閒，如今來，除了想來看看大姊，另還有事作賠，不想，竟是連我也認不出來了？」

于家的斜眼掃了下她們來時的路，見路面除了那厚厚的積雪外，並無其他閒晃之人。想著如今正值年節，這個時候不是串門子走親戚，就是在家招待上門客，哪有人會在大過年的時候出來閒晃聚聊？

難怪無人攆她們，倒是會挑時間！

于家的心下懊悔，早知自已就先探看下來人再開門了。

「怎麼，這是堵著不想讓我們進不成？」郝氏對著賣身的于家的，不自覺的拿起了幾分架子，挺起了腰板。

屋裡的眾人早就聽見外面的人聲，趙泥鰍聽到李驚蟄回來時，還掀簾跑出去看，見院中有兩個不認識的大人，且一人瞧著還挺凶惡後，就不自覺的縮脖退回屋裡。

李空竹摸著自外面退回的小兒腦袋，聽著外面的對話，不動聲色的沈吟了下。

華老將玩著的葉子牌直接一個推翻，哼了聲「掃興」後，就看向李空竹，很明顯是想看她會如何做？

惠娘咬牙切齒的咒道：「當真是不要臉至極！都撕破臉了，沒斷關係就已是不錯，如何還能做到這般找上門來？」

這時外面一道哭聲傳來。「大姊，我知妳恨我，可再是如何恨我，娘是無辜的啊！這冰天雪地的走了近一個時辰，我們身子骨好的都有些受不住，妳如何就這般狠心，還讓娘在外面凍著哩？大姊——」

李梅蘭衝裡面大喊，眼淚順著蠟黃的臉頰流下，寒冷的北風一吹，就立即冰凍在臉上。如刀割的疼痛，令她有些咬牙切齒，淚眼朦朧的看主屋掛著的大紅簾子紋絲不動，眼中閃過一絲恨意。

下一秒，她竟是雙腿一軟，就跪了下去。

「蘭兒！」郝氏看得大驚，李鶯蟄亦是有點心顫。

李梅蘭雙手拄地，一絲猶豫也沒的就磕了頭。「我知大姊妳恨我，在這兒，二妹給妳磕頭了。我以前是混帳，總挑撥著娘來要好處，總覺得一切都是理所應當。大姊，我真錯了，在被任家那樣對待後，我總算明瞭，那看著好的，不一定是真好。任元生騙了我，他與我訂親之後，得了我的身子，回頭就與別的女人苟合。我不甘心啊大姊！大姊，我真錯了！我被豬油蒙了心，一次次的傷妳，我真錯了！我錯了……」

她一邊哭著數落自己犯下的大錯，一邊咚咚的朝地上猛磕著頭。

旁邊的郝氏看得心疼，見她那額頭都磕得紅腫了，就跪在她的身邊，一把抱住她，阻止她磕頭，大哭道：「蘭兒、蘭兒不要磕了，是娘沒用，是娘沒用啊！哇哇……老天爺啊，祢要讓我如何做才好啊？兩邊都是我的女兒，我要咋辦啊！」

李梅蘭扳著她的手，哽咽道：「娘妳沒錯，錯的是我，是我被豬油蒙了心，是我讓大姊對我失望，我才是真該死啊！」

「蘭兒……」郝氏摸著她乾枯的頭髮，哭得上氣不接下氣。

李空竹沈臉掀簾出來，看到這一幕，只淡淡的掃了兩人一眼。

「大姊——」這兩人哭得讓李驚蟄不知所措，見到大姊終於出來了，臉上立刻閃過一抹歡喜。

李空竹朝他點點頭，給于家的使了個眼色。于家的見狀，就趕緊讓了道。「哥兒進去吧！」

李驚蟄聽罷，掃向那跪著的兩人，見兩人可憐的望來，連忙別過臉，向著院中跑去。

待他近前，李空竹拍拍他的小肩膀，低聲道：「先進去，跟泥鰍去西屋待著。」

「嗯……」見李驚蟄還是忍不住向院門瞟，李空竹心下嘆息，再次拍拍他的肩。他回神，眼中有少許尷尬，抬眸見大姊正向自己笑，難為情的低了眸，嘟囔著。「那俺先進去了。」

「嗯。」李空竹待他進屋後，才正了身子向院門口看去。

「空竹——」郝氏見她看來，趕緊向她哽咽的喚了聲。

李梅蘭早在她出來時，就注意到她了。

見她一身紅棉掐腰直筒襖，微微凸起的肚子，證實了她懷孕的消息。頭綰墮馬髻，簪銀絲絞花並單支細簪，耳戴細長墜銀色小珠耳墜。明明不是多富貴的絲綢緞子配寶石裝束，可偏偏一臉溫潤淡然，一副高位者俯視下人的姿態。

李梅蘭心中恨極，面上卻一臉悔恨，淚流過那層層冰凍住的淚珠，使得她的眼睛再難睜開。流著清涕，趁郝氏分神，她又是一個磕頭。

「咚」一聲，極響，令高階上的女人都能感受到那痛意。

「大姊，我錯了！」

挑眉，女人不語，在她抬頭起來時，看到那已經高腫流血的額頭。

郝氏看得心疼，轉向朝著她跪來。「空竹，妳若真那麼恨，娘在這裡給妳跪，給妳磕頭行不？妳妹妹還不滿十五啊！」

說著就見她要磕下去，李空竹偏過身子，衝于家的道：「老太太腳滑，也不知扶一把，這差，妳是如何當的？」

「老奴該死！」于家的福身告罪，在郝氏將頭磕下去後，才立即一副手忙腳亂的去扶她。「老太太，妳快起身，姑娘心疼妳哩！」

郝氏不理，滿臉眼淚的抬起頭，期盼的向院中望去。只見女人轉身，不再相看的伸手掀了簾子。

院外兩人見狀，眸中光亮瞬間熄了，就在兩人快心死時，卻聽見已抬腳進屋之人淡道：「大過年的，莫要哭走了家中財運，將人領進來吧！」

「是！」

李空竹進去，見華老與惠娘滿臉不贊同的看著她，無奈的一笑。「不是心軟，在外面被人看到終歸不好。」

華老輕哼。「如此家人，真斷亦不是不可，若不想見，老夫有的是手段。」

此話剛落，那掀簾子進屋的兩人一聽，脖子登時寒了下。

李空竹不語，只令兩人就座，讓于小鈴給兩人上了蜂蜜水。

李梅蘭看著那蜂蜜水，不由得想起年前七月時所發生的那件事，心頭沈了瞬，面上卻垂眸拿著巾帕不停的抹眼淚。

郝氏一進這溫暖如春的屋子，止不住的抖了兩下身子，待將身體的寒意驅除後，看著上首的李空竹，正準備開口，卻被一道聲音給打斷。

「喲，嬸子這冰天雪地的過來看閨女，帶啥好東西來了？莫不是我眼拙，咋沒瞅著提籃呢？這是準備送銀不成？」

惠娘一席話，令想開口相求的郝氏憋紅了臉。

惠娘還想再說，自家男人卻拉她一把，朝她搖搖頭。再如何那也是人家的家事，他們這樣喧賓奪主，損人老娘，終歸是不好。

惠娘明白，卻還是有點心有不甘，冷哼一聲後，才轉過頭去不再出聲。

那邊郝氏囁嚅著。「娘過年時，還是就著妳讓驚蟄送來的肉，過了個囫圇年；家中的銀子，在妳二妹嫁人時全陪了她，如今教那任家霸占著，家中早已沒銀子可用哩。」

「呵——」惠娘冷笑，不過見自家男人掃來的眼，就忍住到口的話。

李梅蘭用眼角掃了在座的幾人，對於李空竹如此不避外人的做法，有些不滿。

可這些不滿，也僅僅只浮現一瞬就給壓了下去。今兒來時，她就已經想好了，若是不成功，那麼她在任家就只剩一條路可走，而那條路之於她來說，無疑是條絕路！

想著這幾月來所受的非人折磨，李梅蘭沈眼，捏著絹帕，當即又跪了下去。

屋中眾人都被她這猝不及防的一跪弄得愣怔，特別是李空竹。李梅蘭在外人面前會充好人，可一旦只剩自家人，那自私嘴賤的本性就會立刻暴露無遺，這會兒還下跪作戲，是把華老跟惠娘當成外人？

「大姊！對不住！我錯了！」雖不是哭著相求，態度卻十分良好。

李空竹給了下首擔心的惠娘一個安心的笑容，不動聲色的掃了她一眼，淡道：「妳這是做什麼？妳何曾對不住我了？如今妳我不過是各自成家，各為其婦罷了。倒是這一跪折煞我了。」使了個眼色給于家的，讓她去扶人。

于家的點頭，正要去扶她，卻又見她一個重重磕頭。「雖是這般說，可我身為妹妹，卻不能不認錯。如今我早已悔得腸子都青了，以為是良人，卻不想是如此不堪的爛人。當初任元生死時，我雖挑撥娘來要銀，想解除婚約，可說到底心裡還是捨不得，想要為其守節，就算最後被逼著成婚，被婆婆罵得一無是處，我都一直咬牙隱忍著，可……」

似說不下去般，她開始低泣起來。「是他，是他負了我啊！」

郝氏早已聽不下去，她跟著蹲下身，拉起李梅蘭乾枯的手給李空竹看。「空竹，妳看看，她是你妹妹啊，這手以前可是最靈巧的一雙纖手，挽花、刺繡無一不精，如今卻被那任家折磨得開裂，似刀銼，如此狠心的人家，當真再住不得了啊！」

「這話說的，哪兒住不得，哪兒住得？當初人家可是堂堂正正娶過去的，嬸子這話，我咋聽著是想讓我們空竹去把人弄出來呢？」惠娘看著那一臉脹紅的郝氏冷哼道：「都說寧拆一座廟，不毀一樁婚，妳這是要空竹去當罪人啊！」

那邊華老亦是口徑一致。「看來上回教訓是還沒嘗夠，忘了老夫的存在了不成？」

地上兩人聽得皆齊齊向他望去，想起了去歲時，那任元生被他盯得節節敗退的情景。

李梅蘭迅速的低眸。郝氏躲閃不及，被他犀利渾濁的眼神逮了個正著，一瞬，就嚇得抖了心肝的偏過頭去。

下首的兩人安靜了，李空竹才淡道：「既是來拜年，就吃了飯再走吧！」一句話截了所有，很明顯不想繼續下去。

李梅蘭望向上首滿面紅潤、保養極好的女人，眼中不喜不怒，平平淡淡，以往極水靈的眼珠，在這一刻蒙上了死一般的灰敗，讓李空竹看得輕蹙了下眉。

只見她這時又垂了眸，再一磕頭。「吃飯就不用了，今日來叨擾大姊，擾了各位的興致，倒是梅蘭不知事了。」說罷起身，頂著那高腫流血的額頭，又向在座的一行人行禮。

郝氏搞不懂她這是唱的哪一齣，愣愣的仰頭朝她呢喃。「蘭兒，妳這是……」

李梅蘭回頭衝她笑。「娘，咱們回家吧！」

那一笑極為燦爛，燦爛得讓郝氏心頭莫名的生起一股不安來。

在座的人亦是被她這一笑，搞得有些莫名，蹙著眉頭，都在想著她是不是又準備整么蛾子了？卻不想，預期的么蛾子並沒有出現，只見她在說完這話後，就拉著郝氏向門外走去。

「等等，蘭兒！」見她不是說假話，是真要回家，郝氏趕緊自不安中回神，拉住她的手。「咱再求求妳大姊，妳大姊不會見死不救的。是不是，空竹？」

對於她這種祈求，李空竹早已不想多看，不為所動的吩咐道：「去備兩尺布來，另外再把家中的糕點、罐頭裝些，送老太太與二姑娘。」

「空竹！」郝氏不可置信的哭喊。「妳當真這般恨不成？我也是為了妳們啊……」

見她又要捣臉痛哭了，李梅蘭趕緊將她扯出了屋。「娘，妳就別為難大姊了，一切都是命，我認了。今兒我本就是為了道句對不住的……以前我所犯下的那些錯事，就讓我來生再償還吧！」

聽著漸行漸遠的聲音，屋裡眾人皆不解的轉頭看向李空竹。

李空竹亦是被這話弄得摸不著頭腦。見于小鈴裝好糕點出來，就使了個眼色給她。

于小鈴會意的點頭，掀了簾子就追出去。

第七十七章

惠娘拿著絹帕扭了下，皺眉道：「我咋覺得有些古怪哩？」這作為，並不像平日裡聽說的人啊。

李空竹心下贊同，邊上的華老一哼。「左不過就是想來齣苦情戲。」大宅門裡見得多了，若當真，怕是會被人折騰得連骨頭渣滓都不剩。

想著，老者看了眼李空竹，意思很明顯，讓她在這節骨眼上，萬不能給自己找麻煩。李空竹回以輕笑。對於這一點戲碼，她想，她還不至於上當。

正當大家心下放鬆時，卻聽得一聲極悲壯的尖叫，劃破這年節寧靜的中午。「啊——」屋中眾人皆聽得一驚，李空竹喚著于家的去看看出了什麼事？不想她才一出屋，就迎上了往回跑的于小鈴。「出什麼事了？」

于小鈴慘白著一張臉，搖著頭也來不及回答自家娘的話，就將籃子向她一拋，往屋子跑去。「姑娘！二姑娘、二姑娘她……撞、撞樹了！」

小女娃子畢竟還不到十五歲，又是頭回見到這種事，進屋回完這話後，就雙腿一軟，巴著門框一臉灰敗的坐到地上。

屋中眾人亦是大吃一驚。西屋正與趙泥鰍玩耍的李驚蟄，在于小鈴一進院，就衝了出來，這時站在簾外，把她的話聽了個清清楚楚。

于家的也跟了過來，見他一臉蒼白，抖著小身子，就忍不住關心了句。「哥兒，你還好吧？」

李驚蟄回眸，大大的眼睛裡滿是紅絲密布，那晶瑩的淚珠似不要錢般，順著臉頰不停往下流著。于家的看得心下生憐，伸了手想摟他安撫，不想他卻猛一轉身，呼呼喘氣的向外面狂奔著。

「哥兒！」于家的驚呼。

這時屋裡所有人正好走出來。李空竹朝于家的搖搖頭，與另兩人對視一眼，就抬腳向院外走去。

「三嬸——」趙泥鰍也被驚得出屋，不明就裡的他，正好看到剛剛李驚蟄含淚跑掉的那一幕，心下擔憂的向自家三嬸詢問。

「在家好好待著，驚蟄不會有事的。」李空竹衝他安撫的笑笑。

趙泥鰍見狀，乖巧的點點頭，回西屋去了。

這時的村口，郝氏抱著倒在雪地裡的李梅蘭哭得是驚天動地。

哭聲引得住在附近的一些人家不滿的出了屋，正準備大喝一頓時，不想看到了那倒在血泊中的人兒，瞬間皆嚇白了臉。

「天哩！出人命了！出人命了！」

驚天的大吼，令出來的那幾家人嚇得是連連後退，有人更是拔腿就向著村中里長家跑去。

「蘭兒，蘭兒啊——」郝氏沒空去理會那群人，抱著自家女兒在那兒一陣的捶胸頓足。「娘對不住妳，娘對不住妳啊！當初就該拚死護著妳不被任家要去啊！哪怕名聲盡毀，也比現今好啊！我的蘭兒，娘的蘭兒啊！」

哭鬧引得那些膽小隱在自家院中的人聽到，這才恍然，原來是李家兩母女。只是這大過年的，如何就在他們趙家村口尋死？

一些人心中想著年前郝氏因那二閨女來找過李空竹，被他們村人給趕走了，難不成，又在今兒過來找李空竹不成？這是沒要到好處，想故意尋死，鬧一場？可也不像啊，畢竟那雪地上還沾著血哩，若故意的話，誰能這麼狠的真撞破頭啊？

一些人搬著凳子攀上牆頭，看見那倒在地上的人，見郝氏哭得上氣不接下氣，就忍不住心下打哆嗦。

「娘——」李驚蟄氣喘吁吁的跑來，看見一人躺著一動也不動，一人摟著哭得死去活來。再轉眼去看旁邊那棵楊樹，見樹幹上有一處鮮紅的印子，就不由得心下一緊，那眼淚流得更凶了。

郝氏聽到他喚，奮力睜著被糊得打不開的雙眼，哭喊道：「驚蟄、驚蟄，你二姊她，你二姊她……啊哇哇！」

對於她的嚎啕大哭，李驚蟄只默默的狂拿衣袖抹著眼淚。

待小腳步走得近了，看著那一臉蒼白、不動的乾枯人兒，再也忍不住的雙腿一跪，跟著嚎啕大哭。「二姊、二姊，哇……」就算他心中再不喜自家二姊，可從未想過要她死啊。

兩母子就那樣抱著那不知是死還是活的身子，此起彼伏的傷心哭嚎。等李空竹他們快步跟來時，李驚蟄已經哭得險些背過氣了。

于家的見狀，趕緊步過去要扶他。

李驚蟄搖頭。他如今心裡還愧疚著，想著昨兒個自己對回來的二姊冷淡，以為她還想打歪主意害人，如今想來，原來都是錯怪了她。她這是被任家折磨得不想活了啊！

「空竹，空竹啊——妳救救妳二妹吧，快救救她吧！娘求妳了，娘給妳磕頭了！」郝氏見到她來，猶如見到希望，小心的放下李梅蘭後，連忙向她跪爬過來。

此時的李空竹看見生死未卜的李梅蘭，心下詫異又心驚，手拿絹帕放在心口，不著痕跡的平復下心口的驚意，又輕摸肚皮，安撫下躁動不安的孩子。用眼角去掃了眼惠娘，見李沖將她護在身後、擋了視線，就稍稍放了心。

「空竹啊——」郝氏扯著她的裙襬，布滿冰渣的臉上盡是祈求。「救救她吧，救救她吧！娘求妳了，求妳了！」說著，她又要磕起了頭。

于家的見狀，趕緊止了她。

李空竹皺眉避開，就見李驚蟄也一臉淚水、雙眼紅紅的向她看來，眼中的祈求不言而喻，張著口呼呼喘氣的可憐模樣，怕是也想給她磕頭。

李空竹看得心間一痛，轉了眼。

那邊的華老提步走過去，蹲下身，伸指搭了脈，半晌，皺眉收手。難不成是真想尋死？

「華爺！」李驚蟄滿懷希冀的抬眼看他，李空竹亦是尋眼看去。

華老冷哼了聲。「幾乎探不到脈了！」

也就是說，是真心尋死了?李空竹心頭一跳。

那邊郝氏卻聽得雙腿又是一軟，在于家的扶持下，雙手摀臉又開始嗚嗚悲戚的大哭起來。「天哪，我造的什麼孽喔，我的老天啊！」

「怎麼回事？」那被村民叫來的陳百生看到這一幕，亦是一驚，沈聲質問。

李空竹只朝他點了個頭，並不答話，轉頭去看華老。華老回以頷首，李空竹便知他能救助，就轉首對李沖道：「李大哥可否幫忙揹下人？」

「嗯。」李沖點頭。

郝氏以為她這是想不管不顧的埋了李梅蘭，當即大叫著。「空竹，妳這是做甚？蘭兒不能埋，妳救救她，雇了板車拉去鎮上找大夫吧！她是妳二妹啊，妳如何就這般狠心啊！妳真想讓她死了不成？」

陳百生與一眾村民聽了，皆故作沈思不敢吭聲，只來回看著這對母女。

如今情況不明，他們不好摻和。再加上李空竹是他們村中的金主，若這兩母女又是來要錢的話，他們還真認為，李梅蘭就應該去死。

李空竹淡眼看她，冷聲道：「妳口口聲聲讓我救她，如何她撞樹這般久，還不管不顧任她躺在雪地凍著，一遍遍大哭著嚷得村人出來相看，請來里長?娘，妳這又是何意呢？」

郝氏聽得心下大驚，瞪著一雙哭腫的大眼，驚慌失措道：「我、我不知該咋辦啊！」

「是啊！妳不知。」女人冷笑。「妳不知請人幫忙，卻知大聲渲染！」

「空竹！」郝氏不可置信的看著她。

那邊李沖把人揹了起來。

李空竹轉身看了眼跟來的李驚蟄，心中再次一痛，眼神悠遠。「這事過後，就斷了關係吧。驚蟄從明兒開始回李家村住，學費我依然會付著，來年該去縣城學習了，我會著人安排好的。」

「大姊——」李驚蟄全身一涼，大哭著就要去扯她的衣角。

李空竹避開身子，讓他落了空，對李沖點了個頭後，讓他跟華老先回去。

郝氏還處在她說要斷了關係的震驚中，見李梅蘭被揹走，也來不及去哭訴，而是一個伸手就要抓她。「空竹！」

于家的眼快的把她的手一擋。「老太太當心，如今我們姑娘懷著身子，拉扯不得。」

「空竹啊！我是妳娘啊——」

「娘？」李空竹喃喃，轉頭，對沈眼看來的陳百生與眾人福身。「家中之事，倒是擾得鄰里年節不安了。各位暫且安心，不會出人命的，我會極力挽救舍妹的性命。待舍妹回魂時，還請各位幫忙做個見證，我要與娘家斷絕！」

眾人也看明白了，這又是鬧么蛾子哩。有這樣的娘家人，還是早早斷了的好。

郝氏白了臉，李驚蟄心頭也慌亂不已。

抬眸看著李空竹想說什麼，卻聽她道：「驚蟄回去把自己的行李收拾出來吧，等你二姊清醒後，我會派了車將你一同送回李家村。」

「大姊——」李驚蟄哭著搖頭。「我不要，大姊，我不要！」

李空竹心下澀然，雖覺殘忍，可她到底是忍夠了。

李驚蟄只要還在她這裡一天，郝氏就會千方百計的糾纏一天。一個看似極柔弱之人，卻如此居心叵測，她是再不能與其有關係了。

正值悲傷之際，手上驀的一暖，回眸看去，見是惠娘朝她溫笑。心，瞬間回暖，亦是微微回笑。「回吧！」

「嗯！」

兩人似再看不到紛亂般，相攜著轉了身，慢慢的向家的方向走去。

後面的郝氏見狀，開始不住的啼哭，而她旁邊的李驚蟄則一臉慘白的向雪地跪去……

李梅蘭被揹回東廂住著，經過華老捨了極珍品的藥，暫時保住了命。不過因頭上的窟窿極大，一直昏迷不醒還不能搬動，只能暫時寄養在這裡。

郝氏當天還要賴著住在東廂，被李空竹要劍寧強行把她送回去。

李驚蟄則是在收拾好東西的第二天，就被送回了李家村，儘管走時哭得是唏哩嘩啦，卻並未有過多的纏鬧。

李空竹讓劍寧送李驚蟄回去前，又另吩咐他去通知李家族人，跟那邊帶話說了要斷絕關係一事。

李二林在得知後，帶著族裡的囑託，在第三天來找了李空竹。

李空竹在堂屋招待了他，在他未說話前，就先聲奪人的開口。「二叔，你若有什麼相勸，空竹先行謝過了。」說著，就從主位上起身，衝其福身。

李二林皺眉看她。「當真要斷？」

李空竹點頭。「實在擔不起了。如今家中當家的在外跑著，我又懷著身子，激動不得，一回、兩回可忍受，可也不能次次都受了這罪。雖說有些大逆不道，但長輩不慈，總歸會令晚輩背負太多，若哪一天釀成了大禍，豈不是兩敗俱傷？」

見他張口欲辯，李空竹趕緊又將其截斷。「二叔放心，便是我與娘斷絕了關係，驚蟄我也不會不管。年後他要去縣學念書，束脩與生活費用，我會每月按時派人送到，李家的族人、小子們，我若能幫，也斷不會袖手旁觀。」

說罷，她輕嘆一聲。「我如今只求安於一隅！」

李二林見她這樣說，也不由得輕嘆了口氣。「妳也別說那些話。我不是見錢眼開之人，妳我兩家都知妳娘的性子，可外人卻不明白。看著如此柔弱的良家婦，被自家親閨女給拋棄了，妳可有想過妳的名聲？」

頓了下。「妳如今雖說財大氣粗，可來往的也是財大氣粗之主，便是人家面上不說，心裡終究會看輕妳的。」

「二叔的意思是還讓我忍著？」李空竹挑眉，看著自己微凸的肚子，決定換個路線。「我這胎懷得不容易，甚至差點沒了，如今大夫令我一定要靜心養著，不可多勞多慮。二妹這一撞樹，令我受驚不小，二叔覺得我還能來幾次？當家的再不濟也是趙家人，當初我們被大房、二房纏磨得幾欲脫族，都遭族中駁回，二叔可有覺得奇怪？」

李二林皺眉。

李空竹輕笑。「當家的如何只出去一次就治好了臉與腿？如何家中來了常客住著不走？我雖對外說當家的去外地做生意闖蕩，但二叔可有看到我們做作坊以外的生意？」

李二林心頭一驚。

李空竹瞧他面上驚移不定，又道：「說句不好聽的，當家的是養子，若不是有巨大的利益驅使，二叔覺得趙族長會這麼袒護一個外姓人嗎？如今的趙家大房、二房，村人都說拿著鉅款去外吃香喝辣了，可這一走卻是變相的脫族。二叔當真覺得，我與當家的兩個外姓人，真能比那兩房趙姓族人重要？

「我雖不知當家的與趙姓族人有什麼利益牽扯，但只一點還是十分清楚的，便是我這一胎稍有差池的話，屆時趙家族人為了利益，便是拚盡所有也要為我護航討回公道。到那時，趙家村與李家村結了仇，二叔覺得，我還能再顧得了李家族人嗎？」

李二林已經說不出話來了。

李空竹笑著喝了口水潤喉，話鋒一轉。「我這兒有一條路子，若李家族裡願意信我的話，就與我合作吧！」

「什麼路子？」

送走李二林，李空竹心情甚好的喝了盅養血湯。

華老在給李梅蘭扎完針後便走了過來。見她這樣一派輕鬆，不由得挑眉了下。「解決了？」

「嗯。」

「能這般容易的同意妳斷絕？」雖說鄉下人簡單心直，有啥慾望都寫在臉上，可有時這種直白看多了，也會心生厭煩。

「下了個小小的生意套。」女人笑得一臉自信。用一紙種番薯高價回收的契約，就能讓她不用親自動手損名聲，還能合作營利，可謂是一箭雙鵰。

華老冷哼了聲，表面雖說不滿，心下卻忍不住讚賞。看來不用那小子，這丫頭也有的是辦法制人，雖手段溫和，到底也是個聰明法子。

「對了，人還昏迷著？」

華老點頭。「不用擔心，這兩天大概就能醒了。」

擔心？李空竹心覺好笑。雖對於李梅蘭鬧這一齣是有所動容，但自作自受，就是她真心悔悟，也萬沒有到為她擔心的地步。

「任家那邊，我想請華老幫忙。」

「怎麼，心軟了？」這是要幫著脫離那邊不成？

李空竹不予否認。「任家那邊，怕是這兩天會聽到風聲，華老可否派人警告一番？」

以著從驚蟄那兒聽來的李梅蘭成婚時發生的事，想來那任元生的母親不是什麼好惹的角色。單看她折磨李梅蘭的手段就可以猜到，不會是什麼善茬。與其屆時又來波極品硬碰硬，不如早早的扼死在搖籃裡。

「要休書否？」

女人搖頭。對於李梅蘭她還真有些不放心，總得留一手，若以後李梅蘭再出么蛾子的話，就毫不猶豫的再次送她回任家，讓她過得更加生不如死！

李空竹瞇眼，衝著東廂的方向望了一眼。這回希望李梅蘭能真心改過，不要磨光了她最後的一分好心。

李二林那邊的消息來得極快。在回去後的第三天，就將按了全村人手印的契約拿過來，另還帶來郝氏的最終結果。

「她在上回梅蘭那事時就被族裡警告過，若不是念著妳爹與妳的面子上，早就被族人休回娘家了，這回到底是把事情鬧大，害妳受了驚嚇。昨兒個族長就下令請了休書，由族中之人，將她送回郝家村了。」

對於這般大年歲了還被休，也確實夠丟臉的，當時的郝氏在聽了宣判後，除了哭得死去活來，還鬧著要尋死。

當然，這最後是沒死成。聽護送她的族人說，一路上她雖尋死了幾次，可後來被人看穿不再相管後，反倒老實的沒再鬧騰了。

李空竹適時的關心了句。「我那外家可有說什麼？」

李二林沈眼看她，不過卻如實回道：「自妳姥爺死後，郝家就由繼室當家，如今那繼室三代同堂，一家七口過得富足有餘，自是不會歡迎她。聽說連門都未讓進，只讓她去了以前的老房子住。」

當時的郝氏，被郝家村全村人圍觀著看了熱鬧。在聽說了其教女無方，不但在未成親前就失身，還逼迫懷孕的大閨女拿銀養，險些害人掉了孩子，眾人紛紛鄙夷，指責不已。

郝氏無處可去，面對指責，除了繼續裝弱外，也別無他法。

李空竹聽後只點點頭。「該讓她拿走的，都讓她拿了吧？」

「自然！」李二林點頭。「族裡念其一把年歲，在令她收拾完自己的行李、銀兩後，又另給了她五兩銀子傍身，以她如今的年歲，只要過得平淡點，這半輩子該是夠用了。」

頓了下，李二林又道：「驚蟄因未滿十六，還不足以立戶，因此，家中良田房產全由族裡保管，等他到年歲能立戶後，就會還他。」

聽到驚蟄兩字，李空竹心下沒來由的一酸。想著那天送那小子走時，他明明滿腹不願，卻只是默默流淚，乖乖的沒有違背她。

李空竹嘆了口氣。「如今他由族中誰人養著？」

「在我家。」李二林沈吟。「娃子如今變得安靜不少，知他娘被族中休棄遣走，也沒啥表情，更沒前去相送。今兒知我要來，還讓我給妳帶句話。」

「什麼話？」

「讓妳好好保重身子，還說……」

李空竹轉眼看他，莫名的正了身子，心頭有絲期盼劃過。

「說他不怨妳，他會好好念書，好好帶眼識人。還說以前與妳保證過的話，將來一定會做到！」

李空竹聽得欣慰一笑。「能明白就好……二叔也替我帶一句話吧！」
「什麼話？」
「就說大姊我等著他意氣風發歸來的那一天！」
李二林登時怔住，李空竹卻笑得溫和不已。

第七十八章

這天下晌，照顧李梅蘭的于小鈴說她已經醒了。

正與趙猛子相商作坊開班事宜的李空竹聽了，便就此打住，令趙猛子先回去後，就由于小鈴扶著去了東廂。

幾天來，李空竹這是頭次踏入這裡。一進去，濃重的藥味混著悶氣，熏得她不禁皺眉。轉身，摀嘴對身邊的于小鈴道：「把簾子掀上一角，通通氣再說。」說著，轉身行了出去。

後面的于小鈴聽罷，福身道是後，就掀簾通氣。

聞著那透進的新鮮空氣，床上的李梅蘭雖感到胸肺間順暢不少，可也覺這李空竹心狠，不顧半點姊妹之情。要知道她如今頭上破了個窟窿，吹不得半點風，這著人一掀簾子，是想她患了頭風病不成？

李空竹在外摀嘴乾嘔了陣，于小鈴則在屋裡感覺悶氣散盡，才走出來喚她。

女人點頭。再次抬步走進去後，卻見那躺在炕上之人幾日不見，那本就枯瘦的臉龐，如今凹得跟個骷髏似的；那蒼白的臉色也有些不正常的泛著青，且一雙眼暴凸向外，更是大得嚇人。

看到她，李梅蘭首先是呼吸一滯，繼而眼眶發紅，聲如銼鋸拉嗓般哽咽著。「大姊……」一邊叫著，身子稍動了一下。

「妳如今可不能大動。」抬手止了她，女人卻不靠近。待于小鈴端著小凳來，才坐於離她兩尺遠的位置問：「當真過不下去了，竟要尋死？」

忍著心中的厭惡，李梅蘭淚目閃動，嘲諷的勾了勾嘴角道：「人，當真得經過一些困境才能看透。回想當初，不過短短幾月，竟覺我以前是如此可笑！」

說著，轉眼看李空竹，滿眼的真誠與悔恨。「當初我那麼跋扈，那般的理所當然，覺得所有都該是我的，見不得大姊妳有半點好。終是嫉妒惹禍，令我如此過分……」鼻息粗重，淚恰到好處的滑落下來。「大姊……我錯了哩！能不能原諒我一次？」

李空竹認真看她半晌，見她眼中並無半點隱忍偽裝的痕跡，不由得捏著絹帕，心中猶疑。

見她不說話，李梅蘭也不著急。

這小半年的時間裡，她別的沒學會，只隱忍服軟這一條被她摸了個精透。再加上從那識文斷字、慣會做表面工夫的懷孕小賤人那兒學到的手段，如今的她，可不是當初那莽撞行事的李梅蘭了。拚著一死得來的活命機會，她是無論如何都要把握住。

「娘被除族送回郝家了。」

突來的一句話，令李梅蘭不經意的皺眉，眼中一絲深沈劃過。似意識到什麼般，她又故作一副驚慌失措的抬眼。「為什麼？」

「她嚇到我了。」女人的雙眼一直認真的盯著她看，自然沒有錯過她眼中那一閃而逝的深沈。李空竹簡明扼要的說完這話便起身。「妳既不願待在任家，那便去別地吧！」

「何地？」李梅蘭心頭莫名一慌，生怕被她看出破綻，又故作鎮定的流著淚自嘲。「倒是多此一問了，如今的我，只要能脫了那地獄，在哪兒不是我的樂土呢？」

「是啊！只要離了任家，想來在哪兒都不會有人再折磨妳了。」李空竹輕笑。「用命換來的自由，大姊希望妳是真的懂了。」

「嗯。」李梅蘭一臉感激的衝著李空竹道謝。「大姊，謝謝妳！」

點了個頭，女人不再說話的出屋。屋裡的李梅蘭見此，不由得內心一沈。

由于小鈴扶著出屋的女人，立在屋簷下看著又陰了的天空，心下自嘲，差點就被她的演技給騙了。李梅蘭，這小半年，妳當真是學會了不少手段啊！

搖搖頭，李空竹吩咐相扶的于小鈴道：「累了，扶我回屋歇著去。」

邊界

趙君逸與各將領商量好作戰計畫後，冷臉沈聲道：「此戰役受敵引誘的一方怕是會全軍覆沒，左將軍可做好了準備？」

「將軍放心，打頭陣這事交予末將，就是對末將最大的肯定。將士打仗只有敢衝才算真英雄，能從軍，便是做好了隨時殞命的打算，何須準備？」

「好。」趙君逸點頭，沈重的眼中劃過對其的讚賞，拍著那說話的中年將軍的肩膀。

「此戰若勝，本將軍定將給左將軍全營請封，求得聖上重賞！」

「多謝將軍！」

趙君逸輕嗯，隨即一個轉身，向上首走去。「眾將聽令！」

「末將在！」

「按行商路線，整頓軍隊，等候敵軍的突襲。」

震耳欲聾的「是」在營帳裡迴蕩不絕。男人轉身，望著桌上那地圖，眼中布滿沈重。

待到申時末，強勁的大風吹起漫天的雪粒，使人連眼都睜不開。看著越來越黑的天色，眾將士們的臉上皆肅沈得沒有半分表情。

趙君逸如往常般巡了大營回來，才一就座，就聽探子來報。說是敵軍前方來襲，目測大約只五百騎兵。

趙君逸點頭，按著先頭商量好的下令道：「著左將軍出一營進攻堵截，便是敵人只五百騎，也斷不能放走一個！」

「是！」

探子退走，不過片刻就聽得營帳裡號角陣陣吹響，那「噠噠」的士兵跑步聲，混著陣陣戰馬嘶鳴，很快漸遠而去。

半個時辰不到，探子回報。

「報——左一營奉命絞殺五百騎，於前方兩百丈山丘處遭敵軍三千偷襲！」

「命左將軍全營出動，另派右營千戶支援上前！」

依舊不到半個時辰。

「報——敵營不知何時竟已包抄我軍，左將軍並林副將正困守抗敵！」

趙君逸深眼沈臉拍桌。「倒是不知死活，竟在如此平坦之地與我軍交手！傳令下去，命陳副將、阮將軍、武將軍立刻整頓，隨本將軍前去絞殺那膽敢冒進的敵軍！」

傳令官領命出帳。趙君逸手撫腰間佩刀，鄭重的將那代表主將的紅纓戰帽戴上。眯眼沈臉，隨即掀了營帳之簾而出。

片刻，男人到那集結的場上，看著眼前一張張雄赳赳、氣昂昂的年輕臉龐，跳上了副將牽來的黑色駿馬，大手一揮，冷喝道：「整裝！」

「是！」眾將齊齊大喝，便俐落上馬。

男人眯眼，勒緊韁繩一個揮鞭落下。「出發！」

隨著他的領頭率軍，後面眾將亦是情緒高亢的揮鞭跟上。隆隆的馬蹄聲混著步兵齊刷刷的跑步聲，召示著這場血雨腥風的戰鬥即將開始。

行至戰火瀰漫處，看自家將士血流成河、屍橫遍野，前來支援的眾人是目眥盡裂，憤恨不已。那由著內心狂吼的喊殺聲，更是聲聲衝破天際，直逼對面軍士的心房！

「殺啊！」男人拔刀，看著那密密圍著自家軍隊的近兩萬敵軍，全身血液瞬間沸騰不止，那雙黝黑的鳳眼中，閃爍著無盡的嗜血殺意。

馬兒隨著他這一喊，嘶鳴著，不要命的向前飛奔而去。馬蹄所過之處，男人揮刀快斬，將敵首一一砍落。

如此不要命的狠斬之法，令一些包圍他的敵兵看了不由得心生怯意，再望其眼珠，還來不及被他修羅惡魔般的狠意嚇退，便已身首異處。

廝殺的吼叫久久不絕，那一個個倒下的士兵，是曾陪伴良久的親密夥伴。還活著的人看著朋友、親人殞身喪命，他們來不及悲痛，只能睜著欲爆裂的眼，揮動著手中已經倦了的刀刃，不要命的繼續殺戮著。

「嗚——」敵方吹響了退兵號角，然而已經殺紅了眼的這方將士，如何肯就此罷休？看著敵方將領領軍轉身逃跑，趙君逸手起刀落，又殺掉一撥圍困的蝦兵後，抹了把臉上的鮮血，刀指前方的大喝。「給我追！」

「殺啊！」一連天的殺聲再次響起。這一回，眾人還不待主將下令，就先行向前快速追趕了過去。

這時負傷的左將軍向男人打眼色。男人點頭，將頭上代表主將的紅纓帽與其交換，給了一個讓他保重的眼神後，就躍下馬背，領著過半人數向黑夜裡快速整頓隱去。

前方逃兵將領，領著他這方的將士先到了那破敗的堡壘處。面對越來越近的追兵，故意等在那裡，瞇眼認真的注視著暗黑中追來的敵軍。

隆隆馬蹄聲逼近，逃兵將領瞇眼尋看，待瞧見那抹閃著光的主將帽子落在後頭，勾唇邪笑幾聲，轉了馬頭，衝著眾將喝道：「撤！」

眾將在其帶領下，迅速的穿過那破敗堡壘的入口，向主城方向退去。

雷鳴的馬蹄聲離那破敗堡壘越來越近，那戴主將紅纓帽的冒牌將軍，看著那一入口，眼中閃現出了視死如歸的悲壯。

「殺啊——」扛著大刀，「主將」高聲嘶吼著。

眾將隨著吼聲快速衝進那只餘前後入口的破敗堡壘。當追兵只餘不到三分之一時，忽聽得那堡壘裡響起了震耳欲聾的爆破聲。

登時，從那火光沖天的堡壘裡發出了悲壯驚天的聲聲慘叫。

那逃出不到三分之一的眾將，轉頭看著那染紅了半邊天的破敗堡壘，並未因失了將領而慌亂。相反的，他們眼中的視死如歸，是從未有過的堅毅。

斷了追兵之路，被追的靖國將領看著剩下的一些蝦兵蟹將仰天大笑，還不待開口，就見對面的百戶長一聲長喝。「殺啊！」

瞧著剩餘的殘兵竟是隨之一遍遍高喝，靖國將領收了笑，冷喝道：「給我殺！」

立時，殺聲震天，變國那逃出不足千名的眾將，一個個緊握手中大刀、長矛，看著如潮水般密密麻麻湧來之敵，個個化身為嗜血惡魔，以一敵十，甚至以一敵百。

慘叫聲此起彼伏，卻誰也沒有選擇退縮。有的人被刀矛刺成了馬蜂窩，還在費力的舉著手中利刃想反抗。

下一刻，被叉著的士兵頭顱掉落，那飆高的鮮血，與那一顆顆如球滾落的人頭，畫出一幅慘烈的修羅地獄。

兩刻過後，看著終於靜下來的戰場，那靖國將領看著那還被叉立著的屍體，心中震驚，面上卻是一沈的喝道：「收兵！」

「是！」

眾將扯出各自的長矛，隨著那此起彼伏的屍體落地聲，開始整頓起來。

待這邊整頓好戰場，靖國將領著人回城報信。不到三刻，那終日守城不出的城州主將率兵快速前來。

「將軍！」靖國將領見到主將，拱手埋頭稟道：「敵軍果然中了埋伏，將軍乃蓋世雄才！」

「嗯。」那披紅毛大氅的主將，聽得面上滿是得意的一笑，看著那逐漸熄了的火苗問道：「來追擊你們的可是敵營的主將？」

「是！末將看得清清楚楚。」

「那將領首級何在？」

「稟將軍，其貪生怕死，追著屬下時，並未領於眾將前面，如今怕是早已葬身火海了！」

那主將聽得一愣，繼而是一個皺眉，轉身跳躍上馬。「不好，快回城！」

那將領亦是一愣，心頭隨之一驚，立即跟著上馬，大喝。「回城！」

一眾將領聽得趕緊齊齊上馬，向不遠處的城州跑去。

不想，還不待他們跑幾步，那滿地積雪的冰凍路面，突然爆出了一陣陣「轟隆隆」的驚天大響。

那將領登時大驚，一雙眼睛極力透過漫天煙塵，向前找尋主將。「將軍！」

緊接著又是第二波的轟聲響起。除此之外，那飛揚的煙霧被一些不明就裡的將士與戰馬吸入，皆紛紛不支的相繼向地上倒去。

「啊！」戰馬四肢一軟，那將領也跟著倒下，不過他還是赤紅著眼，勉力睜著那凶惡之眼，強撐著想起身。

第三波轟隆聲催命般的響起，只是這一回，不再是那毒煙四散，而是真正的雷彈。毫無戰力的戰馬與眾將士相繼被炮彈炸得四肢亂飛。

「不，不可能！」那將領看著眼前一波波軟倒而失去生命的手下，滿眼不可置信，他們甚至還來不及反抗，竟如此輕鬆的被敵人給殲滅！

煙霧繚繞中，一支用巾帕摀著口鼻的精銳軍隊，身著輕裝，從暗處不遠的雪地裡拱出頭來。一行人目眥盡裂，個個滿懷憤恨的看著那倒在地上一動不動的大批敵軍。

天知道，剛剛看著兄弟們一個個浴血死去，而他們卻只能按兵不動時的那種痛苦是多麼折磨，若不是為引出這該死的敵軍主將，他們又如何能眼睜睜的看著夥伴，孤立無援的被殘忍殺害？

趙君逸眼中紅絲密布，嗜血的眼珠盯著那還在爬動的主將，抬步走過去，用重重的戰靴狠狠的向其腹部踢了一腳。

主將被這一腳踢得向後滑行了一丈多遠，登時腹內臟器翻滾，逼得他當即「噗哧」一聲，吐出一口鮮血。

看著那主將的狼狽樣，趙君逸冷酷著一張臉，揮手喝道：「不論死活，首級全卸！」

「是！」

那躺在地上的主將聽得心中一驚，繼而是後怕的顫手指著他道：「你！」

男人沈眼，將其手指握住，稍稍用力一扳，「喀」一聲。

「啊——」主將慘叫，將手收回時，整根手指已不在，徒留一個血肉模糊的指樁向外不停滲著鮮血。主將痛得臉色灰白，趕緊拿另一手摀住。

一旁的男人卻在這時將佩刀緩緩抽出。

刀與鞘磨擦的聲響，令那主將膽顫的起身倒退數步。「不不不！饒命，本將，我、我投降，我投降！」

「投降？哼！」男人嗤之以鼻，轉頭看著那一群猶如切菜般不停斫殺的眾將。「你問問他們，看他們會不會讓你投降？」

眾將聽得抬眼，一雙雙如狼的眼睛裡是滿含仇恨的憤怒，回答他的是不休的唰唰聲。

主將臉色慘白，搖著頭一步步向後退。他現在才明白，這個男人根本就是個魔鬼，他派去探查到的守衛森嚴情報，根本是假訊息；更明瞭，那一次次的假意追擊與挑釁出戰，皆是他的陰謀，他竟是悄悄佈置著這一片的平地之雷，就待他出城伏誅！

他，早已看透了自己的目的，故意中計，犧牲了替代的將領，為的就是這一刻的復仇！

「不——」驚叫未落，那飆高的血紅液體在空中甩盪了個極漂亮之弧。「喀嚓」一聲，靖國主將甚至都沒感覺到疼痛，在那兒驚恐的睜大眼，看見自己那沒了頭顱的身體失衡搖晃著。

腦袋摔落在地滾動幾圈，被一年輕副將伸腳踩在腳底。

「將軍，這些頭顱要怎麼辦？」指向一堆堆小山似的頭顱，想著犧牲的同伴，那副將紅著眼問。

男人抬眸，見這般久了，還有小半未完，正待發話，那滅了火的堡壘處，等候在另一邊的眾將奔跑而來。

男人瞇眼，沈吟道：「將戰馬首級一起砍下來，列成排的放著。主將放於最前！」

「是！」副將拱手，轉頭吩咐。

趙君逸頷首，看著逐漸散去的毒霧，內心一陣沈痛。這就是戰爭，不論過程，只論勝敗，極其殘忍的戰爭。

轉回頭，望著那曾經與他同是報效一片國土的將士屍體，他滿是血絲的鳳眼極沈，內心的矛盾如滔天巨浪難平。將刀收回鞘，他背手，淡道：「速速清理，敵軍久等主將不歸，怕會起了疑心攻來。」

「是！」

第七十九章

邊界戰場又一捷報傳遍了變國上下。

聽說那新任的忠勇將軍，有勇有謀，僅在犧牲萬餘人的情況下，將計就計，利用敵營的計畫，將敵營主將連同兩萬多的兵將一同放倒，且還取了全部戰亡軍人的首級，與那戰馬的頭一起排成排，放得整整齊齊。

兩萬多顆頭顱並戰馬啊！眾變國百姓聽了，想到那情景，皆嚇得齊齊倒抽了口氣。這般恐怖的戰爭，這般殘忍的手段，連勝利一方的變國百姓都嚇著了，可想而知那靖國百姓與邊關將士又是何種心情。

聽說如今的靖國到處人心惶惶，那軍隊士氣更是越來越低落，毫無戰勝之心。一些精明人士猜測，怕是以如今又一守門牙齒被敲下，那靖國士氣一蹶不振，往後怕是會被變國勢如破竹般的攻克下來。

「如今好了，這兩個重要之地破了後，想來往後推進就簡易得多。那小子，想不到手段如此犀利，如今的靖國眾將怕是再難振奮軍心了！」

前來告知消息的華老，在說完邊關軍情後，面上的滿意是久久不退，對於趙君逸的做法，更是毫無遮掩的大讚了一番。要知道這打仗，只有把敵人打怕了、打痛了，士氣這般低落，往後的戰況才會愈加順利。

李空竹聽了這話，只笑了笑並不多說什麼。如今已快十五了，對於一到年節便有活動的鎮上店鋪來說，今年自然也不會例外的如常進行。

作坊在初八這天正式開工，雖說剛開年訂單不算很多，可即使如此，那兩班人馬，也沒有閒著的時候。

李空竹雖挺著五個來月的大肚子，不好有所忙碌，可新的一年裡，她還是將計畫排得滿滿的。

村子這邊，她已經跟陳百生打過招呼了，準備要將村中連著北山那一帶全買下來，致力於打造成全環城最大的一處桃園。

想著去歲時被騙了的黃桃經歷，李空竹在心裡咬牙切齒，覺得今歲，她是無論如何都還要上一回那靈雲寺，讓那騙了她的老禿驢奉獻些蜜桃枝出來。

她這邊的沈默，換來華老回神的輕嘆。

如今這丫頭，對那小子是越來越淡薄了，也不知他這一仗打回來是何年何月？作坊的生意蒸蒸日上，若到那時，這丫頭完全拋下那小子，要領著娃兒單獨過的話，也不知那小子會是何感受；或是……也同這丫頭一樣不在乎？

華老沈吟。「如今戰場怕是要急行推進，往後得戰時消息，怕會不準時了。」

李空竹嗯了一聲，起身，喚趙泥鰍進來。

「昨兒個給你講的千位加減可是記住了？」

「記住了啊。」趙泥鰍點頭說著，還噘著嘴，很欠揍的來了句。「俺覺得都差不多，只要會進位減位，啥都好容易哩！」

如今他都會數萬跟十萬了，算盤也能進到千了，三嬸卻每次只講那麼一小點，害他都急死了。

李空竹聽得直想一巴掌拍了他的頭。就她前世不及格的數學，能教他就不錯了還嫌？

華老這時也有些驚訝於趙泥鰍的算學天賦。招手讓他近前，詢問了幾個簡易的算學題後，見其很快就能答出來，便點點頭，又提點兩句深一點的演算法，再問了一遍。見其只歪頭想了一下，亦是很快就答出來，不由得嘆道：「倒是個好苗子。」

李空竹深眼，乘機笑道：「華老可有認識的好先生？」

老者轉頭看她，笑得別有深意。「好先生嗎……妳面前就有一個！」

李空竹愣了下，這才想起當初趙君逸說過，這老者可是什麼大儒來的。心下一喜，面上卻是不動聲色的向趙泥鰍使了個眼色。

趙泥鰍很機靈的收到暗示，立刻就對老者跪下去。「師傅！」

華老聽得眼皮子一跳。

李空竹抿嘴又給于小鈴打了個眼色，見她出去不過片刻，就端了盞茶來，走到跪著的趙泥鰍身邊，喚了聲。「哥兒。」

趙泥鰍轉頭，乖巧的點了個頭後，就接過茶盞，手舉過頂。「師傅請喝茶！」

這猝不及防的一手，搞得華老有些恍惚，在那兒眼皮直跳了好一會兒，才抽搐著臉皮，轉頭向李空竹看去。

李空竹笑得明媚。「老先生在這兒住了這般久，我是一分房租未要，不過就請華老順手罷了。平日裡有空提點兩句，想來對這孩子便是受益匪淺。」

要是她數理好的話，她肯定會手把手的將前世的知識全教了這孩子。畢竟凡人常有，天才可不常有嘛！

老者在聽了她這話，只輕哼了聲。雖說被逼著收徒有些不大願意，到底沒有拒絕，伸手接過那盞茶喝了。

趙泥鰍看得大喜，當即就是重磕了下頭。「謝謝師傅！」

「起來吧！」老者輕哼，在趙泥鰍起來後，於懷中摸索了陣，終是摸到那暗紫荷包，從裡頭拿了個金包玉的小牌出來，遞予他道：「從今以後，你每日於下晌晚飯後來西廂找老夫。每日授課一個時辰，不論你學得是好是壞，可行？」

「是！」趙泥鰍回答得鏗鏘有力。

他知道，三嬸給他找的先生，必定就是最好的。如今他能過好日子、得好先生，可都是三嬸給的。所以他要努力長大，努力學更多的東西，將來才能幫三嬸更多忙、出更多力。

李空竹見事兒成了，就笑著起身，用手撐著後腰走過去，伸手將小兒拉到身邊，彎身給他拍拍跪得起縐的青色小襖子。「今後可得認真學了。你師傅可是當世大儒，萬不能懈怠了！」

「嗯！」小兒手捏玉牌，笑得一臉陽光燦爛，仰頭看她的雙眼清明漂亮，閃著滿滿的孺慕之情。

李空竹笑得溫和，在摸了小腦袋一下後，就轉身，準備出外去透透氣，順道蹓躂蹓躂。

未料，李梅蘭也包著個棉帽，在外頭蹓躂著。看到李空竹，蒼白的臉上立時扯出個笑意來。「大姊！」

站在離她不遠處，女人點點頭。「好得如何了？」

「今兒剛下地，頭還有些暈，怕是還得養一段日子哩。」

「嗯，不用急。」李空竹點點頭，轉身，走在屋簷下向另一邊蹓躂。

「大姊——」見她想走另一邊，李梅蘭趕緊出聲弱弱的呼喚，見她轉身，又故作不好意思的低了頭。「那個，任家……」

「倒是不用擔心。」李空竹不動聲色的淡勾嘴唇。「我已著人幫忙去說和了，妳安心養病就是。」

「這樣啊，謝謝大姊！」李梅蘭故作感激的一笑，心下想問的卻是，她所謂的說和，是哪一種說和？是徹底讓任家放了她，還是說，暫時留下她，等她傷好了後，又會再把她送回任家？

李空竹並不管她的糾結，在她回了謝後，就拿著手爐朝另一邊蹓躂去。對於李梅蘭，她如今沒報太大的希望，只待李梅蘭身子徹底好了，她就會給其安排自由。

至於任家，在華老派去的人「說和」了一通後，雖說仍表現得極不願意放手，但在聽到李梅蘭以後做工的工錢會直接發給他們家時，特別看重銀子的任元生母親，當即就點頭同意了。

二月花朝節一過，天氣就逐漸轉暖了。

邊界的戰事，果然如精明人士猜測的那般，自從又一顆守城牙齒被拔之後，這往後的守軍之將，是再難與那凶猛的變國軍隊對陣了。

短短兩月時間不到，趙君逸率領他手下那批勇猛之將，接連打下了五座城池。這輪猛攻，是直取到了靖國內陸。

所過之處，趙君逸命眾將恪守軍規，對靖國百姓好生對待，不許行搶奪、濫殺的惡行，若違背軍令，當即就將觸犯軍令者斬首示眾。

大軍行至那因災荒搞得民不聊生的流民城時，趙君逸更是著人開糧放倉，大肆救濟那些險些因災荒餓死、凍死的災民。

趙君逸的做法，使得變國大軍不僅沒有在靖國遭到仇恨，相反的，還收攏了災民的感激。更有那為混飽肚子的青年主動要求加入變國軍隊，希望能出一分力，推翻暴政，救那靖國百姓於水火之中。

對於這類主動要求進軍隊的青年，趙君逸並沒有同意。不過卻授意他們可另外編隊，再由變國軍隊出兵器與糧草，令他們於城中巡邏，守護一城安寧，防範一些落草為寇的賊人趁亂於城中偷搶掠殺。

這樣一來，由靖國人組隊管理靖國城池，主權卻歸趙君逸掌管，不但減了不少麻煩，軍隊於靖國行事更是便利許多。

邊界忙於戰後整頓，大軍又深入靖國，消息常常無法及時回報，對於此事，李空竹無法也沒空去管。

在三月，積雪完全化去時，李空竹挺著七個來月的大肚子，由劍寧架著馬車，並著麥芽兒兩口子一起再次上了趟靈雲寺。

這一回，靈雲寺雖自知理虧，但李空竹提出交涉，想另要了溫泉上的桃枝時，卻還是出銀到了三百兩，才終於得了一車。

她一臉心疼的運了枝子回來，準備嫁接。可今年在北山買的是旱地，還沒有可嫁接的樹枝，是以，李空竹便讓李沖找人，到另外買的果園整頓一番，把枝子試著嫁接到其他果樹上面。至於北山這邊，她決定先從別處移些酸桃樹回來栽，雖不能很快得到回報，可到開花季節，也可另作利用。

如今進入暖春，正是手忙腳亂的時候。因李沖要將主要精力全放在惠娘坐月子之事，是以，李空竹就將趙猛子從作坊處提了上來，讓他主要幫著跑種植這方面的事務。

至於作坊的管事，就從平日表現好的人裡挑了一個提拔。

李梅蘭的身子，也已經好得差不多了。幾月好吃好喝的調養，讓她從瘦骨嶙峋，慢慢又重回了往昔的紅潤白皙。雖說樣貌依然嬌俏，可她額頭上因那一撞而留下的窟窿疤痕，卻永遠的成了印記，再難消去。

對此，李梅蘭不是沒有想過要再求了李空竹，畢竟當初趙君逸那一臉荊棘密布的醜陋疤痕都能治得完美無瑕，相較她這只是個小小的印記，應該不難治癒才是。

可是，她終歸不敢再得寸進尺的開口。住在這兒的兩個多月，她幾次有意想從李空竹口中探聽，究竟與任家那邊是怎樣說和的，談了什麼條件？可次次都被李空竹打太極，以安心養病為由，將這問題給敷衍過去，只含糊說讓她放心。

這讓她心頭七上八下，既憤怒，也有些生疑，覺得是不是自己哪裡做得不精細，暴露了目的？還是說，李空竹根本就不願再原諒自己？

正冥思苦想著，那邊李空竹就從外面走了進來。

「大姊！」

李空竹抬眸，見是李梅蘭在屋簷處蹓躂，就點了個頭。

李梅蘭見此，面上帶笑的趕緊下階前來迎她。「妳又去北山了？」

見她伸手來扶，李空竹笑著推拒了。「是啊！如今正值開耕種植的好日子，自是免不了要忙碌一番了。」

如今桃花又打了苞，將到花期，她打算再次辦那桃園遊。

一年前雖沒名聲，卻也藉著晚花期大賺了一筆，如今有人人作坊這塊招牌，更不愁弄不到遊客。屆時再比著去歲弄得隆重點，說不定會比那回還要熱鬧有賺頭。

「大姊好生厲害，這生意越發興盛，令妹妹我都羨慕得緊哩！」李梅蘭心下嫉妒，面上卻不動聲色的笑著討好。

「各人有各人的長處，我也不過是運氣好罷了，有啥可羨慕的？」進了屋坐下，喝著于小鈴端上給孕婦特調的飲品，李空竹拿著絹帕擦著額上因急走冒出的汗水，不鹹不淡的道了一句。

「雖是這般說，可長處也分有用沒用不是？」李梅蘭在下首就座，失落地嘆息一聲道：「像我，除了會打幾個絡子，繡兩針針線外，其他的，倒真是一無是處哩。」

「那就夠了。」女人聽後，不自覺的輕勾起一邊嘴角。

「什麼？」李梅蘭心下一跳，滿目疑惑。

李空竹見她疑惑，將喝著的湯盅放下，慢慢的抹了下嘴角，淡道：「對了，先前見妳身子骨不好，就想著等妳好了再說。如今看妳時常到處蹓躂，應是大好了吧？」

李梅蘭捏著絹帕的手一緊，面上跟著一笑。「多虧大姊成日裡著人細心照料，二妹我的身子，早就能跳能跑了。」

「如此甚好。」李空竹點頭。「那我便與妳說說任家的事，與妳往後的安排吧！」

「嗯，大姊，妳說！」李梅蘭心頭緊縮，怕神色露餡兒，又趕緊深吸了口氣，穩住表情。

李空竹深眼看她，半晌才道：「我本想著幫妳遠離了任家之人來著，不想妳那婆婆卻死活不願放人。」

聽了這話，李梅蘭面上立刻繃不住的變了色。

李空竹只當沒看到，繼續道：「好在後來，經過幾番勸說威懾，她才終於鬆了口，不過……卻是有個條件。」

「什麼條件？」幾乎立時的，李梅蘭忍不住脫口而出。

李空竹見她神色緊張，也不相瞞。「那便是妳出去做工的工錢，每月必須全部歸了任家。」

李梅蘭眼色一沈，不過轉瞬，又趕緊軟了臉色，滿面悽然無助，眼淚在眼中打著轉，哽咽道：「我就知他們不會這般輕易放過我。這沒了我，那當慣奶奶的人，還不知要如何生存哩。」

說著，眼淚就滾了下來。「要不，大姊，妳把我再送回去吧！」

見她哭得情真意切，一臉不想讓自己為難的樣子，女人就歪頭故作猶豫的想了瞬。「妳真想回去？」

李梅蘭眼中一慌，擦淚的手一頓，繼續不動聲色的抹著，作了只能認命的苦情樣。「便是不想回又能怎樣？這般被人拿捏著，與再回去任家又有何區別？」

「哦？」李空竹點頭。「倒是這麼個理。」

李梅蘭聽得是徹底慌了。「大姊——」

李空竹轉首給了她一個安心的笑容。「放心好了，我既答應過要讓妳脫身，自是不會反悔。只不過任家用這個要求死壓著，我又不能求跟咱沒啥關係的老人拿身分去壓人。再說了，那老者的脾氣妳是知道的，最是看不得人拿他的名頭亂用哩！」

李梅蘭暗中咬牙，面上卻低泣道：「大姊說得是。」

李空竹故作欣慰的點點頭。「妳當真懂事不少啊！」

李梅蘭低頭作羞澀狀，心懷僥倖。

卻聽李空竹又道：「不過，可喜的是，那任家也不是那不通情理的人家。」看她抬眼看來，女人勾唇輕笑。「妳婆婆說，只要妳月月還銀，待到足夠三百兩，就會予妳休書。到那時，妳就真正自由了。」

三百兩？李梅蘭瞪眼，心頭簡直氣得快要炸開了，面上卻還得柔弱的哭道：「三百兩？這不是要了我的命嗎？」

「是啊，有點多……」女人喃喃，不過轉瞬，又換了副讓她安心之笑瞧去。「放心好了，我在頤州府幫妳看中一間繡鋪，繡鋪掌櫃與我作坊有些合作，聽說她那鋪子是專門幫大戶人家接活，近來又研究了一門叫雙面繡的宮廷針法。因需得繡娘繡技極高，妳有一雙巧手，正適合這活兒。那雙面繡一幅繡出來，能掙銀二十兩呢！以妳的巧手，倒是很快就能還清那三百兩了。」

頓了下，又道：「那頤州離這環城有三天的路程，倒是能讓妳清清靜靜的在那兒刺繡呢。怎樣，可是滿意？」雙面繡便是技藝高超的繡娘，一幅中大的繡品也得近一年時間才能完成，三百兩啊，夠她折騰好些年了。

李空竹說完，就盯著下首那明顯僵了臉色之人，又笑問：「如何？」

如何？李梅蘭心中氣得直恨不得起身，衝過去給她兩耳刮子。明明隨手一揮，從指縫裡漏點就可換她的自由，如何就這般狠心的不想幫她？

就算不幫她，讓她自個兒掙銀，可也別將她打發得那般遠啊，還將她送去繡鋪，很明顯，這定是在報復她。

李梅蘭心中恨極，那慣會作表面工夫的臉上，幾欲繃不住的要龜裂了。不過，好在最後，她終是努力的平息了怒火。

比起與李空竹撕破臉，再將她送去任家，至少這裡她還能掙上一掙。

紅了眼，抹著淚。「大姊看著安排吧，我知大姊是好心腸哩。」

「自然，妳我是姊妹，我斷不會看著妳任人折磨的。」

李梅蘭咬牙。

李空竹見她還能這般忍，就挑眉又給她添了把堵。「對了，繡鋪老闆說，因繡技不外傳，為怕人員走失挖角，凡是在那兒要求繡雙面的，都要簽了賣身契約，約十五年。」

李梅蘭一臉鐵青，再坐不住的起身，盯著李空竹好半晌，扭曲著一張臉，胸口起伏不斷。

「怎麼了？」見她一臉憤恨，女人很關心的問了一句。

怎麼了？她還好意思問怎麼了？李梅蘭一臉猙獰，絞著絹帕再也裝不下去，指著她怒喝。「李空竹，妳是不是非得將我逼死了才甘心？」

李空竹聽得失笑，當即就伸手啪啪的拍了數掌。

「妳笑什麼？」李梅蘭脹紅了臉，一雙眼怨毒的看著她道：「我都這般低聲下氣了，妳那心究竟是什麼做的？妳這個毒婦！」

「呵呵！」李空竹笑得拿著絹帕，不住的搗嘴，良久，才終是在她越發氣怒的眼神中，輕咳一聲止了笑。「對嘛，這才是妳本來的面目，裝了這般久，不覺得累嗎？」

第八十章

李梅蘭一愣，繼而是反應過來的瞇眼。「妳在試探我？」

「試探？」李空竹輕笑。「妳未免太過高估妳自己！」不過小小的戲弄一番，就將她那本性完完全全的給逼了出來。

說什麼試探，早已察覺她的本性，還用得著多此一舉嗎？

李梅蘭見她這樣說，不由得又是恨眼怒視，道：「妳有什麼好囂張的？我與妳是血親，妳這般對我，就不怕外人說道妳嗎？」

「我哪般對妳了？」李空竹好笑。「妳要自由，我就幫妳得了自由，妳如何就反咬我一口呢？」

「妳哪裡是幫我？」李梅蘭尖叫。

嘶吼的喊聲嚇得立在門邊的于家的趕緊掀簾進來，李空竹轉頭給她一個放心的眼神。

李梅蘭捂著頭，暴躁的大喊。「妳這哪裡是幫我，妳這明明是將我從一個火坑推進另一個火坑。李空竹，妳好狠的心哪！妳……」

說著，她立時一個猛衝，恨恨地向李空竹抓去。

「姑娘！」于家的在後面看得驚心，瞪著一雙眼，慌張的向她跑來要阻攔。

不想，坐在上首的李空竹卻早已將李梅蘭的動作看得一清二楚，快速起身閃過她的攻勢，衝著暗處就喚了聲。「劍寧！」

李梅蘭一下撲空未果，又瘋狂地轉身要再次襲擊，那隱在暗處的劍寧立即飛過來擋在兩人中間，大掌毫不費力的將她那雙亂揮的爪子給抓住，舉過頭頂的固定著。

「啊——」李梅蘭尖叫，不停扭著身子掙扎。「放開我、放開我！」

「有那力氣該是好好省著才是，畢竟聽說那繡娘的活兒也不好做哩！」

不鹹不淡的語氣如同火上澆油，惹得李梅蘭那癲狂了的情態愈加暴躁。見掙脫不過，她乾脆改扭為踢，抬腳開始不停踢踹著那制住她的劍寧。

劍寧冷著臉不為所動，她的踢踹看似激烈，於他不過是撓癢癢。

李空竹在邊上看著她越來越不受控，就好心勸道：「看來，我現下再與妳說，妳的賣身契約只要還完三百兩便能解約，妳也聽不進去了。等妳清醒後，再慢慢回想吧！」

說著，就對劍寧使了個眼色。

劍寧點頭，看準空檔，伸手在她脖間快速一點。瘋狂的李梅蘭，在被他這一點後，瞬間瞪大了眼，又脫力的閉眼倒下。

「砰！」隨著這聲落地響，屋子裡徹底的安靜下來。

李空竹看著那躺在地上一動不動的身子，滿意的挑了挑眉。「趁著她還沒醒，趕緊將人送走。若中途她要掙扎、逃跑，就對她說了我剛剛的話，看她打算要回了任家，還是去了那繡鋪？」

「是。」劍寧拱手。

李空竹則心情甚好的打了個哈欠。「累！餘下的事，于嬸妳幫著整理吧，我去屋裡歇上一會兒。」

「姑娘安心歇息便是，這裡交給老奴就好。」

「嗯。」她行到屋門處，才一掀簾子，不期然的便見到華老站在那裡。向她挑了挑眉頭，華老捏鬚問道：「解決了？」

「當然！」女人輕笑。踏出門來站在屋簷下，看著三月暖人心的大太陽，心情是前所未有的暢快。

華老隨她立在那裡，瞧著劍寧將那暈著的女人扛出來，就勾了勾半邊的嘴角。「這手段，倒是越發精進了。」

「自然。」李空竹笑道：「難得成長至此，能得您老一聲誇讚當真不易！」

老者輕哼，想駁她兩句，卻在看到她那越發大了的肚子時，將話頭嚥了回去，轉眼又另尋了話頭。「下月怕是要生了吧！」

「是哩！」

李空竹盯著肚子笑得慈愛。她看過了麥芽兒與惠娘的生產，特別是惠娘的生產還經歷了險境，雖令她心驚肉跳，但輪到自己，她卻從未覺得害怕恐慌過。相反的，感受著肚中孩子的踢鬧，她的心情是從未有過的幸福和寧靜。

「也不知道那小子，如今作戰到哪裡了？」

「是啊，誰知道哩！」李空竹的回應意興闌珊，轉了身，撫摸著肚子，慢慢向主屋行去。

華老嘆了口氣，抬頭看向天空呢喃。「也不知那小子究竟是怎麼一回事……」如今戰報不及時，行到靖國內陸，常常變著路線的行軍打仗，這信怕是更難再及時送到他手中了。

李空竹不管華老所想，兀自忙碌著。在桃花盛開的時候，她舉辦的大型旅遊活動，人數是空前的擁擠。

為了能讓村子有特色，李空竹又讓作坊做那麵筋與涼皮，以低價批發給村民，並允了他們可借租桃花園裡新做的擺賣臺售賣涼皮。

當然，也不能讓全村的人都一起出動賣這涼皮，不然屆時弄得你爭我搶，相同的擺賣過多，除卻成本外也賺不了幾個錢。

這時已是陽春，這吃完涼皮辣過的話，至少得喝碗水、吃碗冰的解解渴吧？

是以，李空竹便又令于小鈴一家在家中製冰，並且將冰碗、冰棒這些，也批發給村民，允了他們進桃林售賣。

這樣一來，全村住戶，一半用來賣涼皮，一半用來賣冰碗、冰棒這些冰點。花期不到半月的時間裡，村中這些批發的村民，直接大賺了一筆。

李空竹除卻收的地租和批發費用，連旅遊這活動也大賺了不少。這日她正坐在屋裡撥著算盤，與李沖等人說完這花期所賺的錢後，又開始布置起以後的路線。

「如今山楂下架，那儲存在地窖裡的桃子能拿出來了。趁著天熱的勢頭，這冰也要開始製作。對了，涼皮跟麵筋被不少合作的鋪子知道了，有那開茶樓飯肆的，又跟著下了一批訂單。我尋思著，如今正是好時機，那分店可在這個時候開了。」說著，轉眼看著李沖道：「李大哥如今能脫開手不？這分店的人手跟布置畢竟一直是你在管理，若臨時換人的話，怕是生手忙不過來哩！」

李沖點頭。「已經空出手了。」惠娘如今回過氣，娃子離滿月也就這兩天了，家中又多買了人，終於給他騰出手。

李空竹點頭。「我這邊還需得一些人手，關於製冰這方面，必須是死契，這是個大利，我不希望太早被人發現了。」

「交給我吧！」

李空竹輕嗯了聲，又吩咐柱子跟趙猛子兩人管收糧。見眾人商量得差不多了，便點頭揮手令大家散會。

如今已經三月底了，她的肚子大得連走路都帶喘，壓得她什麼姿勢都不對勁。坐了這麼會兒，她早已有些受不住的想起身。

等人都散光了，她吩咐于小鈴趕緊扶起她，下地去外面，做了幾個深呼吸後，才讓煩躁的心情好了一點。

華老一直都時刻的關注著她，見她這會兒有空了，就招手讓她進堂屋替她把脈。

「如何？」

「好得很！」華老點頭，對她又吩咐了這段日子要儘量多蹓躂著，不出意外的話，還有不到一月的時間，小傢伙就要降臨了。

李空竹認真將他的叮囑一一記下，末了，待老者離去，她摸著肚子，心頭總覺得該做點什麼才好。想著，就讓于小鈴拿來紙筆，猶豫良久，心情也複雜了很久，終是寫下幾筆「盼君早歸」的信件。

「是不是很矯情？」低頭問著那調皮踢肚的小子，小傢伙給的回答是重重一腳。

女人皺眉，纖手就在被踢的地方拍了一下。「難道不想讓你爹知道你的存在？」不對，他應該知道他的存在才是。「難道不想讓你爹知道，你要出殼了？」

娃子又是「咚」的一腳。

是想呢還是不想？女人皺眉，將信件放於信封中封好。「要不待你出生後再寫？」回答她的仍然是踢腳，女人來了氣，又是一個巴掌落下。「你這小子，老娘在與你打商量，你如何就這般不聽話？」

一邊于小鈴無語的看著這一幕，只覺姑娘當真逗趣。明明就是自個兒想姑爺，想寫封信求安慰，偏還要矯情的拿未出世的小哥兒打掩護。真真是……

李空竹將信放好，只著于小鈴好生收拾一番後，就向外走了出去。

于小鈴見她走掉，想了想，就將她放在帳冊裡的信拿出來，轉身出去找了華老。

華老拿著信件，很是詫異。「這是想通了？」

于小鈴抿了下嘴，道：「姑娘寫完沒說讓發哩，是奴婢自作主張拿來的。還有，近來姑娘身子沈，夜裡越發睡不安穩了，奴婢猜著，怕是心裡沒著落，想姑爺了。」

老者聽得挑眉，低眸看了眼手中的信件。「知道了，妳先下去吧！」

「是！」

待于小鈴走後，華老喚來劍寧，著他將信件送出。

劍寧一如既往的答應著，不過卻是在躍出村外時，尋了一僻靜地將信件拆了開來。當看到上面只有寥寥幾句問候語時，才又將信件裝好，待到了交接處，只說了句。「此件可送達。」

接手暗衛點頭，接過後，就直接朝邊界所在的方向躍去。

分店在四月初隆重的開業了，當那與季節不符的桃罐頭一出，就引起轟動。除此之外，那冰碗、冰棒並涼皮、粉絲這些，也受到了很大的歡迎。

製冰這方面，李沖替李空竹買來二十名十二、三歲的死契半大小子。

在接受李空竹的一一考驗後，她便將幾人分派去了臨縣和臨府製冰。另為保品質新鮮，那涼皮跟麵筋也都改在當地單獨製作，不再用車馬運送了。

當地的作坊是李沖負責買的，面積不大，招的人手是從環城鎮鄉下過去工作的。為了保密，大家都簽了保密契約，一旦洩密，那違約賠償不是任何人能賠得起的。是以，這幫人過去，倒也幹得兢兢業業。

除此之外，麥芽兒還在初八這天找到了她，說是願去了新店。原因不用多說，自然是實在受不了總拿著她說事的婆婆了。

「我是再忍不下去了。當家的也看出來了，特別心疼我，說他這幾月也認了不少字，跟著會寫兩筆了。嫂子妳看看，若行，就將我們兩口子配走吧！」如今她兒子也半歲了，待過幾月隔了奶，她也能邊帶孩子邊照顧著店。

李空竹點頭。雖說如今人手有點不夠，很希望把趙猛子留在這邊繼續跑收貨，但也不能不顧她家的事情。

「正好頤州府作坊缺管事，李大哥只能先幫著管臨縣，有些分不開身，看看你們兩口子何時能走，屆時收拾好了，就來跟我說一聲吧！」

「不用太久。」麥芽兒紅著眼，抱著取名為團子的小兒在那兒抹著眼淚道：「我現下就回去收拾，晚上等當家的回來跟他娘說好後，明兒一早就能走了！」

「會不會急了點兒？」李空竹心下覺得不好。這剛發生矛盾第二天就要遠走，任哪個長輩都能猜到，是孩子心下不滿吧！

「急就急吧！妳是不知道，成天那話中帶刺是說了一堆又一堆，今兒更是酸得不行。說什麼養兒多年被個婆娘拐走了，他們做老狗的不但不能得了好，還成天掏錢養外人！」頓了下，她眼淚就飆了出來。「她這話，不就是在說我心向娘家嗎？就因為我娘家昨兒又來了趟，我偷給了點，這就不高興了，好像我扒她家祖墳似的。我拿著我掙的銀給，如何就是吃裡扒外了？難不成讓我天天吃香喝辣，看著我爹娘哥嫂他們挨餓受凍卻不聞不問？

「嫂子，我這日子過得越發艱難了。頭兩年是新婦，人家多多少少會隱著點，如今兒子一生，生活一好，那性子，都全他娘的不藏了！」

李空竹遞了帕子給她抹淚。小團子如今能爬了，看他娘哭，嘴裡咿咿呀呀著，伸著手指不停去她臉上摳著。

麥芽兒把他的手捉下來，抹著淚的覺得心下鬆了不少，吐口氣，道：「如今說出來，倒是覺得好受不少。」

李空竹點頭，覺得麥芽兒這人倒真真是個拎得清的。

憑她如今這般有錢，又與自己交好，她完全可以私下多給娘家一些錢，讓他們去做點小生意，或是求自己給她哥嫂安排個好工作，一勞永逸。

這兩點都可令她那娘家好過不少，可她卻都沒這樣做。若不是她哥嫂無能，好吃懶做，便是她不想引起旁人的猜忌，或是傷了自己與她的交情。

想著，就忍不住開口相問。「妳哥嫂為人如何？」

麥芽兒聽得一愣，繼而又無奈的搖搖頭。

這是好吃懶做無能的意思？

李空竹猜想著，卻聽麥芽兒失落的嘆道：「俺哥嫂都是老實人，但說好聽點是老實，說難聽點，那就是傻！只知道低頭幹活，沒有心眼，幾年前隨人外出找活幹，被人刮得是分文不剩，白幹了好些活。為此，把俺爹都氣得臥床了大半個月。」當時家中最困難，全家都指望著哥哥那點工錢緩緩，誰承想，他那木頭腦子，被人賣了還在說人的好話，真真是氣死人！

「要他是塊做生意的料，俺家也不會那般苦了。」借家裡幾兩銀算啥，要哥哥能有本事銀生了銀，她就是拚著被婆家罵死，也會借了大筆錢給家裡做些小生意。

李空竹明白過來。對於這類老實人，倒是正合了她的心意。

「如今這作坊缺人手缺得厲害，不若讓妳哥嫂過來幹活？」

麥芽兒聽得一驚，接著連連的揮了手。「不行不行！這讓人知了，還不得說了俺啊？」雖說大樹底下好乘涼，可她也不能老借不是？

李空竹倒是覺得無所謂。「如今借勢的多了去了，妳看那作坊裡的外村人，一聽要招工，哪個不是想把自家親戚介紹來。妳娘家的哥嫂是來做活掙錢，又不是做大老爺的，妳怕個啥？放心好了，我是不會特殊優待的，來了若幹活不行，我照樣打發了！」

「嫂子——」麥芽兒一臉感動。

李空竹則笑著拍拍她，收手時，又在小團子胖乎乎的小圓臉上輕捏了一把。見他轉眼看來，哈喇子流了一身直嘟囔著，就好笑的再捏了一把。

「噗！」小子被捏得急眼了，伸著小肉爪子就要來打她。

李空竹見狀，當即被逗得哈哈大笑起來。

麥芽兒被她這幼稚的舉動搞得感動也不是，好笑也不是，很是無語了半晌，終是破涕為笑的哼了幾哼。「不怕妳欺負他，待妳這肚子裡的出來，當心俺兒子全還回去。」

「那正好呀，屆時讓他們兩兄弟互揍，看誰能贏得了誰去。」

「妳咋知道是兒子哩，這萬一要是女兒哩？」她們三人前後懷孕相差不久，她跟惠娘都生了兒子，兩人可都盼著李空竹生個女兒。她還想著要是多年後，兩家門戶相差不大的話，想訂親做了親家哩。

李空竹抿嘴笑而不語。其實在四個多月時，華老就已經把出是男孩了，不過沒有落地，一切皆有可能，自然也不能否定是女孩的可能性。

送走了麥芽兒，李空竹心情不錯，想著再過不到兩月就正式進入農閒了，她準備弄出冰碗跟冰棒批發給村民去跑賣，這沒有保存的東西裝可不行。

想著，就著于小鈴備好東西，坐在炕上就開始繪起圖形來。正當她繪得入神時，就聽院門咚咚的敲響。

于家的前去開門，見是鄰近的一錢姓人家，那婦人一臉驚慌，手中還抱著麥芽兒的兒子。

于家的驚呼：「錢家嫂子，妳咋抱著小團子來了？」

那錢姓婦人一臉後怕。「芽兒那丫頭讓我抱來的。我正好在那兒坐著跟她婆婆嘮嗑，這兩人也不知咋地，突然吵著吵著就打起來了，這不，怕傷著孩子，著我抱過來哩！」

于家的聽得一驚，趕緊伸手接過有些鬧彆扭的小團子。

李空竹在屋子裡被敲門聲打斷，這會兒斷斷續續的聽到點關於麥芽兒的事，想著剛剛在這兒說的到分店一事，就不由得皺眉，趿鞋下炕走出門。

「怎麼回事？」

于家的與那錢姓婦人剛道完別，抱著小團子正哄著，聽到這話，就將聽到的事跟她稟了。

李空竹聽後，眉頭皺得更緊了。想著麥芽兒的剛烈性子，怕是一回去就忙著收東西，讓林氏猜忌了。下了臺階，那被于家的抱著的小團子，本在鬧彆扭哼唧著哭，一看到她，當即就停了哭，伸手想尋她抱。

李空竹雖說大著肚子不好抱他，但看小團子眼淚滿臉的，也就伸了手。

「姑娘！」

「沒事，我先抱著哄哄，待不哭了妳再接手。」

于家的無法，只得點頭將小兒遞給她，在一旁嚴陣以待。李空竹抱著十多斤的小團子，見他立刻不哭，伸手指著外面叫著，就知他這是想回家。

想了想，李空竹便抬腳要去麥芽兒家。

「姑娘？」于家的不解的看她。

「我去他們門口聽聽，若吵得厲害，屆時我再在外面勸勸。」

于家的聽得有些不大贊同。「說是婆媳倆在幹架哩，妳身子重，這一去要是碰到了，可如何是好？」

李空竹倒是沒覺得有什麼。「我又不進院，就隔著在院外聽聽。」再說，小團子明顯不想待這兒，一會兒她抱得手痠了，交予于家的又是一通哭鬧的話，又該如何是好？

想著，她就著于小鈴開門。一踏出去，見不遠處的趙家門口圍了不少人。

于家的擔心她，就先跑到那人群堆裡去打探。那邊圍著的眾人見是于家的，倒也主動的讓路出來。

李空竹抱著小團子，順著那讓出的路往那人群中間看。見麥芽兒一臉血的被她婆婆騎在身上痛揍著，看起來不敢反抗，就不由得驚了一把。就在這時，被李空竹抱著的小團子也瞧見自家娘被打，立時就扭身大哭起來。

李空竹怕他情緒激動大鬧亂踢，就要將他往旁邊的于小鈴懷裡送。

誰知，她這才轉身，這小子當即就因轉了方向看不到娘，一個大力扭身踢動，兩條小短腿，就那樣不偏不倚的正好踢在她高隆的肚尖上。

第八十一章

李空竹一哼，疼得冷汗唰的一下就冒了出來，緊接著就是臉色一白，撐不住的差點將小團子給拋出去。

「姑娘！」于小鈴自然也看到了小團子的踢蹬，一邊大叫，一邊趕緊伸手來搶抱小團子。

「唔！」

誰也沒料到，小團子因要被強行抱走，十分不願的抓了女人的衣襟，再被于小鈴大力抱走時，又不依的大哭著連蹬了好幾腿。這下李空竹是徹底疼得直不起腰了，捂著肚子，當即就朝地上跪了下去。

「姑娘！」那打頭陣的于家的聽到女兒的驚叫，轉回頭時，恰恰看到了這一幕。嚇得她立刻就白了臉，再顧不得看麥芽兒兩婆媳的打鬥情況，朝李空竹奔來。

圍觀的眾人見到，也跟著很是一臉緊張的趕緊圍攏過來。有那有經驗的上前細瞧，大叫著怕是動了胎氣，點著同村的幾個壯實婦人，幾人幫著一起抬起李空竹，就向李空竹家跑去。

那邊正打得起勁的兩婆媳也聽到了這邊的哄鬧。

麥芽兒當即就青著一張臉，見李空竹給人抬著，就將騎在自己身上發愣的林氏一掀，亦是跟著朝那邊快速的奔過去。

那被掀在地的林氏也反應過來，揉著摔疼的屁股，也是一臉驚慌的跑去關心。

李空竹只覺得整個腹部絞痛得厲害，額頭滲著的冷汗，跟下雨似的唰唰流個不停。

于家的跟著抬她的婦人跑著，見她這樣，趕緊拿出帕子給她擦汗。「姑娘，妳忍會兒，再忍會兒！老奴這就去找了華老，讓他來給妳看看。」

說著，就趕緊招呼于小鈴帶婦人們回院，而她則快步的轉身，向村口衝去。

麥芽兒頂著一臉青腫跟著跑進院，見人被抬回了屋，就一個箭步跑進去。「嫂子、嫂子——」

于小鈴見她進來，就將哭得正凶的小團子趕緊交給她。

屋中有經驗的婦人們，則交代于小鈴幫忙備好生產要用的東西，有的人還自動自發的幫著跑腿，去找產婆的找產婆，燒熱水的燒熱水，一時間滿屋子熱火朝天。

麥芽兒哄著自家兒子，見自家嫂子一臉痛苦的躺在炕上不住的痛呼，就不由得眼淚洶湧而出，大哭著跪在她的坑頭喊。「對不住嫂子，對不住嫂子！哇哇……」

小團子才剛止住了哭，這會兒見他娘突然大哭起來，隨即又是嘴一癟，跟著哭嚎。這哭聲此起彼落，滿屋子大人小孩的哇哇聲吵得肚痛的李空竹頭疼起來，心情也更是煩躁。

「夠了！」終是忍無可忍的李空竹，提著氣忍著痛的吼了一聲後，似再難顧了其他，又開始捂肚呻吟。

麥芽兒被她喝得頓了下，下一刻，似明白過來的點點頭，憋著淚，手搗自家兒子小嘴，起身快速的退了出去。

見屋子終於安靜了，李空竹緊皺的眉頭才鬆了一點，深吸了口氣，儘量緩著呼吸，試圖讓腹中那絞痛輕鬆一點。

「怎就如此不小心！」那被于家的找來的華老行色匆匆，喘著氣進屋，正好看到了她這一幕，不由得老眉緊皺，毫不客氣的向她就是一頓喝罵。

李空竹這會兒疼得鑽心，也沒力去計較，只白著一張臉，扯著嘴角道：「咱先不論別的，趕緊替我看看……」

華老哼了一聲，快速讓自己平息心跳呼吸後，就趕緊過來給她把脈。

見他皺眉，李空竹又道：「我感覺怕是要生了，羊水已經破了！」

華老沒好氣的瞪她一眼。「妳這還不到日子，胎兒也沒有下滑的跡象。」

「那要怎麼辦？」

「怎麼辦？只能催產唄！」再次沒好氣的瞪了她一眼。「別人懷個身孕，那是平平安安、健健康康，如何到了妳這兒，就這般的多災多難了！」

「那……也不……全……是我啊！」二月分時，惠娘不也早產過一次嘛。

見她疼得連話都說不順了，華老也懶得跟她計較，等著劍寧將藥箱拿來。

待藥箱到了，他打開藥箱就快速的抓起了藥。「也虧得老夫早有準備，就怕妳有意外，不然的話，要是沒藥，妳就繼續痛著吧！」對她吹鬍子瞪眼的嘲諷一番，轉身將藥交給于家的。「三碗水煎成一碗水，速速去熬了來！」

「是！」

等于家的拿藥出去，那邊村人幫著找的穩婆也跟著跑過來。

華老見是個年老之婦，就詢問了一句。待得知穩婆已經接生近二十年後，就跟她商討了一下對策，又從藥箱裡拿了用人參為主藥做的藥丸瓷瓶囑咐。「這藥留著，等她沒氣力時用溫水沖服給她喝下。」

「噯，俺知道了！」那穩婆接過藥瓶。待將他送出去後，就趕緊讓將剪子和軟布備好的于小鈴把東西拿進來。

速速將工具擺好，她跟那很是痛苦的李空竹道：「老三媳婦，俺要把妳褲子脫了看看，再給妳揉揉肚子，讓娃兒那頭早點進產道，妳不要怕。」

「謝謝嬸子了。」李空竹點頭，吸了口氣，艱難的回話。

那穩婆見狀，將她的褲子脫下，認真的檢查一番後，道：「這宮口沒開哩！」說著，就聽門外于家的說藥煎好了，邊上的于小玲趕緊去開門。

「姑娘！」

李空竹點頭，待她一臉焦急的過來扶自己起身，就順著她的手，也不顧燙的將那催產藥快速的吞嚥下去。

穩婆在她喝藥時，著于小鈴燒了個火盆進來。雖然四月已經不怎麼冷了，可架不住昨兒個剛下了雨，屋子裡有些潮氣，為了保險，還是點個火盆。

待一切準備就緒，那邊喝了催產藥的李空竹，也很快的開始宮縮的陣痛。

產婆見此，趕緊給她順時針的揉起肚子，幫她給肚中孩兒正位。

「唔！」已經不知是第幾次陣痛的李空竹，仰著頭，緊皺眉頭，開始大口吸起了氣。

于家的在一旁打下手，見她這會兒比剛剛臉色還要白上一點，不由憂心地向那穩婆問道：「嫂子，這還得多久啊？」她這揉啊揉的，使那般大的勁，這讓本就肚痛的姑娘也不知能不能撐得住。

那穩婆又揉了幾把，才回道：「我看看。」鬆手掀了女人的裙底，見已開了四指多寬的宮口，就點點頭，又繼續揉著女人的肚子。「可以了，老三媳婦，妳順著我的節奏來，別亂了，俺讓妳使力妳才使，沒讓妳使，就留著氣啊！」

「嬸子……妳說！」女人咬著牙，點頭讓她開始。

穩婆聽了，放在她肚上的手就是一個大推。「使勁！」

「嗯！」李空竹聽罷，當即深吸口了氣，順著她推擠的力道使著大勁。下身那撕扯窒息的感覺，痛得她險些暈死過去。

「好了，趕緊鬆氣吸氣。」

混沌中的李空竹聽罷，立刻就鬆了緊咬的牙，大口的喘了口氣。可她這邊還沒完全平復，那邊穩婆又是一聲「使勁」。如此反反覆覆經過了不知多少回，李空竹只覺得全身力氣都使光了，那疼痛不但沒消，反倒愈加激烈。

弄到最後，她是大汗淋漓，再使不上半分力氣了，躺在那裡不停呼呼的喘著粗氣，只覺得再這樣下去，她的小命非得交代在這裡不可。

穩婆見李空竹失了意識，想起了華老交給她的小瓶子，趕緊將藥拿出來，著于家的去化水。「老三家的，醒醒，醒醒！」

累極昏厥的李空竹感覺有人在拍著她的臉頰，睜眼來看時，就見一碗泛著藥味的水正端在她的嘴邊。

「趕緊喝了，好有力氣！」

李空竹連點頭的力氣都沒有了，哼唧一聲，就張著嘴，任由于家的將那碗水灌進她嘴裡。待半刻過後，覺得恢復了些氣力的李空竹，睜眼看著那穩婆道：「嬸子，可以了。」

「可以了啊？那就好，來，咱們繼續！」

隨著穩婆的揉動跟用手伸進宮口的掰動，李空竹就隨著那撕裂的痛楚，一遍遍叫喊著，吸氣呼氣的用著生平以來使過最大的力道。

恍恍惚惚之間，她似看到了孩兒在向自己招手，男人手抱孩兒站在她面前，向她笑得很好看。望著屋頂那極漂亮笑得極溫暖的男人，女人只覺得這八個多月來，所有的相思委屈，都不及這一刻來得濃烈。

見男人還在笑著，且越來越溫暖，女人忍著那下墜的痛楚，將所有氣力拚命朝一個地方擠去，緊繃的心情終是到了臨界，崩潰的流著眼淚，衝那屋頂就是一個大喝。「趙君逸，我操你大爺的……啊——」

「哇哇……」響亮的啼哭立時傳遍房間內外，這讓等在外面的眾人面面相覷，一邊又忍不住為她高興。

麥芽兒更是一臉淚水的抱著自家兒子，朝主屋的門使勁的拍著。「于嬸，我嫂子怎麼樣了？」

「大人小兒都好著哩！」

裡面的穩婆俐落的給娃子剪了臍帶，放在溫水裡淨了身，包進溫暖的抱被裡後，那啼哭的小兒立即就安靜了下來。

外面的麥芽兒在聽說大人小兒都沒事後，這才放了心，口中喃喃的抹著眼淚道：「沒事就好、沒事就好！」

裡面的李空竹在小兒落地後，就徹底的脫了力氣，聽著小兒的哭聲，撐著最後一絲意識，等著穩婆將孩子抱來，于家的掀了包被給她看剛出生的娃兒。

「是個挺漂亮的哥兒哩，姑娘妳瞅瞅。」

李空竹撐著沈重的眼皮，看著那皺成一團的粉色肉丸子，不由得皺眉哼道：「比肉丸子還醜！」

「姑娘！」于家的無奈。哪有人這麼說自己兒子的？

李空竹癟著嘴哼唧了聲，在說完這話後，就再撐不住的睡了過去……

在邊界又將一座城池收歸麾下的趙君逸，沒來由的眼皮猛然跳動起來，心頭也不知為何，跟著慌跳了好些下。

立在城樓處，男人瞇眼盯著某處，不知為何，心竟有些揪疼得厲害。

「將軍！」

「嗯？」轉頭見是副將拿著一封書信，看那封口的字跡，男人眼睛瞇了一瞬，揮手著那人呈遞上來後，很快速的打開來。

久別多月，終日盼歸，千言萬語，唯盼君保重身體，早日歸來——空竹。

附：家中小兒皆安，雖望你回信，卻視爾情況自定。

這封信，末尾附上的那句，李空竹是有打著試探之心。一句家中小兒皆安，就是想看看趙君逸會是何種反應。

可顯然，並不知情的趙君逸，拿著幾月以來女人的第一封信，捏著紙的手都有些止不住的顫抖。內心激動，面上卻沈著簡單的交代了下屬幾句後，就下了城樓，揮鞭上馬，快速的回了營地。

進帳，研好墨，提筆時，只覺有千言萬語，卻終是無法下筆寫出。

想著幾月來的征戰之路，雖然他時刻都想寫信予她一訴衷腸，可終究怕思慮過多，太過糾結於兒女情長，而使得自己心有顧慮，無法全心征戰。畢竟數十萬的兒郎性命握於他手，稍有差池，便是幾萬幾萬條性命的喪生，這個代價太大，他也不敢嘗試。

嘆息良久，男人終究只在信上寫下一句：

吾一切皆安，亦盼汝一切皆安。勿念。——逸之寫完，將信封好後，他想了想，起身回到行軍床頭處，拿出前段時間剿城時，從敵軍頭領那兒繳來的一把精緻寶石匕首。轉身出去，待重坐回帳中上首時，男人低喝道：「劍濁！」

不過片刻，那隱在暗處的劍濁，快速從營外飛了進來。「主子！」

「將這信與匕首，替本將送去環城鎮。」

劍濁聽罷，當即起身上前，拿過書信後，就抱拳一拱，迅速向帳外隱身而去。

趙君逸待他出去後，起身轉頭看向身後掛著的地圖。

如今的靖國已有三分之一落入他們的手中，再不久，大軍就可直取上京。待到那時，等他手刃仇人，他一定會以最快的速度回到趙家村，回到她的身邊。

「且再等我一年……」男人喃喃，手指磨著戰袍衣袖，盯著地圖上京之處，眼神深沈起來。

李空竹再次醒來已是天黑時。彼時守著她的于小鈴見狀，趕緊跑出屋去稟了她娘，于家的很快速地端著補湯與一碗細絲麵進來。

李空竹在于小鈴的攙扶下靠著軟墊坐起身，看到于家的端著托盤進來，眼神又四處瞟了瞟。沒見到記憶中的小襁褓，女人不由得皺眉問道：「那肉丸子呢？」

「姑娘！」見她還這麼稱呼自家兒子，于家的簡直有些哭笑不得，嗔怪地喊了一句。將湯與細絲麵放於小炕桌上，挪到她的身邊，見她還尋眼看著，就笑著解釋道：「哥兒好著呢，華老怕吵著妳，就令人先抱去另外的廂房，還讓人幫著找了個奶娘來哩！」

「奶娘？」李空竹偏頭避了她餵湯的匙。聽到奶娘二字，只覺渾身不舒服得慌。「我們又不是那什麼大戶人家，幹麼找奶娘？」

她又不是不能下奶。以前看電視時，見那大戶人家的孩子，都交給了奶娘，結果搞得孩子與那奶娘，比自己的親生母親還要來得親近。她可不想自己的孩子將來與她疏遠了。

正想喚于小鈴去將人給弄來，卻聽趙泥鰍在外邊的敲門聲傳來。「婆婆！俺聽說三嬸醒了呢，俺能不能進去看看三嬸啊？」

李空竹衝于小鈴點了個頭，她趕緊去開門。門外，除站著趙泥鰍外，連華老和那新買的奶娘也站在那裡。

幾人齊齊進屋，趙泥鰍首先看到她，快步向她跑來。「三嬸！」

「乖！」李空竹笑了笑，眼睛卻直直盯著那年輕奶娘抱著的襁褓。

那奶娘察覺她的視線，就將那抱著的紅色包被遞過去。「姑娘怕是想哥兒了吧？哥兒剛吃過奶，這會兒睡得正香哩！」

李空竹讓她遞來身邊擱著，待輕輕的掀了那上面蓋著的簾子後，見入眼的小子依舊紅紅皺皺，臉圓嘟嘟的，還是怎麼看怎麼像肉丸。

「三嬸，小弟長得真小哩！」軟軟的，動都不能動，卻出奇的惹人愛。

李空竹輕嗯，用指腹輕摸了肉肉的小下巴一下，見他立刻就無聲的露了個笑意。心，不自覺的跟化了的春水般，柔軟得不可思議。

趙泥鰍踮著腳尖，自然也看到了這一幕，當即驚奇得拍手大叫。「笑了呢，小弟笑了哩！」

于家的趕緊給他比了個噓的手勢。小子發現失態，趕緊摀了嘴，眨巴了下大眼。

那邊華老看著這一幕，心下嘆息的同時，面上卻很慈愛的看著她道：「給小子取個小名吧！」

若那小子有心，過段日子能收到他寫的信的話，大名再由他來取。

「嗯。」李空竹點頭，抱起小兒有一搭沒一搭的輕拍著，一邊張嘴接過于家的餵來的補湯，一邊笑道：「我倒是覺得他跟團子挺像的。」兩人生下來同樣又紅又肉，既然團子這小名被麥芽兒捷足先登了……

「就叫丸子吧！」

丸子？眾人嘴角抽抽。

于家的都不知這是第幾回無奈了。「姑娘——妳……」妳這樣，哥兒大了會怨妳的。後半句沒說出來，但眼神仍是不贊同的看著她，希望她能改主意。

「當真要叫這個名字？」華老捏鬚，面上亦是不滿。便是隨便取個小字叫著，也好過這小名啊！

「鄉下人，小名本就應取得賤點才好養活。你看，泥鰍、鐵蛋、柱子，哪一個是好聽的名字？大家卻都是朗朗上口，何況，我這也取得貼切。你們看他，從頭到腳，哪一處不似了那肉丸子？」

老者無語。可憐的小肉丸子，尚在襁褓，就這麼被他娘把名兒給定下來了，也不知將來是何種心情啊！

奶娘一事，在李空竹再三的堅持下，終是被華老在第二天給遣走了。

麥芽兒與惠娘，皆在她生產後的第二天前來看她。

麥芽兒還頂著一張高腫的青紫臉，看到她時，那紅腫的眼睛，瞇成一條縫，哭訴著。

「嫂子，妳打俺吧，要不是俺，妳也不會早產了。」

早知道會這樣，昨天便是頂著被自家婆婆罵死，她也斷不會頂嘴。不頂嘴，婆媳也就不會幹架了，不幹架也就不會出了早產這事。

惠娘也在一邊嘆著，拿絹帕幫她擦著眼淚。「我都聽說了哩，妳也太過性急了，便是妳心裡再想走，也總要緩個幾天，等事情過了再說。工作上的事，那老太太就算再不講理，還能讓你們不要了工作？」

麥芽兒點頭，努力的睜眼，讓那夾在眼縫裡的眼淚流出來。「當家的也這麼說俺呢，俺這腦子確實笨了點……嫂子，俺對不住妳哩！」

李空竹搖頭，手指愛憐的摸著自家兒子的小下巴，見他張嘴無牙的笑著，就心情甚好的道：「本就是這月要生的，不過是提早半月而已，一切都還算平安，那一切怨怪自然都消了。」

「不怪俺了？」

李空竹瞋了她一眼。「不怪了。」

「謝謝嫂子！」

麥芽兒喜極而泣，李空竹可受不住她突然這樣。「好了，別哭了，妳何時跟那大戶裡嬌滴滴小姐似的，全身上下就差沒泡在水裡了。這讓不明就裡的人看了，還不得以為妳那眼睛是為我哭腫的啊！」

「才不是哩！」李空竹這番說笑，讓她哭笑不得的抹去淚。「這眼睛是俺婆婆給打的。」她可是一根手指頭都沒碰過婆婆，也就是在看到嫂子倒地時急了，推了她那麼一下，其餘的道理，可都占在她這邊哩！

對於林氏的打架手法，李空竹早在嫁來的那年就領教過。鄭氏那麼大個頭，在她手下都討不到好，更何況是麥芽兒這樣的？

見兩人都憐憫的看著她，麥芽兒倒是不以為然的笑道：「俺還得多虧她這一頓打哩，俺當家的為此寒了心，連俺公公都說，讓俺兩口子離得遠點的好，說是俺婆婆不知足，吊她兩年。總有一天，她會覺得自己做錯了！」

「能讓妳走就好。」惠娘點頭，心裡倒是慶幸。好在自己沒有婆婆，除了娘家幾個極品外，她有當家的疼愛，倒是過得挺滋潤的。

麥芽兒點頭。眾人嘻笑著說了一會兒，見李空竹有些疲態，兩人就相繼告辭回家去了。

待眾人離了屋，李空竹準備睡去，卻見小兒不知怎的又哼唧起來。

伸手摸了把尿布，觸手還乾著，便知他怕是餓了。將肉丸子抱起來，解開衣襟，將自己的胸部遞予他吮著。

小子得到吃的源頭，立刻就止了哭。誰知，親娘的奶還沒被他吮過，不能立即就吃到，急得他鬆了嘴，偏頭就開始如小貓般的哭叫起來。

「你倒是性急，如何就這般沒耐性？再來！」李空竹皺眉說著，將小兒轉了個方向，又把胸部湊近。

如此幾番的閃避又回送，餓極的娃兒只好妥協，嗚咽又委屈的吸著吮不出奶的乳頭。

當第一口奶被小兒吸出，小兒也順利「咕嚕咕嚕」喝著後，他那委屈的哼唧沒了，安安靜靜的享用著他的飯食。李空竹感受著那母奶從乳房被吸出的時刻，覺得生命從未如此令人感動過……

第八十二章

李空竹在坐月子的第十天時，就收到來自邊界趙君逸的親筆信。

彼時李空竹拿著于家的遞來的信封，眼睛一眨不眨的盯著那柄極精緻的小巧匕首，仰頭問著于家的。「可有說這是哪日的信件？」

「是姑娘生產那日著人送的，怕是三月時姑娘去的那封信的回信哩！」于小鈴在一邊接了話。剛剛她出去時，正好聽到華老交代自家娘親的話語，是以，便猜著這回的怕是那封她擅自作主，請華老送去的信吧！

李空竹點頭。對於那封于小鈴沒經她同意就寄去的信，她心裡明鏡似的，只是沒有戳破，何況她本就是想寄，只不過沒那份勇氣罷了。

將精緻漂亮的小匕首放於炕邊一側，女人伸手將那封信拆開。當看到上面只有短短一句話後，雖說有些失望，心底卻也鬆了口氣。

不管好歹，這總歸是他親口說出的近況不是？這對於只能從別人口中知道他近況的她來說，算是一顆藥效十足的定心丸，畢竟聽旁人說與當事人的親自證實，是兩種完全截然不同的心情。

前者便是聽說了，還是會跟著擔心與焦心；而後者，除了安心外，更多的卻是掛念。

只是對於他隻字未提的事情，女人除了有些失落難過外，心底某處卻不自覺的湧現出一絲疑惑，感覺有些異樣。至於是怎樣的異樣，如今她還沒有多少腦子去琢磨清楚。

將信放入信封中裝好，又拿著匕首看了看。

半晌，女人將東西遞給于家的，道：「收著吧！」現在拿著、看著，也不過是徒增相思罷了。

于家的見她故意轉眼不再相看，就知她這是不想多想，點了頭，從屋裡的梳妝櫃裡找了個空匣子出來，想了想，又拿了塊布墊著。待弄好，才像供奉似的，將那匣子小心的放在櫃子裡。

李空竹看了無聲的笑笑，見兒子這會兒醒了，正睜眼看著自己，就向他挑了挑眉，用小指頭去逗了他一下。小子如今臉長開了不少，皮膚很是滑嫩，見她逗弄，就咧著無牙的小嘴，聲音軟軟地笑著。

華老過一會兒進來為她把平安脈時，正好看到了這溫馨的一幕，便笑了笑，問她：「信上提了什麼？」

李空竹怔了下，笑道：「一如他人一般，簡潔明瞭，報了聲平安而已。」

「就這樣？」

「就這樣。」女人點頭，在他鬆了脈後，就轉身抱起兒子，準備給他餵奶。

華老見此，不好多留。起身向外行去，雙眉不自覺的皺了起來。太古怪了，就算君家那小子再是不喜孩子，既然丫頭都親自去了信，他也回了信，如何就隻字未提呢？

「難不成，是哪裡出了問題？」老者捏鬚，喃喃著在心中有了計較。

李空竹月子十五天時，皇城提貨的馬車駛來。

由於她現今身子不便，就將認字不少的柱子提拔成了作坊大管事，讓他暫替她管理談訂單的事，而帳冊方面，她則完完全全讓泥鰍去做。

收貨之事仍是趙猛子負責，暫時沒有安排兩口子去分店，而是從作坊裡另提了人上來，著他先幫著帶一段時間再說。至於作坊空缺的位置，就安排給麥芽兒的哥嫂兩人來補上。

李空竹在聽說皇城來人時，就著人去請柱子過來，讓于家的跟他說了這皇城的管事內容。

儘管柱子在聽到是要和皇城談生意後，腿直打顫，可到底在外跑了這麼久，也見識了不少。是以，這場買賣，他談得還算不錯。

在結束了賣買，皇城車隊走後的當天，華老著于家的拿了副金鎖並一匣子的黃金進屋。

「華老說是皇上賞賜的，要恭賀姑娘添子之喜。」

于家的捧著東西有些飄，對於那一匣子的金元寶只覺分外燙手。

李空竹著她打開看看，于家的聽罷，抖著手將匣子打開，道：「總共是三百兩的金錠，市值三千多兩的白銀哩！」

倒是好生大方！李空竹看著那耀眼的金燦燦，心也有些抖的用手摸了一把，疑惑的想著崔九那小子，何時與自己這般要好了？在如今正值戰爭的特殊時期，這三百多兩的金錠，可是夠不少兵士的開銷。

「我以前對他很好嗎？」

于家的聽得愣怔，又快速的搖搖頭。想著那如今是天子的人，曾經在這兒待過，那陣子自家姑娘對他並沒有多大的尊敬與區別對待，疑惑道：「或許在他的心裡，不特別討好，這就是最好的對待了？」

李空竹沒有吱聲，總覺有什麼蹊蹺，可偏偏這時她的腦子就是有些轉不過彎，怎麼也無法猜透這其中的關鍵。「難道真是一孕傻三年？」

于家的聽得無奈。

李空竹在那兒沈思了一陣，見實在猜不透，就揮手讓于家的下去，並吩咐她。「將這些金子都存入銀莊吧！」

五月初九，肉丸子滿月，也是李空竹出月子的時候。

彼時除了全村村民都來道喜，更有那合作的商鋪老闆們親自帶禮前來恭賀。

由於送禮的過多，李空竹他們的院子又沒有庫房，見禮盒實在沒地方堆了，于家的乾脆將一間空著的偏廂拿來充當臨時庫房。

李空竹在洗好澡後，著了身百福裙，抱著同樣打扮一新，如今已經長成粉麵包子樣的丸子，走過場般的在眾人眼前亮了個相。

看著院裡院外坐滿的眾人，被李空竹抱著的丸子，很不滿的皺起了沒丁點眉毛的眉頭，顯然有些不愛這般熱鬧。

李空竹笑著跟每桌在座的眾人打了聲招呼，丸子也幾乎被每桌的婦人給摸了個遍，眼看就要癟嘴大哭。

李空竹趕緊告了個罪，連忙抱他回到院裡，又繞去堂屋跟那些合作的老主顧們打聲招呼，吩咐前來幫工的人好生招待後，就回了屋，靜靜的奶孩子。

華老也不愛這鬧哄哄的宴席，這會兒他坐在自己的西屋，理著心裡一個月以來的疑惑。考慮再三後，便把劍寧叫過來，直截了當的問道：「你的主子是誰？」

劍寧心下一凜，知道怕是趙君逸上個月的那封信已經令他起疑。停頓半晌，低眸在那裡站著，不知該如何開口。

華老見他這樣，還有什麼不明白的，冷哼了聲。「我早該想到那小子不會這般好心，安排了眾多暗衛在這裡。敢情是想封了這裡的消息？」

劍寧拱手。「還請華老保密。」

「保密？」老者哼笑。「你們擅自截我信件，未經我同意便替我轉給崔九，你還讓老夫替你們保密？」

劍寧難得的臉紅過耳，但命令在先，他不得不硬著頭皮答道：「君主早已下了命令，屬下等人也是迫不得已，且前方君將軍正值戰事吃緊，若是分心的話……」他們拿到的命令，便是按著事情的輕重緩急而來。

特別是君將軍的夫人，若是事情過大，最好是隱下。

「啪！」華老氣急的拍桌。

劍寧當即重重跪下。「屬下該死，任憑華老懲治！」

「懲治？」老者冷哼，氣得將衣袖甩得直響。「哼！你是屬了皇家之人，老夫可不敢懲治。擅自查看信件，雖說論罪當處，可你這身後有著大樹呢，老夫哪有那等能力？」

「華老……」

「滾！」老者一個沈臉，心下將崔九恨得半死。當初送來暗衛時，他怎就沒想到這些人早已認主了？當真是愚蠢至極啊！

劍寧見此，起身無奈的拱手一禮。「這事屬下會如實稟於君主，但求華老先暫時保密。」

老者不吭聲。這是讓滾都滾不了了？這般明顯的監督，崔九那混帳，當真將這帝王心術運用到了極致。

劍寧見他不再相理，垂眸再次拱手，就無聲的隱了出去。

等屋子徹底靜了下來，老者聽著外面的哄鬧，幾經思慮，終是起身走出去，與結識的村中老人喝起了悶酒。

主屋這邊，李空竹正用手指給自家兒子握著玩，外面于家的卻在這時敲門來稟。「姑娘，驚蟄少爺來了！」

「進來吧。」

「是。」于家的推開門，對著一身輕薄學生儒袍的李驚蟄比了個手勢。「驚蟄少爺請吧！」

李驚蟄有禮的拱手。踏步行進屋時，正逢李空竹溫和的笑眼看來。

小子見狀，清俊的小臉上一絲委屈湧現，眼眶發紅的輕喚著那散發著柔光的女人。「大姊！」

李空竹點頭。幾月不見，小子個頭竄高了不少；以前有些圓潤可愛的臉龐，如今拉長變得俊朗起來。「倒是長高了不少，如今再不能亂叫哥兒了，你當舅舅了哩！快過來！」說著，就招手讓他近前。

小子用衣袖抹了把眼角，幾月的想念在此刻滿足，終究有些覺得不太真實。小心翼翼的走過去，女人卻突然將丸子交予他道：「來看看你的小外甥。」

被突然塞來的丸子嚇到，李驚蟄抱在懷裡，左右不是。那丸子也被他生澀的動作抱得很不爽，咧著嘴，開始哇啦啦的哭叫起來。一聽他哭，小子更是手忙腳亂。

李空竹見狀，趕忙教他抱法。待他終是抱順了手，丸子也不哭了，李驚蟄才冷靜下來，新奇的盯著那肉肉的小不點看著。

見氣氛融洽，姊弟間再沒了尷尬，李空竹抽空喝了口水，坐在炕的另一邊，道：「今兒是隨了誰過來的？」

「沒人，只我自己。」李驚蟄抱著那小丸子看著。「如今正值農忙，村中都忙著收麥種番薯，實在抽不出空，所以二叔他們就讓我拿了禮，幫著過來道聲喜。」

李空竹聽罷，點點頭，看著他垂眸在那兒搖著自己的兒子，又問：「新學堂可是習慣？」

「嗯。」李鶯蟄眼眶紅紅，卻仍勾著嘴角道：「新夫子倒是比老夫子學問高了不少，我已經在學四書了，先生也是仔細教導，讓我記住不少呢！」

「那就好。」

李鶯蟄點點頭，沈默了一會兒，又喚了聲。「大姊——」

「怎麼了？」

小子搖頭。「沒怎麼，就是想叫叫。」

李空竹笑了笑，伸手越過炕桌，在他頭上摸了一把。這回小子沒有抗拒，反倒很開心的咧了嘴。「好生念著，可別辜負了大姊的一片心意。」

「嗯！」小子聽了堅定的點頭。

「有時間去看看娘吧。」李空竹欣慰一笑。雖說她與那邊斷了，可他終歸是郝氏的親生兒子，且不論郝氏的作為對錯，將來他科考，這件事注定會成為他被人說道的污點。趁著如今年歲還小，有空前去關懷一二，將來也好洗脫不孝的罪名。

李鶯蟄沒有說話，垂眸在那裡不知想什麼。半晌，才聽他道：「我知該怎麼做哩，大姊不用為我操心了。」

「……好。」李空竹沒有勉強。小子要長大懂事，總得放手讓他去經歷、處理一些事情才成，不然一輩子活在被保護的羽翼下，終歸會害了他。

等到快散席時，李空竹抱著孩子又出去送了圈客人。待外人都走光後，又著于家的去村中叫了牛車，將李鶯蟄送回李家村。

有些累著的李空竹正想趁著空檔回主屋歇上一覺，卻聽得華老在那邊叫住了她。「那個……ㄚ頭！」

李空竹回眸看他，老者見她一副毫不知情的純真樣，不知為何有些語塞。

「怎麼了？」見他久不說話，女人好奇的問。

老者張了張口，想著那截信的始作俑者，這會兒平復了怒氣，又有些不好開口。

見老者發愣，女人再次不確定的喚了聲。「華老？」

老者回神，看著她詢問的眼，極不自然的別開臉。「咳，那啥，酒喝得有點多，著了妳的人快快煮了醒酒湯上來。」

李空竹滿頭黑線，抱著兒子很不爽的看了他一眼，哼道：「知道了！」

說罷，就轉身準備去廚房吩咐于小鈴煮湯。老者看著那走遠的身影，心底嘆了一聲。

時間飛逝，轉眼夏去秋來。在夏季的幾個月裡，李空竹除了忙著帶孩子外，作坊的擴建與加開的分店，也同時在這幾個月裡完成了。

如今的作坊與分店需要的人手是越來越多，李空竹為保品質，在招工方面，除要簽保密契約外，另還開了培訓班。也就是說，所有新人要進作坊或是店鋪上工，都要受了培訓，考核過關才成。

至於管教這一類，李空竹主管鄉下，李沖他們與麥芽兒兩口子主要負責城鎮，成果由李空竹親自前去驗收。合格了，皆可留用，不合格者，可繼續培訓幾日；若再不合格，只得完全退用。

除此之外，為防他們吃過久獨食引來外人不滿，李空竹還將合作的幾個大商戶召集在一起，大家又互相商討了一下合作事宜。比如有果林的、有田地的，皆可種了他們作坊需要的原料，大家也按照這樣的比例分成。

照現代的公司占股一樣分成一百份，所有參與者，按各自出力的比例分成。

首先是趙家村人這部分，百分之一的利不能少了；其次是惠娘與麥芽兒兩家分別占百分之五，李空竹為最大頭，占百分之四十；其餘則分別按十家大商戶出的銀錢、土地分配。

對於這樣的分法，誰也沒有多說什麼，都知照這個速度擴展的話，用不了多久，變國各地怕是到哪兒都有了人人作坊與批發部，這看似小小的股份，到時也不會少賺了銀子。

這合同簽訂後，建立了新的合作模式，他們被李空竹叫做人人批發公司。至於為啥叫「公司」，合作商們不太懂，但他們只要知道如何拿錢、何時分紅就行了。

交了所謂的融資後，李空竹便分派給他們致力於北方一帶分店與作坊的任務，並要求發展速度不用太快，但要扎實，爭取三、五年間，先在北方一帶打出響亮的名聲，再致力於往南方一帶慢慢進攻。

她這餅畫得很大，大得所有人都似看到了滿天的金子在飛。

李空竹還說了一些另外的創新概念，至於如何創新，這就是她這個大股東的任務了。前世她也逛了不少批發商，麵包、餅乾、小零嘴，總能做出不少來。是以，在創新這方面，她倒是信心滿滿得很。

忙裡抽閒中，李空竹時常會情不自禁的抱著越來越重的丸子，看著那唯一的信件與匕首發呆。

其間她很想再寫信去詢問近況，可華老卻交代她，說是男人如今行軍不定，且深入靖國，到了重要時刻，為防其分心，還是不寫為好。

李空竹雖覺古怪，可到底沒多說什麼。

今兒難得忙活完，她抱著丸子坐在堂屋炕上，陪他享受著這難得的炎熱午後。

滿百日的肉丸子，已經會咿咿呀呀的叫喚著拿玩具玩了。現下的他再不似幾月前的皺包子樣，長開、長白了不說，那淡淡的眉毛也漸漸轉得濃密，一雙水漾的桃花小鳳眼配著那紅紅的小嘴，模樣像極了漂亮的小女孩。

「啊呀——啊！」炕上玩得滿頭大汗的小子，在蓆子上翻了個身後，抱著玩具仰頭看她，皺著小眉頭，似在跟她說話的叫喚。

于小鈴在邊上拿扇子給他輕搧了下，小子立時就舒服的瞇眼笑出了聲。「哥兒這是熱著了哩！」

李空竹點頭，看了眼屋中放得遠遠的冰盆，輕笑著拿過于小鈴的小扇，朝著肉嘟嘟的小腿輕拍了下。「你倒是會享受！都這般熱了，就不能靜一會兒？」

「啊、啊啊——」小子拖著長音大叫著，小胖手指指著她，似在控訴般說了大堆他娘聽不懂的話。待看到他娘瞪了眼，眼珠又是一轉，小腳向上蹺的一翻，就又側翻了面壁，賭氣不再去看她。

李空竹哭笑不得，將搖扇拿得遠遠的自己搧涼，也小孩子氣的不再給丸子搧涼風。

華老這時自村中聊天回來，一進堂屋就看到在小炕上玩得不亦樂乎的小傢伙，便眯眼，滿臉堆笑，快步的走了過去。脫鞋上炕，對著那還在翻身玩的小傢伙，一把抱了起來。「來！祖爺抱抱！」

「啊啊呀——」被突然抱起沒法獨玩的小傢伙，頓時有了不滿，咿呀哼唧著，身子扭著還要去炕上玩。

老者見狀，瞪了他一眼。「你個臭小子，祖爺都好些天沒抱你了，你咋就這麼不愛抱呢？」

「大熱天的，你抱他跟個火爐似的，不嫌熱啊？」李空竹伸手搶了丸子，扔他回炕上玩著。

老者抹了汗，端著冰涼的蜜水喝了一口，又起了壞心的在小子臉上冰了一下。小子被冰得一個激靈，立即縮了下脖，隨即好奇的轉眼來看到底是什麼玩意兒。

老者見狀，頓時勾起了童心，又將冰著的杯子放在他臉上冰了一下。

「啊！」小子覺得冰涼舒適，伸了手就要來抓。

老者一躲，還特頑皮的搖頭道：「欸，抓不著！」

李空竹無語的看著這兩個兒童，見一個抓一個躲的玩得很起勁，就起了身。「既然華老你在，就先幫我看一會兒，我趁此去泥鰍那裡，還有些帳，想問問他呢！」

老者聽罷，停了逗弄小兒的手，見她行到門邊，猶豫再三，還是開口與她說了靖國的戰事。

「聽說靖皇已經知道那小子的身分，來報之人說啟程時，已經聽聞靖皇著人大肆渲染那小子的叛國行為，也不知現下，有沒有引起靖國百姓不滿，恨了他？」背上叛國的罪名，被千萬人仇恨著，也不知那小子能不能頂得住？

李空竹立在那裡沈默不語。

良久，卻聽她輕笑道：「他在選這條路時，就該能猜到有今日的後果才是，該如何打算，我想，他應早已做好了準備。」說著，轉頭看著老者。「華老，你說我該不該再去信一封？」

試探？老者聽罷，直直的向著她的眼睛看去。見她笑得明媚，不懼的回看著他，就不自然的轉了眼。「怕是不成！」

第八十三章

「這樣啊。」李空竹笑了笑，看了眼外面豔陽天，眼色一深，沒再多說的提步走出去。她早該想到的，卻遲鈍的後知後覺，到了今時今日才領悟。

這般久以來，從以前老者寫信沒回音，再到她得到的奇怪回信，接著老者寫信仍無音訊，崔九給的豐厚黃金，老者滿月酒後的古怪態度。

還有，她幾次主動提及寫信被拒絕，以及華老時不時告訴她的戰況。

這些，每一處都透著離奇古怪，偏她豬腦子卻從未認真去想過。女人沈了臉，想著她如今寫信，怕再難寄出去了。

崔九！他給她劃了個牢，說是保護她，卻是怕她生事，惹了男人分神。如此打著保護行著監視行為的君王，當真令人心頭不舒服至極，也噁心至極。

「呼！」極氣的吐出了口濁氣，女人立在屋簷下，看著那片萬里無雲的晴空，無奈至極的自嘲。封建社會的王權統治，她終於體會到什麼叫做沒人權了。「這就是現實！」

對於此事，她不但不能反抗，還得欣然配合，美其名曰他娘的什麼為國奉獻。「真他媽的敗類！」

極不雅的吐了句髒話，李空竹回身，再不顧形象的一腳猛踹在牆上。「去他娘的為國為民！我靠！」

屋裡算帳的泥鰍聽到她的罵聲，不明就裡的開門。「三嬸，妳在做甚呢？」

「沒事，罵條狗而已！」她稍稍緩了氣，仍是咬牙切齒。

「狗？」

「嗯。」女人一臉陰沈，收了心緒走過去，摸著他的小腦袋，一本正經的問道：「對了，帳算得怎麼樣了？」

「這月的利已經算出來了。」小子讓她進去，隨即大開著門道：「俺去拿來給妳過眼！」

「好。」

外面，不動聲色跟出的老者立在屋簷下，將她罵人之話聽了個一清二楚。

靖國某城。

雖說九王早已查出了趙君逸的身分，也著人到處散布君家叛國之事，可並沒有預期中那樣，煽起靖國百姓的民族仇恨與團結。

相反的，由於變國軍隊對靖國百姓的扶持，與一些知情君家之事的人也散布了平反的消息，靖國的百姓對於如今的當政者是更加不滿了。

如今的靖國是餓殍遍地，當官者斂財貪污，令百姓再難生存。有那先見之明的百姓們，在聽說變國軍隊攻下城池後會開倉散糧，便動身逃亡到那被變國攻下的城池；也有的人會暗中組織，準備等變國軍隊圍攻過來時，好幫其來個裡應外合。

機。

該說如今的變國軍隊，是天時、地利、人和都占盡了，也該是連連再下幾座城池的好時機。

可偏偏……趙君逸聽到已有近千名兵士，相繼出現四肢無力、嘔吐與時而高熱時而發寒的症狀。一雙濃眉緊皺，想著前兩天軍中最初出現這種症狀時，不過僅僅數十人，如何才兩天多的時間，就演變到了這種地步？

召來了軍醫相問，幾位隨軍的老軍醫在經過一番商量後，拱手道：「回將軍，老夫等人就這兩天的病人症狀來看，怕是染上那時疫了。」

「時疫？」趙君逸聽得心頭大驚，見幾人點頭，眉頭深鎖、目中肅然的問：「幾位大夫可有治療之法？」

軍醫幾人你看看我，我看看你，皆搖頭不語。

自古以來染上時疫症狀者，很少有人能倖免於難，只因這時疫不僅無藥可醫，且還傳播得極快。為了防範，只能用那隔絕之法，被隔絕之人，多數都只能自生自滅罷了！

也因此，在眾多朝代中，只要瘟疫所發之地，朝廷必會派人將之與世隔絕，阻斷該地與外界的交流管道。

往往這時，那被隔斷之地，也再難有活人生存下來。待時疫真真正正消去時，所留下的也只有一罈罈骨灰和瀰漫著淒涼氣氛的空城罷了。

如今的軍營中，無法確切算出有多少人已被感染。是否有人相瞞，還是有未顯現症狀的人？這些都無從得知。

若所有人都被隔絕的話，那麼幾十萬的精銳大軍，終會被這時疫折騰得一個不剩，待到那時，不論是否大勝靖國，於變國來說，都是元氣大傷。

趙君逸聽完，凝眉沈吟片刻，吩咐道：「先將得病者單獨隔離開來，往後若有發現病患，皆按此隔離。對了，可有防範之藥可喝？」

「防範之藥，也不過是些清熱解毒、加強體質的草藥，對於時疫來說，怕是效果甚微啊！」

「總好過無效吧。」男人看著幾人，肅容請託。「從今日起，幾位軍醫就忙碌點，每日三餐皆要熬這防範之藥，並提醒軍中將士，要注意保持個人康健才好。」

「是！」幾人拱手。

待趙君逸將幾人揮退後，又著了眾將前來商議。

眾將一聽是時疫，臉色皆齊齊大變，更有甚者，當即就不耐的大罵出聲。「狗娘養的，指不定就是靖國那幫玩意兒幹的好事，這明著打不過，他娘的居然使起了陰招！」

「將軍，怎麼辦？」

「怎麼辦？幹他娘的去，跟他同歸於盡得了！」

眾將你一句我一句的紛紛爭吵著。

「林俊，不可魯莽！」趙君逸冷靜的分析了下後，揮手令眾人停下來。「如今當務之急是減少傳染，以及找到發病源頭。」

「將軍你說吧，該如何做？」那叫做林俊的六品將軍，沒什麼耐性的出口。

趙君逸背手沉吟了下。「如今這種情況，無非是兩種傳染方式。一是被人直接傳染，便是我們的將士中，有人接觸過染了時疫的死屍。我們攻城時所斬獲的敵軍屍首裡，很有可能被人混入了身染時疫者，如今雖被我們埋了，卻也不能忽略。

「本該燒了屍身才是，可為免二度接觸，暫時先不動為好。這第二種情況，也是最嚴重的情況，便是水源。如今我們安身紮營的地方臨近大河不到半里，這水源的上游是否有人放了腐屍我們不得而知，得好生查探才是！」

「將軍說得是，如此我們便按此方法查找吧！」

「好，那咱們就先從找水源開始！」

趙君逸點頭。「此事就交給林將軍去辦。其餘各將，都注意著點，一旦有發熱、四肢無力、畏寒者，皆隔離起來！」

「末將遵命！」

趙君逸頷首。待安排完，眾人散去，他快速走到几案後，寫起了戰報。

待寫好，趙君逸著專人進來。「十萬火急，務必十天內送進京！」

身插送信旗子的士兵接過後，拱手道：「是！」

待京城收到時疫之信時，變國的大軍已有萬人皆患了時疫。

彼時變國大軍中，雖說已經查到了水源之地，可依然無法扼制這種病症的快速發展，在一位將軍也不幸染病後，軍營裡壓抑了多日的士兵們，開始變得躁動不安起來。

這終日人心惶惶、戰戰兢兢，令軍隊士氣出現了前所未有的低迷。趙君逸在發現這種情況後，雖說幾經安撫，依舊是效果不彰。

在發了頭封信的不到兩天裡，他又接連發了多封信到京城。一方面是為報戰況，另一方面則是讓京城的太醫院儘快想出抑制的方法來，不然照此速度發展下去，怕是變國軍隊真要不戰而亡了。

變國軍隊身染時疫之事，傳得很快，彼時身為平民百姓，身在趙家村的李空竹他們都聽到了這個消息。對於時疫，在這個醫療條件極度匱乏的年代，除了隔離等死外，再無他法。

李空竹抱著又沈了幾斤的兒子，在聽了此消息後，面無表情的坐在那兒，很久都未吭過一聲。

丸子被她勒抱得緊了，扭著身子難受的哼唧，想要脫離她的懷抱。

于家的見她發愣，沒搭理懷中的丸子，趕緊很心疼的喚了聲。「姑娘！」

李空竹回神，懷抱鬆了些。

見老者與于家的母女倆，皆一瞬不瞬擔憂的看著她時，就扯了個極難看的笑來。「關我何事。」

華老輕嘆，在那兒沈思良久。「出了這事，我怕是要回京一趟才行。」

李空竹轉眼看他。「你有辦法？」

老者搖頭。「時疫這玩意兒症狀多種多樣，也不知到底是哪一種？自古以來，時疫就是最難醫治之症，靖國如今都還有人患著，怕是無藥可解了。」

「憑你的醫術也無法嗎？」

老者苦笑。「老夫醫術也不過是從醫書與名士那兒學來的，比起一般人來，不過高了兩分診脈與施針的手段，敢於下重藥罷了。對於無藥可治的病，也是無能為力。」

可即使是這樣，他也要回京看看得來的病源情況，有可能的話，他怕是還會帶藥品去戰地一趟。否則不努力一把，只怕變國那幾十萬大軍，真要不戰而降了。

李空竹有些白了臉，極力忍著心驚問道：「你打算何時出發？」

「自然越快越好！」多待一刻便是耽誤，自然不能久留。

李空竹點頭，抑制著有些發顫的聲音，吩咐于家的道：「去幫華老將東西收拾了，再著劍寧備車，送華老回京。」

「是！」于家的慌慌一行禮後，便快速的退下去準備。

輕裝從簡，待備好所需後，李空竹抱著咿咿呀呀、什麼都不懂的丸子，站在大門處送老者離開。

老者看了小兒一眼，隨即揮手上車，從內掀起車簾道：「好生保重，我會想辦法的。」

李空竹點頭。在他著劍寧出發後，似想起什麼般，衝向那已經行駛的馬車，對老者喊道：「華老！回去後，可否將那病的症狀著人給我帶一份來？」

華老從車裡探出頭來，見她竟是抱著小兒在跑，立即要劍寧趕緊停車。待車停妥，她跑到跟前，老者看著她問：「妳要那症狀做甚？」

李空竹邊喘氣邊道：「你無須問這般多，你只說能不能給吧！」

老者看她良久，見她眼中滿是強硬，終是無奈的嘆息了聲。「罷了，就當是老夫還妳一個人情吧。」

「多謝華老！」李空竹衝他行了一禮。

待看著馬車再次走遠後，女人抱著孩子轉身，吩咐于家的道：「去山上摘些桃子下來，我要做上幾罐桃罐頭。」

于家的看著她，雖說不解，卻並不相問的福了一禮。「是！」

摘下的兩筐不怎熟的桃子，只用了半天時間，就被煮好裝成了罐。彼時天已大黑，累極的李空竹，躺在主屋的炕上，微笑的看著小丸子在那兒咿咿呀呀的唱著歌。

伸了手指，拿著一根手指交與他握著，搖了搖，看著他道：「若娘走了，你會不會想娘？」

「啊啊呀——」丸子依然不懂，握著老娘的手以為是要跟他玩，咧著無牙的嘴，笑得很開心的咿呀著。見娘離得有點遠，小子又緊抓她手指，一個勁兒的拉著示意讓她抱。

李空竹撐著疲憊的身子起身，一個用力將還不會爬的丸子抱起來。小子見離了炕，頓時就高興起來，一邊嗚哈的叫著，一邊伸著腦袋來拱著她的胸口。

李空竹笑，用剪去指甲的圓潤手指，輕捏了下他胖嘟嘟的臉蛋。「小饞貓！」說著就解開衣裳，開始餵起了奶。

小子尋到奶吃，立刻就再顧不得玩耍的認真吃起來。

李空竹靠在身後炕櫃上，將鞋子用腳蹬落在地，小心的移身炕上後，看著專注吃奶的小兒，目光有些呆滯悠遠的想起事情來。

也不知過了多久，待她終於回神時，小兒竟是含著乳頭睡著了。

小心將他抱起，整理好衣衫，就輕拍他的後背，讓他打出了奶嗝。確認小肚子沒脹氣後，小心的將丸子移到鋪好的小褥子上，輕輕放下，不經意間竟被小兒抓住了一根手指。

女人輕笑，就此躺在他身邊，睜眼細看著他。

如今的小子眉眼已完全長開，那平滑白嫩的額頭像極了男人那飽滿的天庭，眼線修長，睜眼就是一雙很水漾的鳳眼；鼻子雖看不出挺，可依然有男人的痕跡。

用指腹輕撫小兒的面龐，女人發現，看了兒子這麼久，也找了這麼久，丸子全臉上下，除了那紅豔豔厚薄適中的唇形外，就再無一處像她，全然是男人的小號翻版。

慈愛的在他額頭印了一吻，女人拉過被子蓋上，也不去管那快要枯竭的油燈，閉了眼，拉著兒子的小手，慢慢的睡過去。

七月三十這天，也就是華老走的第三天，女人要求的病症資料，被崔九派人送了過來。

李空竹看了後，心裡就有了幾分底，問那送信之人：「你們主子可有說過什麼？」

那送信之人聽罷，並無相瞞的道：「主子說若姑娘一定要去的話，他會在鎮上等著姑娘前去送行。」

這是要見她？看來崔九也有些等不及了，竟親自動身來了環城，想來已與華老見過了吧！

李空竹不動聲色的將信紙摺好。「那便在鎮上相見吧！」

「晚上會有馬車前來，還請夫人稍等。」

李空竹點頭，待那人走後，就著于家的收拾行李。

「姑娘。」很明顯于家的知道了她的目的，對於她的吩咐是萬分不贊同，皺眉勸著。「哥兒還小呢！」

李空竹聽罷，轉頭看了眼炕上正玩得起勁的丸子，顧左右而言他的笑道：「是啊，這麼小就離奶，也不知好不好，不若請個奶娘？」

「姑娘！」于家的急了，是再顧不得主僕有別的拉著她道：「妳當真要這般不管不顧不成？如今這個家中只餘妳一個主子，若妳再有個什麼三長兩短，那……哥兒，和這偌大的家業，妳讓老奴一家該如何是好啊？」

說著，她眼眶就是一紅，眼淚跟著掉了下來。

于小鈴也在一邊抹淚的勸說。「姑娘！妳再好生想想吧，這事萬不能兒戲了啊。雖說姑爺如今是危險，可若妳要再身陷危險，難道讓哥兒失了爹爹後，又沒了母親嗎？這般大的家業，多少人虎視眈眈，妳要就這麼走了，那哥兒還不得讓他們吃得連骨頭都不剩嗎？」

「胡說什麼話！」于家的對女兒的不會說話，喝斥了句，心頭卻也是這般憂心著。

于小鈴拿著絹帕抹眼淚，自知失言的福了個身。「奴婢失言，但求姑娘莫怪，奴婢也是為了姑娘和哥兒著想！」

丸子不懂大人的世界，聽到她們嗚嗚的哭聲後，有些好奇的轉了眼。「啊——」他滿臉無辜的舉著手中的小木馬，似在說別哭了，給你馬玩。

李空竹抿嘴將兒子抱起來，摸著他軟軟密密的頭髮，嘆道：「此事我會交代好的。」見兩人還欲辯，女人雙眼一沈。「夫君不會有事，我亦是不會有事的。若事情順利，我會在下雪之際趕回來。在此期間，哥兒就麻煩妳們看顧了。」

「姑娘！」

「好了！」她抬手止了兩人的勸說。對於兩人的擔心她不是不瞭解，可她總不能不管不顧吧？

別人的生命雖與她無關，可趙君逸她不能置之不理。那個方法她也只是覺得尚可一試，她沒有醫術，除了趙君逸外，別人都不會相信她。既然這樣，她還不如親自去一趟。

聽著耳邊咿咿呀呀的小兒吟唱，李空竹不停在心裡找著藉口。她不是不管自己的兒子，她只是在兩頭之間，暫時選了最需要她的一方而已。

于家的看她態度堅決，也知終是勸解無果，抹去淚，福了一身後，便提腳走出去準備。

李空竹親著小兒的臉蛋，眼淚不住的在眼眶打轉，對著于小鈴道：「妳去鎮上一趟，幫我問問李大哥。我昨天有著人送信給他，讓他幫著找奶娘。妳去問看看有沒有找到?若找到的話，讓今兒下晌就過來上工吧；要是沒找到的話，妳再讓他幫著去附近農莊看看，問有沒有剛生崽的奶羊?」

于小鈴紅著眼點點頭，在福過身後，就快速的跑了出去。

「啊——」丸子一無所知，扯著她的衣襟喚她。

女人紅著眼，扯了個極難看的笑容出來，一邊落淚，嘴裡喃喃囑咐。「記得要乖乖的，還有就是，不能有奶就是娘，待我回來後，若發現你忘了老娘的話，當心我打你的小屁股！」

「呀呀——」小兒見她掉淚，伸著小手指就去摸她的臉，見越摸淚水越多，就開始變摸為摳。見摳也止不住，小兒不由氣惱的越摳越用力，且一邊摳著，一邊還很不耐煩的啊啊大叫。

李空竹本是任他摳著，到最後見他竟是來了氣，趕緊轉臉用衣袖抹去眼淚，抱著他快速起身，開始逗著他，在屋子裡玩起了飛飛飛的遊戲。

轉瞬之間，原本沈寂的堂屋，瞬間就被小兒那清脆的笑聲給填滿了。

待到天黑，李空竹將丸子奶睡了，正給他拍著奶嗝，那邊崔九的馬車就過來了。女人站在主屋裡，就著窗戶看了眼那進院的黑衣人，將睡著的丸子輕手輕腳的放在小褥上。

看著那安睡的小臉半晌，終是不捨的低頭輕吻了下額頭，起身對那新來的奶娘道：「交代妳的可是記住了？」

「姑娘放心！我、奴婢記住了哩！」

面對她蹩手蹩腳的行禮，女人並無苛責，只是點點頭吩咐她夜裡好生的守著。「他晚上的睡眠還是極有規律的，一般亥時與寅時會尿床，若他沒哭的話，妳記得準時起來摸一把，順道再把把尿。」

「奴婢記住了。」

第八十四章

李空竹點頭，忍不住將已經交代過的話，又重複了一遍。

直到外面的黑衣人來催，李空竹才依依不捨的再次親了下兒子的小臉。起身，紅著眼看了半晌，心如刀絞的狠心轉過身，向外面走去。

外面于家的早將打包好的所需之物搬上了車，此時正立在那裡看著她，紅著眼眶欲言又止。

李空竹朝她點點頭，對那態度恭敬的黑衣人道：「走吧！」

「姑娘！」于家的急呼。「不若讓小鈴陪妳一塊兒去吧，路上也好有個照應。」

李空竹搖頭。「妳們只管好生替我管著家裡便是。」

「三嬸——」趙泥鰍流著眼淚，不捨的看著她。他不知道發生了什麼事，咋幾天之間師傅突然走了，現在竟連三嬸也要走了？他這幾天是錯過了啥事不成，咋啥都不知道哩？

李空竹笑著摸了他的小腦袋一把。「在家記得把你師傅所教的東西練好；還有，替三嬸把帳管好、把弟弟照顧好，聽到沒？」

趙泥鰍抹著眼淚，知道定是有什麼要事，邊哭邊應聲，哽咽的點著頭。

李空竹見他這樣，彎身在他耳邊輕聲的安撫了幾句。

他止了淚，一臉堅毅的道：「我知道了，三嬸放心，我會好好照顧家裡的！」

李空竹欣慰的點頭。「這可是你說的，待我回來，若發現家中你沒有照顧好的話，我會打了你的屁股喔！」

「好！我發誓！」

見小兒堅定認真的樣子，女人心下頓時好笑了瞬，搖搖頭，轉向幾人點了個頭後，便上了車，掀簾朝眾人揮揮手，就吩咐那黑衣人道：「走吧。」

話將落，就聽那鞭子揚起的聲音，隨著一聲駕後，馬車便快速的朝村口奔去。

「三嬸——」

趙泥鰍的大喊，令女人掀簾探頭瞧，見他被于家的拉住，摀住了嘴，就又向他擺擺手。

趙泥鰍見狀，亦是使勁的揮手。

待車離得遠了，再看不見人影後，李空竹才慢慢將頭縮回來，心絞痛的看著這精緻的馬車，想著能用什麼辦法，哪怕一會兒也好，能讓她將這份難受的別離給轉移了……

馬車在環城鎮的另一城門口了停了下來。李空竹正看著從車上小屜裡拿出的雜記，聽到動靜，將書放下，盯著桌上精緻的琉璃罩燈盞，嘲諷的勾了下嘴角。

車簾掀動，崔九一個大踏步的跳上車，待坐穩後，便對外沈聲吩咐道：「開行！」

「是！」話落，馬車就由原來的疾跑，改成了慢走。

李空竹看著那著金絲暗紋紫袍的男子，扯著嘴皮子笑了下。「孤男寡女共處一室，皇上就不怕外人說道？」

「我倒是極喜嫂夫人崔九、崔九的喚著，這樣顯得親切許多。」崔九整著衣襬，亦是笑看著她。

李空竹不動聲色的為他斟茶一盞。「往昔不知皇上身分倒也罷了，如今可萬不能這般放肆。臣婦的夫君現今還遠在邊界，還是懂點分寸為好。」

崔九沈眼看她，見她不卑不亢的抬眼與他對視，終是有些心虛的輕咳了聲，別過臉。「嫂夫人可想過此去的風險？」

「皇上可聽過生同衾，死同穴的典故？」見他張口，女人又恍然道：「倒是忘了，皇上妃子眾多，雖未立皇后，想來也應是知道才是。」

崔九瞇了眼，眼中有著一絲惱怒閃過。

李空竹見此，卻不懼怕的勾起了嘴角，手拿書本再次看了起來。

崔九直視她良久，終是難忍吃癟的咬牙道：「妳說出如此大逆不道之語，可有想過妳的家人？」

「家人？」女人自書中移眼。「我的家人除我夫君、兒子外，別人的命與我無關……」未說完，她似想起什麼，又不經意的道：「其實應該還是在乎的。」

說完見他挑眉，一副如他所料的表情，就再次開口。「若這趟我與夫君毫髮無傷的話，我可能會在乎某一部分人的性命；若是有個三長兩短的話……呵，我連兒子都沒辦法顧及，更何況是他人的性命？該是如何，以後各自聽天由命吧！」

崔九眼中閃過一絲驚異，直覺這女人瘋了。拋棄好不容易打下的大片家業不說，連兒子也能拋棄？說出得罪他的話，竟連身邊的親人都能不管不顧？這，該說她冷血呢，還是該表揚她的用情至深？

李空竹見他死盯著自己，就再次埋頭看起書來。她可是很在乎她兒子的，說這話，只不過就是心中氣不過罷了。近一年來，這王八蛋做下的那些事，她雖拿他沒辦法，難不成還不能在口頭上逞強，討點利息回來？

想到這兒，她再次皺眉。「皇上若無事的話，還是請下車吧！您老身子金貴當不得顛簸，臣婦這趕著去送死的卻不然，要再晚上幾刻的話，臣婦可真真害怕要與夫君天人永隔了。」

崔九聽得一噎，面如豬肝色的只覺心頭澀得慌。要拿她問罪吧，可人家根本就不在乎他的問罪。人都要去赴死了，還怕他的問罪嗎？

想了想，終是想不到辦法的崔九，突然冷哼了聲，轉頭向車外大喝。「桂仁！」

「欸，皇上！」

「把朕的東西交上來！」

「是！」

話落，窗口立時一個小匣子遞了進來，崔九拿過那匣子就是一個用力一甩。「拿去吧！」

李空竹抬眼，盯著那桌上的金絲楠木盒看了一眼，接著又別過臉。「毒藥嗎？」

「君李氏！」崔九徹底抓狂。「妳若再口出狂言，當心朕……」

「抄九族嗎？那正好，全抄了吧，省得極品一堆，我還得費神處理！」女人翻書一頁，學著男人面癱著不鹹不淡回道。

「妳……」崔九指她半晌，終是氣極的冷哼了聲，甩著衣袖，極為不滿的說道：「這裡面是華老寫予君逸之的信件，妳既是要去了邊界，就將這些通通帶去吧！」

通通去揭露出來吧，屆時君逸之那小子若要報復他，就讓他報復吧。反正現下時疫也都治不好了，也不知會是個怎樣的情況，與其屆時走得不明不白，不若讓他找個發洩口的好。

李空竹看著他幾欲抓狂的模樣，想著去歲時他在自家與華老的融洽相處。

或許，當時的他說不定是位活潑、心智不怎成熟的逗趣少年，如今成長成這樣，怕是也有著極其無奈的經歷吧。可即便明白，李空竹也不想同情他。

將盒子推了回去。「既然皇上都截下了，那便留著吧，如今再交出來也沒啥用了，你放心，我去後不會馬上相告的。要真是快天人永隔的話，到那時，我自然會全盤托出，皇上儘管放心，到那時他也沒有那個能力來報復你了。」

所以，這是想讓他背一輩子的良心債？

想著幾天前與舅公碰面，請他代轉時是這樣，連她也是這樣。如今他們怎就一個個都急著去赴死，急著要跟他劃清界線？他到底做錯了什麼？他是皇上啊！

崔九皺眉，想以皇權壓人的向她威脅道：「妳當真不要？」

女人面無表情的看他，拿起桌上的茶碗就是一摔。

「哢嚓」的聲響，嚇得車行立刻止步，一眾護衛當即緊張的快速圍攏，大叫著。「皇上、皇上！」

「滾！」裡面的崔九白著一張臉，大喝出聲。「車行繼續。」

外面眾人聽罷，交換了下視線，又四散開來繼續走。

而馬車裡的崔九在轉頭喝完那聲後，又立即一臉驚恐的看著女人。

只見女人手拿碎掉的茶瓷片，一臉淡然的仰著脖子，將瓷片抵在那白皙的脖頸處，衝他笑著。「皇上，應該這樣才對，您繼續問罪吧！」

崔九看著她，極力忍著有些氣得發抖的手，指著她道：「瘋了、瘋了！妳既如此執意尋死，那便去吧。停車！」

車停，只見他用力掀了那軟簾，一個箭步就跳了下車。「給朕加大腳力，定要在十天之內將這瘋婦給朕送達地方，可有聽到？」

「是！」齊齊震耳的高喝，令車裡的李空竹得意的挑起了一邊的嘴角。

還不待她笑意下去，卻又聽崔九一聲高喝傳來。「給朕馬上出發，現在就出發！」

「是！」話落，那趕車的侍衛當即就是甩起一響鞭，只聽馬兒吃痛，大嘶了聲，車突然就如離弦的箭般向前奔馳起來。

裡面的李空竹被這慣性拉得向後一仰，好在她及時扶穩了桌角，並未撞著，不動聲色地適應起來。

待看到桌上那還留著的小木匣子，女人輕哼了聲，當即就將它往車窗外扔了出去。「皇上，您的楠木匣子別忘了領回去！」

女人聲音極大，大得讓後面已經離她極遠的崔九與一干護衛聽了個清清楚楚。崔九當即就黑了臉，冷哼著轉身。跳上專屬於他的坐駕時，本想不管不顧的走掉，可最終卻是極不情願的轉身，向身邊的太監總管喝著。「桂仁，去給朕將那匣子撿回來！」

李空竹所在的車隊在得了崔九的命令後，白天夜裡沒日沒夜不停的跑著。其間，在路過的驛站中，更是接連更替馬匹不下五次。

車上的李空竹，每天吃住都在車上，除了極為不方便之時，馬車會稍停一會兒，其他時候，就算馬車再顛簸，她身上再痛，也緊咬著牙一聲不吭。

如今已經八月初了，若她再不快點，待八月十五過後，霜降下來，那她所要的東西可就沒有了。再加上靖國的冬天下雪要比變國早上半個月，也就是說，在氣候方面，靖國要更早季節更替，那麼下霜呢？

一路上李空竹心情都沈甸甸的，幾天下來，那原本紅潤的臉蛋，也因思慮過多加上疲憊奔波，變得瘦尖了不少。

在第七天時，車行終於進入了大靖邊界。

李空竹問那趕車的侍衛。「還有多久能到？」

「再兩天就能到達君將軍他們所在的營地了！」

李空竹點頭，掀著車簾，看著外面還青著的草皮。忽然，她眼尖的看到了一塊長著野草的地皮上，有好些她所要用到的熟悉植株，不禁脫口大喚。「停車！」

那趕車之人聽罷，當即將馬給勒停了。

他四下看了看，見都是些平地與雜草，有些尷尬的對裡面之人道：「君夫人，能否換個地方？」如此開闊之地，實在沒有掩身之所啊！

李空竹知他誤會了，卻不想多解釋的掀了簾子。那趕車的侍衛見狀，趕緊跳下車轅，拿凳子搭在地上。

等李空竹踩凳下車，他又趕緊吩咐那跟著保護的一眾侍衛。「爾等速速背過身去，行到半里開外！」

「不用！」不待眾人行動，李空竹揮手止了他們。

那侍衛聽得一噎，當即臉如煮熟的蝦子般，對女人低聲結巴喚道：「君、君、君夫人，這……這不太好吧！」

李空竹瞥了他一眼，那年輕的小夥子，嚇得當即就紅著臉低頭。「屬下該死！」

李空竹沒有理會，只淡聲吩咐著。「你們都隨我來！」

隨她去？眾人面面相覷，皆你看看我、我看看你，立在那裡不知該如何是好。

李空竹也不理會，率先行到那草皮，拔下一棵長得極高的青蒿。「我需要這個，你們都來幫忙扯，扯得越多越好！」

眾人聽著這話，心下吐了口氣，不過片刻又疑惑的看著她手中的雜草。

趕車侍衛當即就開口問：「君夫人，妳要拔這雜草做甚？如今離營地不遠了，皇上有令，必須要十天趕到呢，耽誤不得！」

李空竹又連著拔了幾棵。「不是再兩天就到了嗎？一會兒拔完，在到下個地方時，你留出一半人來替我拔，其餘時間我們繼續趕路，不會耽誤的。」

侍衛聽她如此說了，倒是不好再辯駁，想了想，回頭朝後面的眾侍衛招手。眾人領會，當即就快速的跟過來，照著女人拿給他們看的雜草拔。

一邊拔，女人一邊囑咐道：「都看仔細了，這叫青蒿，葉子兩面都是青色的，萬不能拔錯了。像這種葉底泛白的是陳艾，兩者很相似，卻效用不同，明白嗎？」

眾人見她一臉凝重肅嚴，也認真的齊齊回道：「知道了！」

李空竹點頭。待將那片地帶的青蒿扯完，眾人用草編了繩將其打捆好，扔馬上的扔馬上，塞車上的塞車上。

李空竹坐在車裡，吩咐將那捆著的青蒿打散，將車簾掀起通著風。

待到了下一個地方，按李空竹所說，留下了一半人拔青蒿，而她與另一半的人則載著青蒿，繼續北上。

又經過了一天一夜的趕路，在第三天的早上，也就是李空竹離環城鎮第九天的早上，他們終是到了趙君逸所安營紮寨的地方。

他們馬車才一靠近營地半里處，就被巡邏的士兵給攔下來。待那趕車侍衛亮了權杖，說明來意後，那巡邏士兵隨即就令同伴奔回營地通報。

他則親自過來牽馬，領他們前往營地所在。

車裡的李空竹偷偷的掀起一角車簾，看著外面廣闊無垠的沙礫地，想著這便是男人所安營的地方？聽著馬蹄聲聲，慢慢離那如開著白色小花的營帳地越來越近，李空竹的心頭猛的一緊。

想著一會兒要見面的男人，也不知道他究竟會以怎樣的形象站在她的面前。是瘦了，還是黑了？或是被風霜戰火洗禮，又多了幾分沈著與老練？

李空竹的心越跳越快，想著華老走在她的前面，也知她會來，那他是不是告訴男人她會來？可若是告訴的話，憑男人身邊的人手，他怎就不安排早幾步來接了她呢？還是說，華老根本就沒有告訴他？

女人胡思亂想的時候，車行已經進了營地。

彼時聽到了來報的華老，當即就從軍醫棚快步走過來等著。車停在營門口，侍衛掀簾，李空竹從車裡出來時，老者面上就是一喜。「丫頭，妳還真來了？」

李空竹站在車轅上，高高在上的她，眼睛向眾多圍攏過來朝這兒看的將士群一一掃過。預期中的人影沒有看到，李空竹眼中不由得失落了幾分。

聽到華老如此問，她輕笑著。「對啊！我不放心，帶了點東西過來！」

老者搖頭，回頭朝一群兩眼發綠、嘻笑滿面的眾士兵喝道：「去去去，都一邊去，一個個眼珠子都瞪得這般大幹啥？當心眼珠子給你們挖下來。」

眾將士們明瞭華老的性子，聽罷也不害怕，有那臉皮厚的當即就嘻笑著高聲喝問。「那個華軍醫，這位漂亮的小姊姊，當真是咱將軍的夫人嗎？」

「是啊！小姊姊看著可比將軍小不少，看著不像！」

李空竹聽著眾人的哄鬧，倒是坦然以對，爽朗笑道：「倒是謝謝各位壯士的誇讚了，我雖看著年紀小，可年歲卻不小了。在鄉下像我這般大年歲的，孩子都能打醬油了呢！」

「當真？」

「當真！」李空竹點頭，那邊華老湊過來接她下車，看著她笑意滿滿，別有深意的看了她一眼。

轉頭見一幫子壯漢圍攏過來還爭相看著，就對著極近的一小將士給他一個爆栗。「你小子擠這般近幹啥？他娘的要想媳婦，就趕緊好好練身子骨，待這事過後，拿下靖都，立了功，你想討幾房都可以！還有你們，都別擠了，要嚇著了丫頭，當心你們將軍回來，一個個的拔下你們一層皮來！」

眾人在聽他說立功這事時，就有些低了心情。再一聽他說將軍後，又都哄鬧著。「將軍才不會亂用刑罰！」

「對！將軍雖極冷、極嚴，卻實實在在是位了不得的好將軍！」

「是啊！俺們只是想看看將軍夫人長啥樣罷了，可沒有得罪之心哩！」

「對哩！漂亮小姊姊，妳可別記恨了我們啊！」

眾人附和後，當即就齊齊哄笑，那哈哈大笑的聲音，震得人耳膜都嗡嗡直響。這般肆無忌憚的調侃，要是換了一般臉皮薄的大家閨秀，怕早有些挨不住的要跺了腳。

可李空竹卻聽得親和的笑了笑。「不怪哩！若行的話，大家往後可不可以不要再叫我小姊姊或是將軍夫人？」

「那要叫啥？」

「叫我嫂子吧！」女人爽快一笑。「夫君與眾位征戰沙場，皆是生死兄弟，他為領頭大哥，我是他的婆娘，一聲嫂子該是當得的吧？」

這群軍人，大多都是農家出身，平日裡訓練本就是大嗓門，再加上都是糙老爺們，若說話文謅謅的，倒是會令他們多有不喜，如此隨了他們喜好說話，倒是令他們歡呼不已。

「這話老子愛聽，小嫂子若不嫌棄，從今以後咱們就叫妳嫂子了，妳可不許嫌了我們是大老粗！」

「當然！」李空竹點頭。

在眾將哄鬧聲中一步步向著將軍營帳而去，待來到位於將軍的營帳，眾將便停了腳步。

李空竹立在門帳那裡也不急著進去，只微笑道：「我這兒有一小小請求，便是一會兒你們將軍回來，可否暫時隱了我到來的消息？」

眾人聽她這般說，頓時一陣心領神會。有那大老粗當即就拍著胸口，大嗓門的叫道：「小嫂子放心，俺們保證將這事捂得密密實實的，妳就放心吧！」

「嗳，謝謝這位大兄弟了！」李空竹笑回，在眾人的哄鬧聲中，掀簾與華老走了進去。

一進去，放眼的案桌與沙盤不期然的就撞進女人的眼底。

李空竹四下環視了一圈，見營帳雖大，卻極簡陋，整個營帳除了那張案桌與演練沙盤外，再就是個營布掛的屏風，上面掛著一幅行軍地圖。

第八十五章

李空竹對地圖沒多大興趣，轉了步子，繞過屏風，就見到後面一張簡易的單人行軍床，上面放著一床薄薄的棉被，還有一個頭大的小枕頭。

女人用手摸一下床被，還能感覺到上面有不少的沙礫。

外面的勤務兵端了茶水進來，李空竹與華老又繞到了前面去。

這會兒外面哄鬧的將士們早已各自散開了去，整個營帳裡，能時不時聽到巡邏士兵整齊劃一的腳步聲。

華老見她看得差不多了，就請她坐到案桌後唯一的一張椅子上。

這個時候，李空竹也不想矯情讓座，實在是這一路的顛簸疲憊已令她累得不行。道了聲謝後，就坐了下去。

「我已經派人去稟他了。那小子如今為了眾將士，那大河的水源，他是每天親自上陣監督著，生怕一個走眼，被人再尋機的放了死屍。」

這條大河，還有靖國的百姓飲用著。除他們變國軍隊外，靖國中連著這條水源邊上的十幾個農莊也都相繼染上了時疫。靖國的皇帝為了滅他們，連自己本國的百姓都不管不顧，當真是心狠手辣。

李空竹點頭，再喝了口茶水後吐出了口濁氣。

華老見狀，笑道：「妳竟是比我晚到不過兩天，想來一路上也是疾行，定是不輕鬆。」馬車的苦他也受過，便是墊再厚的墊子，那身子骨照樣能給顛散了架。

說著，他放下杯盞。「妳到後面去歇一會兒吧！」

李空竹早有此意，笑了笑，起身向他有禮一福。

華老點頭，轉身向營外走去，行到門口，他似想到什麼般開口。「對了！家中之事，我並未告知那小子。」

李空竹挑眉。是想等她親自說？

「我知了。」女人點頭，張口想說另外一事，可見他在說完後就掀簾步出了營帳，就無奈一笑。女人捶著痠痛到極致的肩膀，轉身向後面的行軍床而去，嘴中喃喃著。「想來他也不會信才是……」

待爬上那床，女人打開被子，頓時一股熟悉的味道夾雜著熏天的汗臭衝鼻而來。她皺了眉，雖覺不好聞，但累極的女人還是勉強蓋好被，一個仰倒就躺了下去。

不知過了多久，睡夢中的女人覺得有些不大舒服的呻吟了一聲，模模糊糊中，只覺有什麼東西在盯著她似的，令她極度不爽的翻身。不想，卻在她翻身的瞬間，一雙有力的大掌如鐵鉗般又將她給翻了回去。那討人厭的東西，又開始盯得她不舒服起來。

嚶嚀著睜了眼，見剛剛還大亮的營帳，這會兒已經黑漆漆了。伸了下懶腰，正要打呵欠之際，那迫人的視線又掃了過來。

女人皺眉，轉頭看去，只一瞬就愣在了當場。這會兒雖說有些暗，可男人那雙極亮的鳳眼與那清俊無雙的輪廓，早已烙在她的腦中，清晰無比。

驚了一下，當即就起了身。一起身，正好與坐在床頭的他極接近的面對面。女人愣愣的與他對視著，男人亦是一臉面無表情，雙眼晶亮，一瞬不瞬的看著她。

半晌，當兩人同時張口說了「你」，不覺又同時止了聲。

女人伸手去摸他的俊臉，男人亦是用大掌為她順著睡亂的鬢髮。

「你瘦了！」入手的俊顏稜角突出，由於天色極暗，女人看不出他到底曬黑了沒，伸了手，將他正給她勾髮的手握住。

入手的粗礪與虎口割人的溝壑，令女人鼻子一酸，有些抽噎。「連手都不細了。」去年他的手還修長白皙、骨節分明，這短短不到一年的時間裡，竟是粗成了這般模樣。

男人聽了輕嗯。想著自己被華老派的人找回的時候，雖並不知她的到來，卻莫名的心下慌亂了一陣，再加上回營時，一些將士更是對他擠眉弄眼，害得他以為是出了啥大事。

無聲的勾動了下嘴角，他本來打算親自去向華老問問，卻被一眾將士給硬推著進了營帳。還記得剛進營帳的那一刻，他立時就感覺到營帳裡還有另一個人的呼吸。

這一發現，令他當即就眯了眼，手握佩刀，悄無聲息地向那處極輕的呼吸尋去，卻在繞過屏風的一瞬間，當場就懵了。

當時他在不可思議的看到行軍床上的女人時，心下的驚駭加思念就如那洪水一般，不停的衝擊著他沈著的心臟。

慢步向前，看著那壓在心間某處，回想了多遍的熟悉小臉，雖依然白皙漂亮，可那已經起皮的雙唇與女人眉宇間的疲憊，不難看出這一路的舟車勞頓，讓她吃了不少苦頭。

心疼的坐在床邊，不堪重量的床，還發出一聲極響的嘎吱聲。便是這般響亮的聲音，也未令女人清醒一分，可見是累得很了。

抬了手，男人輕輕撫去她額間的一縷亂髮，鳳眼認真的打量，發現近一年不見的時間裡，女人似乎有哪裡變得不一樣了。

可究竟是哪裡不一樣，他又說不上來，心頓時沈了下去，眉宇間緊皺著，心中對自己的不滿與懊惱，令他十分不爽。坐在那裡，盯著那看似熟悉卻又有些變化的臉蛋直瞧，男人極執拗的想從那上面看出點什麼來。

這一看，便一直看到天將黑，直盯得女人不爽的睜了眼才作罷。

自回憶裡回神，男人盯著女人還交握的大掌，一個反手將她的纖手給包裹在大掌裡，聲音低沈，淡然好聽。「如何想來這兒的？」

如今這裡正危險，她為何就這般不顧自身安全？男人想著的同時，看她的眼裡有了幾分不贊同。

女人卻耍賴般的向他的身上靠去，感覺他瞬間僵了一下的身子，就滿意的掙脫被握著的纖手，張開手臂抱住他精壯的腰身。「想你！」

三百多個的日子，她雖一直逼自己忙碌著，即使懷孕生子也未表露半分嬌弱，可每個夜深人靜的時候，她還是會情不自禁的想他，雖很是惱怒他的不聞不問，可相思這種事，誰能壓得住呢？

男人反手將她摟進懷裡，下巴抵著她軟軟的髮頂，心下沈沈，面上卻不動聲色的道：「便是想，也不該這個時候來，妳該是知……」

「我當然知了，我來與你生同衾，死同穴啊！」

「胡鬧！」對於她的調侃，男人沈臉。他極不願聽這話，將她拉出懷抱，瞇眼道：「明日我便要馬車將妳送回去，妳安心等我便可。」

「我若說不呢？」

「不可胡鬧！」

「若我偏要呢？」女人似跟他槓上般，抬眼極認真的看著他。

卻見男人亦是不容置疑的看著她，聲音極冷的道：「不行。」

女人聳肩。「不行也得行！」

男人瞇眼，女人則摟著他的脖子，撒嬌道：「好不容易重逢，你捨得我走？」

男人喉結滾動了一下。

女人見有效，趕緊繼續軟聲攻擊。「你可知，你走這般久，都沒有寫上半封平安信不說，竟連當初應允我的事情都忘了。你明知我是怎樣的人，怎就這般狠心的不聞不問？還是說，我在你心裡，永遠也排不上號？」

男人被問得無言以對，哽著喉頭想說些什麼，可終究覺得再說亦是錯，半晌，只聽他道：「對不住。」

女人搖頭。「你沒有對不住我。」對不住她的不止他，是崔九與他兩個人。她會讓男人去收拾崔九，那小子只要還有點良心，她就不信憑著她如今立功，再加男人的軍功，還不能好好的扳回一城，挫挫他的傲氣。

至於對男人的懲罰，也混合在了崔九的懲罰裡！

女人咬牙想著，摟著男人的脖子又擠出眼淚來。「讓我留著吧，我、我帶了個偏方來，我想幫你，逸之！」

「便是偏方，妳寫信即可。」顯然男人不知她所想，仍然不想她留在這裡冒險。

「我不放心。」女人搖頭，說著便抬眼看他。「若換作是你，會如何做？」會像他說的寫封信，還是會直接來？

男人垂眸，心間莫名一癢，勾唇。「怕是會與妳一樣。」

女人心下甜蜜，摟著他的脖子，將身子越發貼近他。「我就知當家的你心裡還是有我的。」

男人無奈一笑，揉著她的腦袋。「這事我做得，妳卻做不得。」

「為何？就因我是柔弱女子嗎？」女人不滿。「我與你有相同之心、相等之情，憑啥只允你能做，而不允我做？」

「歪理！」男人雖這般說著，嘴角卻不自覺的上揚。

「歪理怎麼了？歪理它也是理，我能說通，那就是正理。」

男人不語，搖頭失笑。「這話，可不能到處亂說。」

「當然！」見男人態度鬆動，女人鬆了摟脖之手，理著鬢髮。「像我這種只說有根有據的正理之人，歪理這事，壓根兒就是不存在的。」
男人懶得相辯的起身，伸手進懷，待掏出火摺點亮營帳裡的高腳油燈後，又喚著外面道：「來人，將備著的飯菜端進來！」
「是！」
突來的光亮，令女人伸手擋了一下。聽了他的吩咐，這才驚覺有些餓的摸了下肚子。
「當真有點餓了呢！」
男人回眸，掃向她時，不期然的掃到了她放在腰間的纖手，愣了下，眼睛停在她肚子那裡，眼神有些疑惑。不動聲色的走過去，立在女人的面前。
「幹啥？」對於他突然的逼近，下床的女人被驚得後退了一小步。
男人不語，皺眉伸手摟著她的腰身，向懷裡貼近。
「嗯？」女人猝不及防的被他這一摟，頓時就向他的盔甲撞去。鼻間瞬間一酸，令她痛得差點飆出了淚。「趙君逸，你個……」
「妳胖了？」男人疑惑的出聲，再去看她臉時，又覺不對。明明臉沒有任何變化，相反的，還蒼白得有些過分；可若沒胖，這入手的手感又是怎麼回事？
沒好氣的翻了個白眼。相對於他的疑惑，女人卻覺得再正常不過。
她生完孩子才三個多月，以前那大挺的肚子鬆了下來，便是再如何運動，也不會很快就恢復成最初的模樣。
見男人還在疑惑的盯著她看，就將他一把推遠，道：「怎麼了，還不允許我吃好喝好發點福啊？我人到中年，發福很正常好吧。」

男人愣怔，對於她突然的翻臉，心下有點小小的不爽快。女人在瞥了他一眼後，就冷哼了聲，彈了彈未乾的眼角，轉身向前面走去。

她這個動作令身後的男人當即沈了眼。不爽的看著她背影，不明白這究竟是怎麼回事？明明剛剛還那麼傷感，還對他撒嬌哭訴來的，怎麼一轉眼，卻完全不像那麼回事？

男人暗了臉色，見她沒了身影，就快步跟到前面去。一出來，就見女人已經坐在案桌後，開始大快朵頤。

男人無聲的走過去，站在那裡默默的看著她吃。見不過兩刻不到，女人竟吃掉了五個饅頭、一碗稠粥並一碗馬鈴薯燉豆角。

「軍中伙食當真這般好吃？」男人見她吃喝無憂，極度心塞的來了這麼句。

李空竹吃完，打了個飽嗝又端了盞水來喝，聽了這話，倒是極中肯的道：「雖味道不怎麼樣，但好在能吃飽。」

吃飽？她何時胃口變得這般大了？男人疑惑的皺眉，女人卻不想多理。自生了孩子後，肚子空著，又因哺乳，每餐她都得吃極多才成。

這久而久之養成了習慣，不知不覺間，飯量竟比以前翻了一倍不止。此次北上，因為回了乳，她還少吃了不少。

沒注意到男人眼中的變化，李空竹在喝了水後，瞬間精神了不少。看了看天色，見不是很晚，就轉頭對男人道：「對了，趁著天還早，我跟你說說那偏方吧！」

「妳說。」男人說完，轉頭對外吩咐來收走餐具，又令人端了張椅子進來。

李空竹見他坐在自己的旁邊，眼睛一瞬不瞬的盯著她看，也不在意的任他打量。「不過這偏方有些奇怪。」

男人點頭，依舊盯著她輕嗯了聲。

女人終是被看得有些不大自在了，嗔看著他道：「你就不能正經點？」

男人又嗯了一聲，將凳子搬得再離她近了一分，仍然盯著她，研究著她。

對於他這樣的動作，女人極度無語，很想說他兩句。但想想，還是正事要緊，便又對他道：「你能先著人去我的馬車裡拿一把我採的草過來嗎？」她想當場演示解說一下。

「草？」這話終於引得男人分散了注意力，眼帶疑惑的看著她問：「妳的偏方跟草有關？」

「嗯，來時的路上採的。」女人點頭，又解釋。「雖說這草極普遍，不過還是得抓緊的好。如今已經立秋了，要是下霜的話，怕是就要沒了。」

見男人久盯她不語，女人轉眸與他認真對上。「你可信我？」

趙君逸沒有回話，卻是轉眸對著外面道：「來人！」

「在！」

「去將夫人車上的草搬來！」

「是！」

待人離去，男人再次轉眸與她對上。「還有什麼需要沒？」

李空竹搖頭。「一會兒再著了軍醫過來吧。」

趙君逸點頭，見女人臉色認真，態度也就正常了。一切，還是得以正事要緊。

待那士兵搬來那捆著的青蒿時，同時跟著來的還有華老。

華老之所以跟來，是因為先前著人幫著打點她的行裝時，發現了這草。當時只覺這餵馬的草怎就放在車裡，本要令他們放去馬廄，不想那駕車的侍衛卻說，李空竹有交代，說是沒她的吩咐不可動了這草。

聽了這話，華老當即就疑惑的問了那侍衛兩句，發現侍衛也不知是怎麼一回事後，打算過後再問李空竹看看。這不正好，在剛要來這邊看他兩口子時，就見到趙君逸營帳外的守門兵，說是要去搬了那草，就順道跟過來。

李空竹起身，讓那侍衛將草搬去案桌上放著。

華老見狀，就將疑惑問出。「丫頭，妳採這草做甚用？」

女人轉身，笑了笑，又對趙君逸道：「再去將軍醫們請過來吧！」

男人沈眼點頭，對那放青蒿的兵士說道：「可有聽見了？」

「是！」

待士兵出去，李空竹見華老還望著她，就有些不好意思的笑道：「曾不經意看過一本書，上面提過瘧疾，跟華老著人送來的症狀很像，便想看看，能不能仿那個法子？」

「瘧疾？」華老皺眉，抬眼看她。「如今軍營士兵的症狀的確已確診為這種時疫，前朝古籍也記載過，卻一直沒有有效的方子診治。丫頭，妳是在哪本書上看到的？」

李空竹眼神閃了一下。「好像一本叫什麼後備什麼的，全名倒是忘了。」前世倒是聽過《黃帝內經》裡提到瘧疾，方子多半是神農氏那什麼書裡記載的吧？

皺眉想了想，她是真不記得確切的方子出處了，不過有一點她還是清楚知道的，治療瘧疾最重要的一點就是青蒿素。聽華老也知瘧疾，卻不知青蒿，怕是這個時代跟以往所記載的朝代屬不同時空吧。

華老聽此，又逼問。「那書呢？」

「書？」李空竹尷尬的摸了摸鬢角，眼珠一轉，道：「那是在當丫鬟時，有次給主子去廚房拿湯盅，因著無聊要等，幫著那廚娘燒火時，撿了本點火的破書，隨意看了兩眼，就看到這麼一行，怕是早成灰了吧！」

「什麼？」華老瞪眼。「點火的書？」還化成了灰？

老者聽得一臉的痛心疾首。要真如她所說，那本用來點火之書，說不定是什麼失傳的醫術孤本，如此珍貴難尋之物，竟被用來當作點火所用的書紙?!當真是……

見老者氣得連連甩袖，女人心下倒是鬆了口氣，又解釋了句。「齊府大少爺極不愛念書，常常有不要的破書被扔去廚房當廢紙。」

「敗家、敗家！」

老者痛罵的時候，軍醫們也到了。眾人進帳，拱手行了禮。

趙君逸坐在上首，待他們見完禮，揮手讓其皆站好後，便沈聲道：「今日著你們前來，便是想就時疫一事，再行商討。」

下首幾人聽罷，點頭道：「如今華老前來的這兩天裡，已完全確診為瘧疾，想來有華老在，眾將很快就能挺過這一關了。」

「倒是不才。」華老搖頭。「如今開的方子，雖暫時止住了一部分染病將士的嘔吐跟腹瀉，但這藥也只是一時管用，長久下去，若還研究不出正確之藥，也只是治標不治本。」

「怎會這樣？」那幾名軍醫愣了一下，還以為他在謙虛，當即又笑道：「華老您乃聖手仁醫，倒是自謙了。這兩天來，那軍中染病的將士們症狀減輕，可都是有目共睹的……」

不待那人說完，老者一個厲眼掃去。「老夫說話，從來說一不二，何曾有過謙虛之意？爾等看事何時這般膚淺了？竟是被這表面假象所迷惑。這幾十年的醫者生涯，難不成都是白練了不成？」

眾軍醫被他喝斥得臉色訕訕，低頭在那兒尷尬的笑了笑。

趙君逸不動聲色的看了幾人一眼，隨即轉眸看向女人，見她點點頭，就往下首道：「照這樣看來，還是未有根治之法？」

軍醫們你看看我、我看看你，又垂眸搖頭一臉愧疚。「屬下不才！」

「既然如此，本將夫人這裡有個法子，眾位不妨幫忙看看可不可行？」

眾軍醫聽了抬頭向上首的女人看去，見她嘴角帶笑，向他們一一點頭行禮，雖說心下生疑，到底不好駁了將軍之面，拱手道：「但請夫人說明。」

第八十六章

李空竹向眾人福身一禮。「倒不是什麼好法子，不過是從一本雜書上看到過一句，便是用這青蒿治瘧疾之事。」說著，就將桌上的青蒿，發予眾人一人一棵。

「小婦人不才，倒是想仿效一下。」說著，便解釋了下將青蒿榨汁試灌之事。

那幾位軍醫邊聽她講，邊看著手中的雜草，待她說到灌汁後，更是心下驚疑。「夫人要用蒿草榨汁當藥灌？」

「是！」

眾軍醫相視一眼，只覺這方法好生荒唐，有人忍不住嘲諷的勾起嘴角。「蒿草入藥倒是從未聽過，夫人又是從何處知道這種方法？」

「從一本雜書上。」

「雜書？」眾人聽了心下更加鄙夷。敢情這是拿眾將的性命當兒戲呢！

「那本雜書叫什麼名字？現下又在哪裡？可否給我等瞧瞧？」

李空竹咬牙，將先頭跟華老說的，再說一遍。「不過是燒火時，看過那麼一眼。」

眾人聽罷，眼中嘲諷更甚。

另一乾瘦軍醫打量她良久，道：「若真如夫人所說，是在書上看到的，不說這是什麼絕世孤本，也應是極貴重之物。一般雜書會寫醫治病症之事？如此貴重之書，便是再荒誕至極的人家，這等值千金的書，也不會放在那地方。夫人確定是在那時看到的？」

李空竹冷汗不自覺的滑了下來。

旁邊的趙君逸看罷，當即就冷了臉，一雙眼極陰沈的向下首問話的軍醫掃去。

那軍醫被看得一凜，又趕緊低眸，咬牙拱手道：「將軍，此事茲事體大，一個不慎，怕是會令染病的將士們病上加病。若一個不好，說不定會令病情更加複雜，到那時，不是給本來就難治的病加了一道枷鎖嗎？」

說完，還順勢跪了下去。「還望將軍三思，萬不能拿上萬將士性命當兒戲啊，不然可就要寒了軍中將士們的心了！」

「望將軍三思！」另幾個軍醫見狀，亦齊齊的跪了下去。

獨獨華老站在那裡，看看幾人，又轉首看看上首的李空竹。

李空竹聳肩，看著男人道：「我就知不容易。」

這世上，只有他知她來歷，也只有他信著她。拿著一株不知名的草，她又不是大夫，又沒有治好人的先例，不受阻撓才怪！

男人見她還一臉輕鬆，就不吭聲的沈吟了下，轉眼去看老者，希望他能幫說兩句。

不想，老者亦是搖頭道：「我也無能為力。」他現下被這幫人一說，也有點懷疑丫頭所說的話了。雖說懷疑，卻不反對她的試驗，畢竟總得試試，才能找到機會。

可讓他強行推動也不行。要知道這幫人若不願意，屆時去軍營中散播一番的話，那這小子好不容易建立的威信，可就要因他的寵妻之事，而給滅得一點不剩了。

男人聽罷，沈吟著揮手。「都起來吧。」

「將軍！」眾人沒得到他的鬆口，皆齊齊向他望來。

「本將知道該怎麼做，且速速起來！」男人面色冷然，話音落下，見仍未有人領頭起身，不由得又是一喝。「怎麼，本將的話不好使？」

眾軍醫聽罷，不甘不願的起了身。

只不過在起身的同時，方才那逼問李空竹的乾瘦軍醫，又再次拱手相勸。「還望將軍三思而行，切莫在衝動之下，作了那錯誤的決定！」說著，眼神就朝李空竹瞥了一眼。意思很明顯，趙君逸之所以會如此衝動，一切皆是因為她。

李空竹衝其頷首一笑，神色並不因他的這一眼警告而改變。那不溫不火的樣子，似這場鬧劇，她是那局外人一般。

趙君逸揮手。「此事本將自有安排，爾等先行退下吧。」

「將軍……」

「退下！」見一個個的還想諫言，男人的神色冷到了極致。

眾人見狀，皆嚇得齊齊住了嘴，拱手告辭。

華老等幾人行了出去，看著上首依舊沈臉的男人搖了搖頭。「你就不能換個溫和的法子？一會兒出去，你這縱妻亂行醫的事情，怕是會立刻傳遍全營上下，你就不怕丫頭到時被這群大老爺們給吞噬殆盡？」

男人聽得臉黑如墨，女人倒是不在意的道：「這倒沒什麼，只要不是動刀槍，我想我還是禁得住的。」

男人抬眼看她。

女人聳肩。「反正都是為他們好嘛，要真能成功了，誤會自然就會消了。」

男人沒有說話，伸了手，女人見狀，明白的將纖手交予他。反手包裹了柔荑，男人用粗礪的掌心摩著，一聲不吭，令在場的兩人皆有些捉摸不透。

下首的華老見兩人恩愛，倒是識趣的悄悄轉身，走了出去。

李空竹見老者走了，就繞過桌子，坐在男人的腿上。

趙君逸回神，順勢勾住她軟綿的腰身。只一勾，就又皺了眉頭，想起先前之事，沈了聲。「妳是不是騙了我？」

女人心頭漏跳一拍，以為他發現了什麼，眼神閃了下，轉著眼珠道：「沒有啊。」

她的心虛自然沒有逃過男人始終緊盯她的眼睛。心下泛堵，懲罰般的將她那胖了的腰身給勒得更緊。

李空竹被勒得有些透不過氣，拍著他的胸膛，很不滿的道：「你勒痛我了。」

「痛？」男人看她，眼中極度不滿。她騙他說想他，為了留在軍營又流眼淚又甜言蜜語的，知他現下心有多痛嗎？這小沒良心的，在離開他的日子，竟是吃好喝好胖了不說，還學會撒謊賣嬌來攻克他了。她這是在報復他不成？

女人不知他所想，點點頭。「鬆點手，再勒我就窒息了，要是死了，可沒人給你士兵治病了啊！」

男人聽她如此說，雖說還是緊勒著，到底鬆了幾分勁道。

「呼……」李空竹輕吐了口氣，下一刻還不待她不滿的指責他時，卻見男人又一個單掌扣住她的腦袋，將她拉近，霸道的封住了她的嘴。

「唔！」女人愣了一下，實在不知他怎就突然來了這一齣。他們明明還有要事要說的，怎麼就……「啊！」不待她想完，唇上就是一痛。一張口，男人那強而有力的大舌竟快速鑽進了她的檀口，風捲殘雲般將她的口腔各個角落給掃蕩了一番。

突來的快感，令女人頭皮一麻，想要推他，卻見其正不滿的看來。

對於她的走神，男人很明顯來了氣，摟著她的腰身，扣著她的腦袋，更加肆無忌憚的又將吻加深了一級。這一下，女人是徹底的丟盔卸甲了，纏著他的脖子，開始回應他，失神的徹底淪陷。

待她再回神，兩人不知何時從前營回到了後營。而這時的她，身上的衣襟已經大開，露出的大片雪膚經寒涼的空氣一吹，令她不禁打了個哆嗦，徹底清醒過來。

見男人正急不可耐的撫著她的皮膚，女人忍著極度顫慄，推著他道：「不行、不行！」她腰上還胖著呢，有小肚腩，還有點妊娠紋，可不能被他發現了。

對於她軟若小貓的推拒，男人只當看不見，加重了手上的搓揉。女人顫慄得愈加厲害了，被他帶繭的大掌搓著，只覺全身似過電一般酥麻不已。

可即使是這樣，女人也不想讓他得逞了。極力咬著下唇，逼自己清醒，再次推著他。

「趙君逸，不行，再這樣，我哭了啊！」

男人頓住，抬眼看她時，果見她眼中有了淚水在打轉。

心下一悶，只覺被什麼鈍器重重的捶了一下，心臟痲痛得厲害。沈了眼，男人慢慢的平復粗喘的氣息。

起身替她理著衣襟，他眼中獨屬於她的那一抹光亮也消失了。

女人理著衣襟坐直了身子，見他一副沈重頹廢的樣子，心下有了幾分不忍。

「對不住。」不管是因先前的生氣，還是這事，是他對不住她。

女人搖頭。「我說了你沒有對不住我。」

男人轉眸看她，見她滿眼認真不似在說謊。「真不是生氣？」不是的話，為何要騙他？

「生氣！」女人誠實點頭。

男人一副果然的表情，女人則伸手戳他的腦袋。「不過我已經報復回來，所以不氣了。你以後只要再不做令我生氣的事，我就不會再報復你了。」有這一件就夠了，待他知道的那天，肯定就夠他悔一輩子的。

雖說有些殘忍，可這也是聯合坑崔九的法子，現在用的話，對他的懲罰就會不夠，也不合時宜。待打仗過後再罰他，時機倒是將將好！

男人顯然把她撒謊想他的話，當作了報復，聽完她的話，心下的沈悶倒是好了不少，點頭。「我知了。」

女人亦滿意的點頭，卻見他又轉眼向她的胸脯盯去，極深的鳳眼裡，那剛剛消失掉的亮光，這會兒又竄了上來。

女人看得心驚，當即雙手抱胸的狠盯著他。「你想幹麼？」

「妳說呢？」男人如狼的眼光直恨不得將她生吞活剝。那意思很明顯，既是說開了，這事就應該可以了吧？

「不行！」女人毫不妥協的別過眼。

男人沈眼看她。「為何？」

「不行就是不行！」女人不耐煩，抓著衣服點著他的肩膀。「你說你，以前不挺能忍的嗎，何時變得這般沒出息了？還有，與你同生共死的兄弟們，如今正在生死邊緣徘徊著，而你卻在這裡風流快活，你就不怕對不住他們嗎？這對你在軍中的聲望也不好。」

男人頓了一下。

女人見有效，就又道：「我可是有要務在身的，要是與你行了那事，一會兒我哪還有精力去給那生病的將士灌藥？」

男人看著女人，有些不好意思的紅了臉。「妳一會兒要去給人灌藥？」

「嗯！」李空竹點頭，這也是她不願跟他同房的一個原因。「那幫人很明顯會覺得是我亂來，怕是不會那般輕易同意；你若硬要下令，肯定會讓那幫不明就裡的將士們寒了心。」

那幾個軍醫只要隨意散播，說他寵信偏愛自己的婆娘，不顧軍中將士性命，拿他們來做試驗，到那時，不管那藥能不能成功，他都會失去一部分的軍心，她可不願影響了他。

「所以，咱們不如趁著深更半夜、眾人都放鬆警覺的時候，帶上榨成汁的藥水，潛進那被隔離的將士營點暈他們，一個小營一個小營的拯救。」女人分析完，還不忘看向他，詢問他的意見。「你覺得這個主意如何？」

男人沒有吭聲，只深眼看她良久。接著，只見他勾唇一笑，那如春風拂面的暖笑，令女人心間不禁擂動。

慌了神，她怕丟臉的趕緊垂眸，而男人的心頭，則是徹底暖了起來。勾著她的脖子，將她的小腦袋拉近了一分。

女人不解，仰頭看他。「幹麼……」

不待女人說完，男人輕勾淡粉薄唇，在她的額頭輕輕落下一吻。

女人臉紅，推了他一把。「幹麼突然這樣？」

男人不語，只道：「妳只管睡，一會兒我再去那染病的將士營。」

「你去？你會弄藥嗎？」女人顯然不信。

男人再無慾念的扶著她躺下，聽了這話，自信的向她挑了挑眉。

「妳不是說只榨汁？」

是這樣沒錯啦。女人點頭，本想問知道藥量嗎？可一想，她也不知道要多少藥量，就閉了嘴，乖乖躺著。見他要起身，還是忍不住提醒道：「那個，儘量多灌點！」反正沒壞處。

男人點點頭，給她掖了下被角，誰知女人竟嫌棄的道了聲。「臭。」

男人當場又黑了臉，無語的看了她一眼，終是沒說什麼的吸了口氣，起身，沈道：「我先去巡邏一番，妳快睡吧。」

女人點頭，見他出去後，聞著營帳裡的青草香，聽著外面時不時劃過的整齊步伐聲，合上眼，再次睡了過去。

這邊趙君逸出了營帳，路過的巡邏將士看到他，立在那裡給他敬禮時，眼中有了些探詢審視的味道。

男人見狀，眼神淡淡掃去。「怎麼了？」

眾將搖頭，當即報了聲屬下該死，便趕緊慌張的走遠了去。

男人背手立在那裡，黑暗中，也依然能清楚感受到來自其他營帳守兵的視線。不動聲色的轉了眸，視線掃到軍營最遠處的一排營帳，腦中回想著女人維護他時說過的每一句話，勾了唇，輕笑的大步向著那邊營帳而去。

如此冒險又受委屈的事，他怎捨得讓她去做、去受？眾人既要抹了她的好意，那就由他來挽回好了！

翌日，李空竹天未亮就醒過來，睡得有些多，令她全身上下骨頭沒有一處不疼。撐起了身，迷迷糊糊的揉眼，她回想起昨兒她與趙君逸重逢的事，也想起晚上他要去那隔離營灌藥一事。

「也不知怎麼樣了……」有沒有成功呢？帶著疑惑掃了營帳一圈，並未看到男人的身影。

整裝好伸著懶腰出去時，卻發現這般早的天色，當兵的卻都醒了，已在另一較遠的空地操練著。那震天的喊殺聲，即使隔了這般遠，李空竹都能清晰感受到那份莊嚴與肅沈。

守門的士兵見她醒了，就向她拱手。「夫人請稍等，屬下這便去打洗漱之水。」

李空竹擺擺手婉拒。「倒是不用了，你只管告訴我，你們平常在哪兒洗漱的就成，我自己去。」

士兵看她一眼，直覺這樣有些不好。卻見李空竹笑了下，又道：「無事，昨兒不是說了，以後大家只管叫我嫂子，用不著這般拘謹。」

那士兵聽得暗中癟了下嘴，面上卻恭敬道：「離營地不遠有條大河，平日營裡弟兄們都在那兒洗漱喝水呢！」

李空竹在聽到喝水時，皺眉了下。「那水是直接飲嗎？」

士兵以為她嫌髒，心頭又是鄙夷。「夫人放心，那水乾淨著呢，且夫人所喝之水，都是熬煮開兌了茶的好水，不用擔心。」

李空竹轉眸去看他，卻見他低著腦袋，也看不出啥。心知怕是昨兒的事讓那幾個軍醫給傳了。不在意的點頭，回了營帳，拿了洗漱用具便向營地外走去。

待尋到那條大河，洗漱完，天已經大亮。

秋日的早晨涼風習習，女人用手沾水，將河當鏡的理了下髮髻，待整裝好起身，不經意的抬眼，正好瞧見東方被朝霞染得通紅的一大片天空。

轉了身，看著身後那一排排極有規律如白色小花般的大片帳篷，配著那裊裊升空的白色輕煙，偶有的馬兒嘶鳴，令女人有一瞬間的恍惚，似到了游牧民族的地盤。

笑了笑，心情甚好的向營地而去。不想，才一進營，就被眾多將士快速的圍攏。李空竹驚了一下，抬眼正要問怎麼回事，卻見昨日還對她笑嘻嘻的眾人，這會兒竟是個個對她怒目相向。

女人心裡咯噔了下。難道是男人那邊被發現了？不會吃死人了吧？

心下駭然，女人面上卻極力維持面色不變的扯了個笑。「那個……」

「哼！」眾人不待她出聲，又是一波恨眼的朝她冷哼。

李空竹嚇得心臟怦怦直跳，直覺這真是出大事了。

張口正待要大聲喚趙君逸，卻聽圍觀的人群外，一道熟悉的沈喝傳來。「你們這是做甚？反了不成？」

眾將聽到他的沈喝，自動讓開了一條道，看著李空竹，很不平的大聲道：「華老！將軍為了她，竟是棄自身安危不顧，以身試險的去那隔離地帶住著。若將軍有個三長兩短的話，這讓我軍營上下幾十萬大軍該如何是好？」

「是啊，都是這女人！若不是她，將軍也不會特意去染那時疫了！」

「對！明明現今華老已經扼制住那時疫的傳染，營中染病的好些兄弟也都鬆了下來，偏她還要用什麼雜草治時疫！還以為她如此不拘小節，是個爽朗大氣的女人，如今看來，竟是比那蛇蠍還要毒上三分！」

「蛇蠍之婦，滾出軍營！」

「滾出軍營！」

眾將一聲高似一聲的大喝，震得女人耳膜嗡嗡直響。可即使這般，她也似完全聽不到般，呆呆立在那裡一動不動。耳中嗡嗡的叫鳴，令她腦中一片空白，只迴蕩著趙君逸去隔離地帶住著的事情。

心尖縮痛，女人白著臉，很想抓一個人問問。可眾將一看她這動作，皆齊齊避如蛇蠍，面帶鄙夷的退開了半步。華老走了進來，見她這樣，老眼一沈，走過去時，正好被她慌張的一把抓住了衣袖。只見她帶著哭腔問道：「你們剛剛說什麼？趙君逸呢……趙君逸呢？」

面對她突然的歇斯底里，老者臉色一凜。「這事妳不知道？」

這時女人已然聽不到他的問話，心中只一個聲音不斷的重複。趙君逸去了隔離地帶，趙君逸染上時疫了。她要去找他、去救他、去……

「趙君逸你他媽的在哪兒？給我出來！」女人鬆了抓著的衣袖，撞著人群就要朝外面奔去。

老者見她這樣，對眾人搖搖頭，揮手，讓人讓了道。道路一開，被人擋著的女人就是一喜，提了裙襬就向人群外面奔去。

「隔離地帶在最西面！」後面的老人見她似沒頭蒼蠅般，完全沒了主意，當即就衝她高喝一聲。

這一聲，令一直沈在自己慌亂中的李空竹瞬間怔住，轉身，見老人手指西面，正向她點著頭。眼淚頓時從眼眶流出，匆匆的福了身後，就見她快速地朝那遠遠隔開的營帳跑去。

第八十七章

李空竹提著裙襬，快速的跑到了那離得遠遠的隔離營帳處。站在營門口想往裡衝時，被守門的兩名侍衛給攔了下來。

雖面上不喜，可該盡的職責還是得盡。「夫人，裡面皆是身染時疫之人，進不得。」

李空竹喘著粗氣，並不理會兩人的臉色，雙手攏在嘴邊，衝著那寬闊的營帳裡就是一個大喝。「趙君逸，你個王八犢子快給我出來！」

「趙君逸！趙君逸……」

她一聲聲歇斯底里的叫喊，令守門的兩人臉色一變。

此時隔離地帶的一處營帳裡，趙君逸正與那身染時疫的一眾將士吃著早飯，待聽到這聲聲叫喚時，不由苦笑的搖頭。

「將軍？」十多個面黃肌瘦的將士在聽到這女聲叫的名字時，雖說愣了好幾秒，但終歸還是轉過了彎。看著他時，眼中像在詢問他，該怎麼辦？

趙君逸不動聲色的將一碗粥喝完，點點頭，步了出去。一出來，見已有不少人拄著棍子出了營帳，皆齊齊好奇的看著那營門外不斷跳腳的女子。

「將軍！」不知是誰，先眼尖的看到了男人，率先的喚出了聲。

眾人一聽到，皆有規律的讓開道。

那外面還在一聲聲叫喊的女人，見到人群散開，立即就放下攏在嘴邊的手，白著臉，看著從最遠處緩步步來的男人。

趙君逸走的步伐緩慢，卻邁得極大，幾個瞬息就到達了營門口，立在門口不足三尺遠的地方，看著她，笑得難得的溫潤。

女人紅了眼眶，見他還有心情笑，不由得一個冷喝。「王八蛋，你以身去試哪門子險？他們既不領情，老娘還不願出這力呢，讓他娘的全都自生自滅吧。老娘拿著多多的銀子，去哪裡還不能定居？我管他打仗不打仗，就是滅了國，跟我有半毛錢的關係嗎？趙君逸你個王八蛋，你這是啥意思？你為了你的兵，要拋妻不成？」

李空竹流著眼淚，不管不顧的大叫，心裡疼痛難忍。吼叫了這麼久，她腦子冷靜了不少，心下也漸漸明白他的用意。

他為了不讓她受氣，拉回正面形象，竟親自去染病，甘願當她的小白鼠，她又怎能辜負了這份用心？當然得順應著他，將他往那高尚光輝的形象上面圓！

「不管了，我不管了！你要死就死吧，隨你的將士們一起去吧！我再不管了，你若真捨不得那些兵，你就去染病吧。我、我自己一個人也能過得好好的！」

就在她喝叫的時候，那邊華老領著一眾將士走來，見到這幅光景，不知怎的，皆有些面露尷尬。

男人見到眾人，與華老對視一眼後，隨即背手而立道：「此事本將亦是有不妥之處。想著昨日與幾位軍醫商討時，若態度溫和一點，怕也不會有這般大的誤會。本將之所以如此行事，也是想著軍醫說的話不無道理，本將便是再如何信任內子，也斷沒有拿爾等性命當兒戲的理由。思慮良久，為使爾等信服，只好由本將以身試險，見證結果。」

見眾將紅著眼看來，男人又沈臉道：「爾等放心，本將既是敢來，就如那打仗一般，若沒有十足的把握，斷不會輕易嘗試，安心等著便是。此等時疫，定會被我國降服！」

「將軍威武！」眾將聽罷，連隔離營帳裡的眾將皆一同跪了下去，齊齊抱拳的唱喝。

李空竹立在那裡，心中久久無法回歸平靜的看著男人，流出的眼淚將臉沖刷了一遍又一遍。

老者走了過來，對她低聲道：「那小子怕是早就計畫好了，演一齣將計就計，讓那幫老頑固再無計可施。」

軍營裡所有將士皆是在戰場上打滾、用性命換來的生死之交，大多心胸開闊。說開了，便是為了兄弟去死都行，更何況是試藥之事？

況且他並未找到正確的醫治方子，僅是暫緩病狀，讓染病將士舒適些。軍醫此番散播謠言雖說是好心，可也大大阻礙了尋找破疫之法。給這打擊也好，往後軍心只會更加團結，將來便是還有更大的災害，也斷不會這般輕易的渙散了。

李空竹明白他的意思，點頭，抬步就要向隔離軍營而去。

華老看了當即就抓住了她。「妳這是做甚？」

「自然是去幫著治療！」李空竹笑道。既然眾人都理解，也就沒有再作戲的理由了。說著，女人又轉眸看著老人道：「想來下一批青蒿今天該到了，負責採集蒿草一事，就由華老你來安排吧。」

「胡鬧！」老者不贊同的瞪她。這一人進去已是不妥，如何兩人都要這般？就是對那蒿草有自信，也不須如此。

李空竹沒有相理，而是繼續抬腳，趁著眾將都跪著，快速的步進了營門。

趙君逸立在那裡看她，眼神很不贊同，但見女人笑得明媚，雖說心裡極度不願，面上卻不自覺的勾起了抹暖笑來。

李空竹見此，輕笑著快步到了他的身邊。男人立在那裡，雙眼平視前方，揮手讓眾將起身。女人矮他一大截，亦是與他並立的站在那裡，笑得明媚大方。

鬧劇過後，接下來的進展，倒是出人意料的順利。有了眾將的配合，李空竹安排起事情來也容易許多。

為了保證自身健康，她被安排在隔離地帶的一處單人營帳裡。另為了她的人身安全著想，還有一小隊健康士兵甘願充當護衛，也跟著進了隔離地帶，在她的營帳周圍時不時的替班巡邏。

為防他們也被傳染時疫，李空竹每天自己要喝一碗榨成汁的青蒿，也著他們要跟著喝上一碗。

除此之外，她還令軍醫們拿艾草分發給各營帳，每天都要熏上一遍。染病將士所用的床單清洗過後，還要用開水燙上幾遍，以減少細菌滋生。

為了避免喝了生水再次染病，她又讓眾將士們必須喝開水，就算再忍不住，也要喝那燒開過的溫涼水。她還特意著華老安排，讓伙頭軍每天必須燒足量開水，溫涼後給每位將士的水壺灌滿，必保每一人都不再喝到生水！

當然，這衛生方面做全了，灌藥方面也不能少。

每天，李空竹都在自己的小營帳裡與外面華老等人，不停的榨那青蒿汁。一捆青蒿為保不浪費，她都令人將那草榨成絨，然後兌著開水給人灌下去。

雖那青腥的草味令人聞了想吐，可那些被灌的人，在被李空竹強行灌了兩天青蒿汁後，在第三天時，上吐下瀉的症狀明顯就減輕了。雖說身上還燙著，但眾將能夠進食吸收，體力、精神自然好轉許多。

這一發現，令試藥的一眾將士似再次看到希望般，那求生的慾望亦是越發濃烈。

有了希望曙光，軍中的眾將愈加賣力的到處去找蒿草。看著那一捆捆不起眼的蒿草不停的運進了軍營，那大河邊上住著的百姓們，也都好奇又不解。

李空竹再去給趙君逸灌藥時，跟他說了這事，並且打算將蒿草能治時疫的消息散布出去。

如今營帳裡的大多將士已經止了瀉，也不再嘔吐，剩下的只有高熱。為怕一些將士身子負荷過重，李空竹決定不再灌青蒿汁，而是讓華老開了個溫和的方子，加上些青蒿熬煮便可。

華老也覺可行，早已將藥研發出來。

彼時趙君逸正喝完那一碗難嚥的綠綠草汁，聽了這話，沈吟著思索了下。「這事交予我吧！」

李空竹點頭，心疼的打量著男人。不過幾天時間，他竟又瘦了一圈。

鬧劇過後的第二天，他的症狀就顯現了出來。由於挨著染時疫的人眾多，他的病來得又快又急。那時的男人，一邊捂肚跑茅廁，一邊還拿出精神與她道歉，不斷說什麼讓她放心、信她之類的。

他是不知道，那一刻她是有多氣，心有多慌！

先前的信誓旦旦，在那刻他染上病時，變得驚疑不定了。那時的她，不管是榨汁還是端藥，全身上下的細胞，沒有一處不是在顫抖、害怕著。

可即使是害怕，她也不敢表露半分。給男人灌藥的同時，心裡一遍遍祈禱著一定要成功，一定要成功！生怕自己弄錯，男人會就此一命嗚呼。

因此，她也明白了軍醫、將士們當時的心情，那些將士們可都是感情深厚的弟兄。不過好在老天眷顧，這個方法還算奏效，令她又一次度過了危機，也讓男人於軍中的威望大大的提高。

自回憶裡回神，女人將空藥碗放在托盤裡。「剛喝完藥，記得一會兒出去透透風。再過沒兩天，想來就會大好了。」

男人點頭，見女人端盤起身，開口道：「既是從下晌起就要換成華老的藥，不若妳趁此出了隔離地帶吧！」

李空竹聽後轉身看他，眼帶疑惑，卻見他輕勾嘴角又道：「我已打算再過兩天，等眾將都退熱，就併了營。」

女人點頭。「好，我現下就回去收拾收拾。」

「嗯。」男人看她手掀營帳出去後，就傳音於劍濁。

待吩咐完，男人躺在床上，看著帳頂沈思了瞬，便疲憊的閉眼睡了。

李空竹回到自己所在的營帳，簡單的收拾了一番，就跟巡邏的一小隊長說了出營之事。那年輕的小隊長聽了她這話，不好意思的撓了下頭，說是要去問將軍。

李空竹也不阻著，耐心等他去問過得了準信後，就命他們幫忙將東西打包好，隨她一齊出了隔離地帶。

可誰知，她這邊才一出來，那邊華老就帶著一眾將士快快的迎了過來。

這幾天來，雖兩人經常在營門口商量對策，也經常見面，可這一出隔離地帶，跟那商討不同，完全就是兩種不一樣的感覺。

華老看著她，第一句話便是：「辛苦了。」

後面的眾將聽罷，亦是齊齊拱手，雷鳴般的齊喝了聲。「夫人辛苦了！」

李空竹搖頭笑著。「不過是出點力罷了，哪來的辛苦？」要論辛苦，誰能比得了這軍中將士？

老者知她意，讓開道與她並排走著。

在路過這邊的軍醫營時，李空竹看到以前那排斥她的幾位軍醫皆立在那裡，正衝她拱手賠禮。

李空竹揚起笑，向他們淡淡的點頭，雲淡風輕的將那筆恩怨給勾銷了。

回到男人獨屬的將軍營帳，一進去就發現氣味變了不少，濃濃的艾草香混著濕濕的氣息傳進鼻息。

後面的老者令人將東西放在營帳裡後，就著人退了下去。「後面有給妳備了沐浴熱水，雖都是些糙老爺們，人品倒是不錯，妳安心好好淨個身吧！」

李空竹回眸感激一笑。來這般久，她可真真是臭到了極致。軍營裡沒有浴桶，將士洗澡的地方是在一露天大桶那裡淋浴，並不是她一婦道人家能去的。

為了不給營中弟兄們添麻煩，她每每榨完青蒿汁，一天勞累完，只能趁著夜深人靜時，一個人端著小盆在營帳裡簡單的擦拭一下了事。

如今的她，算著搭馬車趕來的時間，可是半月有餘沒好好洗澡了。

老者見她欣喜，就慈愛一笑。「去吧，老夫在外面給妳守著，洗完也不必害羞，招呼一聲，抬水的事，沒人會想歪了去。」

「嗯。」女人點頭，衝他輕快的一福身，見老者轉身出去，趕緊向屏風後面走。

一進去，就見那裡立著一個快到她胸口的大木桶，此時那裊裊蒸騰的白煙正不斷從桶中升起。

女人看得心中一喜，將身上的包袱快速一解，扔到男人的行軍床上。拆了腰帶，向大桶靠去，出乎意料的竟看到了桶中還有花瓣漂著。

用纖手伸進水裡撥了一下，瞬間那縷縷幽香便飄散開來。

迅速的將身上衣服剝了乾淨，女人快速的跨進桶中。有點熱的水燙著她的皮膚很是酥麻，勞碌疲疼的身子也鬆快了些。女人慢慢的坐進桶中，靠在桶壁，閉眼舒服的嘆了口氣。

喝了華老的藥，趙君逸等將士在李空竹出來的第二天，就開始退了熱。

第三天時，男人下令，令隔離地帶的營帳與健康的營帳合併起來。彼時合併搬營的場面空前壯大，軍中眾將的熱情也是空前高昂。

男人在吩咐完搬營的事後，就迅速回了自己的營帳。

李空竹一身掐腰雙層秋香色秋衣襦裙，站在營帳中間，在他掀簾進來時，很溫婉的向他福身。「恭喜回來，夫君大人！」

男人勾唇淡笑，看著她的眼神極晶亮，大步走過來時，大掌早迫不及待伸出來，索要她的纖手。

女人見狀，自是欣然的將手遞上去。隨著他牽著的手，一起步上了上首的案桌，坐在他的腿上。

男人摟著她的腰身，第一句話便是：「瘦回來了。」

李空竹沒好氣的瞥了他一眼。能不瘦嗎？在那營地的七天，她可是天天都忙著榨汁，還總喝那青臭的青蒿汁，搞得她食慾可是降了不少呢！

由於忙累，瘦下的皮膚也緊實不少，肚上的妊娠紋雖還有點痕跡，可若不仔細看，不大能發現。為此，她還特意悄悄找華老要了點消痕的藥膏。這樣一來……

她這邊在色色的想著房事，那邊的男人則在抱過她後，就開始研墨寫起了摺子。

李空竹回神時，見他已將信件寫好，封了起來。見此，她忍不住好奇的問：「給崔九的？」

「嗯。」男人點頭。「如今雖散布了青蒿治時疫的法子，可昨天這邊已經下了霜，要想再找好的青蒿怕是有點難。如今華老配著青蒿已研究出溫補慢治的藥，我尋思著，這個方法應是更適合這餓了許久的靖國百姓。」

畢竟靖國百姓經常吃不飽，身體素質本就差，再加上染了時疫，腸胃紊亂，若還要經受那灌藥的話，怕是會因挨不住而一命嗚呼。既然這樣，還不如慢治慢調養著。

「你打算怎麼辦？」女人又問。

男人回眸看她，將她摟進身側又近了一分，聞著她身上的馨香，笑道：「這是個好時機。有了治瘟疫的方子，屆時讓皇上派大量的藥材與青蒿過來，再著變國醫者與靖國醫者一同商議診治，妳說靖國百姓看到這一情狀，會怎麼想？」

無償醫治，更能體現出變國皇帝的仁心。若再乘機散播靖國皇帝為消滅變國軍隊，不顧自家百姓安危，刻意促使瘟疫擴散的話，想來靖國百姓那些還因忠於國家忍著的人，會徹底寒心的大舉反旗。

「倒是一條好計。」女人點頭，摟著他的脖子，很中肯的讚了一句。

趙君逸勾唇。他沒有告訴她，他已著人潛入靖國得瘟疫最多的城鎮，也著人暗中運了青蒿與華老配的藥進去。

屆時只要將那省百姓全部醫治好，再將靖國皇帝的負面消息散播過去，那醫治的人只要稍稍透露下自己變國人的身分，順道讚揚變國皇帝的仁善，如此這般，那一城便可不用費一兵一卒拿下。

心情甚好的將女人抱下地，又著傳信兵進來，將信遞交後，男人難得很是興奮的出了營，安排起晚上慶祝眾將康復的事。

李空竹聽著外面震耳欲聾的眾將哄笑聲，坐在案桌後，撫著髮髻拄著下巴，看著營帳門口，笑得好不明媚。

這天晚上，眾將點著篝火圍坐成圈，吃著難得的燉肉喝著清酒，開懷的說笑。彼時李空竹與男人坐的這一篝火旁，圍坐了近百人。

大家先頭還有些拘謹，但沈默吃肉的過程中，不知是誰放了個極響亮的屁，寂靜的氣氛登時破滅。

當時還不待李空竹捣嘴輕笑，就聽得一個大嗓門的副將大叫起來。「花子，你個臭小子，吃屎了不成？放的屁比那茅坑裡的屎還要臭上三分，你這一放，讓老子還咋吃飯、喝酒？」

他這話一落，眾人早忍不住哄笑出聲。

只聽那叫花子的，很憋屈不已的叫道：「這也不能怨了俺啊，要換作是你們，天天喝那多麼藥試試去，指不定比俺還放得臭呢！」

「放屁！」另一頭有大漢立刻大叫。「你放屁臭了人那是你忍不住，你瞅瞅你那跟個小雞崽子似的身板，那夾屁的功夫也指定不行，要是老子，老子肯定把屁夾得遠遠的去放！」

「噗！」李空竹實在憋不住了，一個不備就笑出了聲。

眾人聽到噗哧一聲，便回頭看她，見她轉臉，枕在將軍肩膀不停抖肩的樣子，才想起有女子在場，就都不好意思的撓撓頭。「那個小嫂子，俺們都是粗人，說話也粗，妳別介意啊！」

女人搖頭。那邊趙君逸將空碗放在地上，對他們一個揮手。「鬧你們的去！」說著，就將女人牽起身，抬腳就向營地那操練士兵的空曠地帶走去。眾將見此，立時就歡呼出聲，開始打鬧爭搶起吃食來。

聽著身後那鬧哄哄的各種叫罵聲，男人無奈的揉了揉眉間骨。

李空竹倒是心情甚好的隨著男人的腳步，慢慢的踱到了操場邊。選了處高臺，拉著男人坐在那裡，看著滿天的繁星，迎著深秋涼風，很暢快的深吸了口氣。

與她牽手的男人見此，將她往身邊帶了一點。「過兩日就回去？」

女人靠著他的肩膀，輕輕的點點頭。如今已八月下旬了，她離開兒子也這般久，實在有些想得不行。

趙君逸握著她的纖手緊了一分。雖心中確實很想讓她回去，離開這危險的戰地，可在聽到她毫不猶豫的應下後，還是有些不捨。

女人感受到他手上的握勁，與他十指交握的手也緊了下。來了這般多天，除頭天晚上兩人親密依偎過，其他時候，都分頭在為時疫而忙碌著。如今難得的有了空閒，卻又要話著離別。

「趙君逸。」女人輕喚著他，想轉了話題。

「嗯？」

「你這回可有記得你應我的話，不會再惹我生氣？」

「再不會。」男人點頭，語氣堅定。

「讓你做什麼就做什麼？」

男人回眸看著靠在肩膀處的女人。「什麼事？」

女人詭異的勾起嘴角。「若我說，我想要靖國城破之時一半的戰利品，你可能辦到？」

第八十八章

男人很訝異的睜大眼，說不出話。

「做不到？」女人挑眉。「還是說不願做？」

男人將她往懷裡帶了幾分。隱藏戰利品一事，自古征戰的將士、士兵多少都會做上一點手腳，可要藏一半的話……

男人皺眉。崔九又不是傻子，隱那般多，誰知屆時他會不會跳腳？

「可行？」見他半晌不吭聲，女人搖了下與他牽著的手。

男人回神看她。「當真想要？」

「你怕？」

男人搖頭。只是覺得好不容易安定了，要因此事再惹猜忌，再與人相鬥的話，也實在太過疲乏了。

似看出了他的顧慮，女人緊摟他的腰身，頭抵他胸口輕哼著。「放心好了，這是崔九欠我的！」也是欠他的，屆時怕他知道，還會覺得太少了呢。

欠她的？男人深眼。「他做了什麼欠妳之事？」

「倒是一點無關緊要的小事，真要論起來，還有華老的一份呢！」

華老？男人沈吟，將她輕扯出懷抱，低眸看她，卻見她眼中晶亮。

「你只管幫我藏著好了，屆時勝利後，可一定要在第一時間回鎮來喔。」

男人盯她半晌，從她眼中看不出半點破綻，想了想，終是輕點了頭。「好。」

女人見目的達到，輕笑著勾住他的手臂，心中算計著，接下來便是如何讓崔九那邊繼續封鎖孩子的消息了。

正想著，身後突然響起眾將的歡呼聲。兩人回頭看去，見不知何時，吵鬧的眾人這會兒已經開始對著篝火，唱起各自家鄉的長歌小調，跳起舞來。雖說那舞像極了螃蟹走路，不過這難得的溫馨場面，倒是令女人看得莞爾一笑。

「看來是想家了。」

「嗯。」不知不覺間，已出征一年整。三百多個日夜說長不長、說短不短，有人還活著，有人卻永遠的與世長辭了。對於遠在家鄉盼望著他們歸去的親人，這些將士們，心中多的是難言的苦楚與心酸。

看久了，女人眼眶不禁泛紅，轉回眸看男人一眼，有幾分低落道：「你先去陪他們吧，我想回營。」

「好。」輕巧的在她額上印下一吻，男人牽著她起身，向營地走去。

待到了分頭的地方，男人又著了一巡邏的士兵將她領回營帳。

這夜，眾將雖很高興，卻依舊保持清醒，飲酒只點到為止。在歌唱完後，為了養精蓄銳，都早早的散去歇息。

李空竹在迷迷糊糊快要進入夢鄉時，讓被子裡突然灌進的冷風驚了一下，待再要睜眼清醒去看時，身子卻驀的被帶進一個熟悉的懷抱裡。

翻了個身，女人貼著他的胸膛，聞著獨屬於他的冷冽氣味，嘴裡嘟囔了句。「當家的。」

「嗯。」男人將她按進自己的懷裡，不留一絲縫隙。小小的行軍床，給兩人親密接觸最大的便利。

女人摟著他的脖子，將頭枕在他的頸窩，沒頭沒腦的來了一句。「來吧！離別kiss！」

男人頓了一下，低眸看去，卻見她嘟著那紅豔豔的朱唇，朝他慢慢逼來。驀的輕笑出聲，男人才反應過來她話意，輕嗯了聲後，順勢接下了她送來的朱唇。

乾柴烈火，在一室紅浪翻飛的夜晚，被兩人表演得淋漓盡致……

終是到了要回程的日子，李空竹卻躲在營帳裡遲遲不肯出營。

男人將馬車替她安排好，也安插好可靠的人手後，回營，見她還埋著腦袋，在床上不肯面對現實，自欺欺人。

「要不要我抱妳出去？」這都兩天了，還這樣窩在營帳裡不出一步，這掩耳盜鈴的本事，她還真是演得樂此不疲。

「你滾！」如今她只要一想到前天晚上的事，就想撞牆去死。她在心裡鄙夷了對方一百遍，雖說她很想尋了他的歡，可他也不能故意讓她叫出聲啊！想著那天晚上時不時路過的巡邏隊，她都快羞憤欲死了。

男人無聲的勾了下唇。「妳再這樣逃避也於事於補。」發生過的事情，如何能當沒發生過？

「也不看看怨了誰！」女人來氣，將埋著的頭從被子裡探出來，一雙翦水雙瞳帶怨氣的瞋著他，說不出的魅惑誘人。

男人眸子深了一下，點著頭。「下次注意便是。」

注意什麼?!女人怒，拿著枕頭就要去捶他。「趙君逸！你個大色狼！」

男人單手將她扔來的枕頭勾住，聽了這話，亦不覺得有什麼不好，照樣點點頭，笑得甚是勾人魅惑。「對於這話，我若不實行，怕妳得怨了我懶。」

說罷，就見他伸著長指，來到她的腰間，眼看就要去解她身上的腰帶。

女人當即給驚得向後一縮，捂著腰帶指著他，有些結巴道：「大、大白天的，你、你想幹啥？」

「妳說呢？」男人邪魅的笑著向她步步逼近。

女人緊捂腰間，狠狠的吞了口口水。「你、你不要亂來啊！」

「好。」男人嘴裡應著，身體卻逼著她一步步向後退去。

這眼看著就要把她逼躺在床上了，女人是大驚失色，尖叫出聲後一個猛起急衝，向營帳前面快速的跑出去。

男人見她終於出去了，倒是得意的挑了下眉，隨著她後腳跟出去。

其實李空竹在一出來時，就有些後悔了，可再後悔，她也不能再回營。

只得硬著頭皮，低著腦袋的直直往前衝，這讓一些前來相送，本想順勢調侃她幾句的將士們見了，倒有些不好意思。

見趙君逸跟著出了營，眾將趕緊拱手抱拳的行禮。「將軍！」

趙君逸點頭。轉眼見小女人低著腦袋一路急走，不由得哂笑了下，搖搖頭，給眾人打了個眼色後，自己就快步跟上。

營地門口，已經聚集不少將士在那裡了。看到李空竹，一眾人扯著大嗓門打起了招呼。聽著眾人笑嘻嘻的一聲聲「小嫂子、小嫂子」叫著，李空竹是既尷尬又有些不好意思。

華老朝她招了手，待她離得近，又囑咐了幾句路上小心、保重身子之類的。待看後面趙君逸還離得遠時，又忍不住悄聲的問了句。「還不打算將實情說出？」

李空竹搖頭，低聲道：「有一事我想請華老幫忙。」

「什麼事？」

「就是崔九那裡，讓他的人繼續幫忙隱消息與傳消息。」環城鎮的好辦，可趙君逸這邊的卻不好辦。消息想要隱得徹底，還得崔九這個主子出力。

華老聽罷，別有深意的看了她一眼。「這是打算收拾一番？」並未說收拾誰，但以老者對她的瞭解，該是不會輕易放過崔九才是。

李空竹點頭，朝他眨眨眼。「這是個長遠計畫，若成功了，你也能出口氣了。」

老者搖著頭，男人走了過來。華老看了男人一眼，笑得別有深意的對女人道：「知道了，放心交予我吧！」

「什麼？」趙君逸正好聽到這話，見老者眼裡的不懷好意，就忍不住皺眉問道。

「沒什麼。」女人搖頭，轉眸與他對上，解釋道：「與先前和你說的是相同一件事，不過有點出入罷了。」說著，便轉頭向那停靠在一邊的馬車走去。

男人感覺有點異樣，瞇眼看她踩凳上了車轅，身邊的眾將亦是大呼著「小嫂子一路平安」。

李空竹站在車轅上，居高臨下的輕易就捕捉到男人望來的視線。笑了笑，轉眸對著那前來送別的一干眾將們，揮手大喝道：「一定要打勝仗啊！」

「喝！」

齊齊震耳的聲音傳進女人的耳裡，震在她的胸腔，與之一起共鳴。轉回頭，女人用力掀了車簾，坐進去，在馬車調頭時，又快速伸出頭來，看著那一張張年輕黝黑健康的臉龐，向他們揮手，對他們有著難言的敬意。

男人站在他們正前方，神情始終淡淡，見女人眼眶泛紅，不停的在那兒揮手，心中的一絲異樣讓別離的愁緒掩下，磨著袖口的長指緊捏了起來。

看著那漸行漸遠的馬車，男人不動聲色的向前輕移兩步，待馬車終是不見蹤影的時候，他才收回視線。轉回眸，與一旁的老者視線撞了個正著。

見送行的眾將不知何時已回了營，男人又問起他與女人約定的事情。「她著你辦了何事？」

老者半真半假的道：「崔九那小子惹了我，丫頭這是幫我出氣呢！」

「哦？」男人疑惑，見老者點頭，便沒打算深究。「既是如此，若需幫手，倒是可來找我。」

老者點頭嗯了一聲。見男人要與他分了路，猶豫了下，老者看著他的背影提醒道：「你身邊的暗衛……若你有要保密之事，還是緊著幾個心腹用吧！」

這是提醒他暗衛裡有崔九之人？男人轉眸看他。

老者則老眼一瞪。「老夫被氣就是因為此事。那小子不信任老夫，想來，你身邊亦是有不少眼線。」

「謝過華老提醒。」男人平淡的點頭，對於有崔九暗衛一事，他早有察覺。作為帝王，若臣子身邊沒個安插的眼線，反倒才是蠢材一個。

不過這個時期，正是上下一心的時候。就算有了崔九的暗衛在他這裡，也是資源分享之際，應當還不存在著監視行為，也正是可用之時。

老者見他這樣，便明白他是知道的，可對於他的大氣，老者只能無奈的搖搖頭。「既是這樣，你有分寸就行。」反正，自己是提醒過了。

「嗯。」男人點頭，衝他抱了拳，便大步向營帳而去。

老者看著他遠去的背影，搖頭輕嘆了聲。論到底，這小子還是有些掉以輕心啊！

李空竹回程的車行並不快，慢慢走到第十天時，才將將走到離環城還有三天腳程的臨州府城。在府城驛站當夜就寢時，意外的突遇一場襲擊。

不過好在有驚無險，被另一波前來支援的暗衛給擋在外面。待混亂的場面清完，李空竹看著面前半跪著的白嫩英氣的女子問道：「妳是誰？喚作什麼？」

女子抱拳，脆生生的道：「屬下劍綃，乃君將軍麾下暗衛。主子吩咐，若夫人回程遇行刺，便讓屬下往後以婢女的身分待在夫人的身邊。」

李空竹明瞭的點點頭，忍著心中還未消散的驚意，揮手令她起身。「如今怎麼樣了？」

「夫人放心，刺客已經全部解決。」劍綃起身，立在一旁，很恭敬的回道。

「倒是能忍。」回程這般久了，竟選在今日才動手。

劍綃看她，想了想，照實說道：「其實先前屬下等人已經解決掉了一批，只是沒想到在這臨州之地竟還有埋伏。」

這麼說來，靖皇已經把她的底打探得一清二楚了？連她的回程路線都能提前布置好著人行刺，那環城鎮呢？想到這裡，女人心中一驚，起身道：「著人整頓，咱們連夜趕路回環城！」

劍綃見她臉色有些泛青，便知她擔心什麼，幫她整理好行裝，又安撫道：「夫人大可不必擔心。早在夫人還在軍營時，主子便將劍寧等人又給打發了回去，屬下等人隨夫人來時，主子說是已經稟過聖上，讓他加強環城鎮的部署，讓夫人儘管安心即可。」

李空竹瞥了她一眼。她能安心才怪。

趙君逸不知道他還有個兒子，她雖跟他說了李家和趙家兩房之事，也說了泥鰍住在家裡之事，可泥鰍比起親兒子來，那根本就不是一個等級好不好？

她這一離家對趙君逸來說，那屋子就等於是個空殼子，能保護就保護，就是保護不了，人都死了他也不會覺得有啥損失。畢竟那些人是跟他和她沒血緣關係，同他也沒有相處，指不定在他心裡，就想著隨便做做樣子呢！

想著，她心頭慌得愈加厲害了，白著臉，在那兒急得團團轉的喊道：「出發，快出發！」

劍綃見她這樣慌亂，雖疑惑的還想再勸，可終是因嘴拙不擅言辭的閉上嘴。拱手抱拳一下，淡應一聲後，就領命快速地去安排趕路。

李空竹這一遇刺，因著心中擔心，囑咐加快車程，白天黑夜的連續奔波，三天的車程，硬生生只用了一天半就趕到了。

待到達環城鎮時，已是第二個晚上快天亮的時候了。因她等不及到城門開放的時辰，那趕車的侍衛便用特權，強硬的讓守門的士兵開了城門。

駕著馬車，風一般的又奔跑了一刻多鐘後，終是回到了趙家村。

一到村口，李空竹便將車簾急急掀開。見這會兒天色尚早，村子也靜悄悄的，寧靜祥和的樣子看上去不像有大事發生過。

見此，女人心下一鬆，稍稍好過了點。

待馬車行到目的地，停在那熟悉的桐油大門處時，李空竹早等不及的快速掀了車簾，不等侍衛拿來腳凳就直接蹦下車；也不待劍綃前去敲門，她又一個急跑上前敲起大門。「于嬸、小鈴，開門啊！」

「于嬸，我回來了！」邊叫，女人邊將耳朵貼在門上，聽著裡面的動靜。待聽到裡面傳出一陣乒乒乓乓和來人急急的走步聲後，女人退了一步，抬起頭，緊張得手捏衣袖，等著門打開。

終於，門「嘎吱」一聲開了，于家的手持燈盞，一邊用手整著未穿好的外衣，一邊老淚縱橫的看著門外的李空竹。見短短不過一月的時間裡，自家姑娘竟是瘦了整整一圈。

「姑娘……」于家的哽咽，用手抹去淚後，便近前要來扶她。

李空竹擺手，直接快步跨進院子，看著熟悉未有變動過的庭園時，心下那口緊張之氣，終是緩緩的落了地。

那邊穿戴整齊出來的于小鈴，亦是一臉淚的走過來。「姑娘，妳回來了！」

李空竹點頭，于小鈴趕緊扶著她的胳膊向裡面走。「快快進了屋，外面涼著呢。」說著，她似又想起什麼，轉頭道：「娘，妳快快來扶著姑娘，我先去燒個火盆來。深秋露重，姑娘這手都冰著呢！」

于家的點頭，揮手讓她快去。李空竹則搖手示意不用扶，逕自快步向主屋方向行去。

「三嬸——」西屋那邊，被吵醒的趙泥鰍揉著眼，一出來，再見到院中人時，竟是不可置信的瞪大了眼。

剛試著叫了一聲，就見女人轉頭看來。見到那張熟悉想念的臉時，小兒當即又一個歡呼出聲。「三嬸妳回來了！」

小子一邊歡呼，一邊快跑過來。李空竹怕他絆倒，轉回身，急急向前行了兩步，喊道：「慢點！」

「三嬸——」趙泥鰍撲過來，撞進她彎腰來接的懷裡，瞬間淚如雨下的叫道：「三嬸，俺好想妳……」

李空竹聽得鼻子亦是一酸，眼淚也跟著掉下。「三嬸也想你們呢！」

「嗚嗚嗚……」小子邊哭邊哽咽說著。「俺、俺有好好算帳呢，還有每天都有帶弟弟玩！」

李空竹摸著他的小腦袋，輕聲安撫著。院中的吵鬧，很快就引得主屋裡的一聲小兒啼哭混進來。

李空竹聽得心頭一驚，拍著趙泥鰍的小背。「泥鰍，你先起來，三嬸好似聽到弟弟在哭了，讓三嬸去看看弟弟可好？」

一聽丸子哭了，趙泥鰍立時就從她懷裡起身，不待女人話落，他率先向那主屋快步衝過去。

李空竹見狀，亦快跟上。于家的在身後看得張了張嘴，想說些什麼，卻見這會兒也沒有說的時機，無法，只好也跟著去了主屋。

主屋裡，趙泥鰍快步爬上炕，看著那睡在褥子上的丸子，正不停的張嘴大哭，就很心疼的嘟著嘴輕哄著。「丸子，丸子你醒了？是不是吵著你了？乖乖喔，哥哥這就來抱你。」一說著，就要去抱那哇哇大哭的小兒。

李空竹正好走進來，見此就趕緊出聲道：「泥鰍，給三嬸抱吧！」

趙泥鰍抬頭看她，想說什麼，卻見李空竹已經走過來。

「好吧——」小兒應聲，乖巧的向旁邊讓了讓。

李空竹行到炕邊坐下，見那躺在小褥上的丸子，不過才一月未見，竟又長大了許多。這會兒只見小兒閉著眼張嘴大哭，長長睫毛上掛著的晶瑩似在訴說他的委屈般，在那兒一抖一抖的，不停向下掉著水花。

女人心中刺痛，將手掌小心的穿過他的小腦袋，小兒感受到接觸，立即就止了哭。

「嗚……」小兒抽噎著睜了那雙漂亮的鳳眼，只一瞬間，就又閉眼再次放聲大哭起來。

女人趕緊將他抱入懷中拍哄，見入手的重量比一月前竟是相差無幾，不由得輕蹙了下眉。

被她抱著搖的小兒似驚著了，開始手舞足蹈掙扎，哭得愈加厲害。「哇哇哇……」撕心裂肺的哭叫，引得一旁的泥鰍緊張得不行，伸著小胳膊對女人急道：「三嬸，弟弟被嚇過，認生呢！」

嚇過？拍著小兒背的女人頓了下。

那邊泥鰍則趕緊湊過來，從她身上將丸子給使勁抱開。只見那剛才還哇哇大哭的小兒，睜眼一瞧，確認是熟人的懷抱時，馬上就止了哭。

「哦哦，好了、好了啊！」泥鰍吃力的將他抱著坐在炕上，小心的給他擦著臉上的眼淚。

「呼呼，啊——」小兒委屈，在他擦淚的過程中，還用指頭去摳泥鰍的小手，一邊摳，嘴上一邊咿咿呀呀的指控著什麼。

「嗯嗯，哥哥知道了，那是三嬸，是你娘呢！你不認識了啊？乖乖喔——」泥鰍點頭，認真的與他互動著，擦完眼淚又去摸他的屁股，見有些濕，就抬頭跟于家的道：「婆婆，弟弟尿了呢！」

「噯，老奴這就拿乾淨的尿布來！」于家的抹著眼淚，看了李空竹一眼，在得到點頭示意後，就去箱櫃處拿了乾淨的褲子與尿布來。

于小鈴端了火盆進來，又給女人添了熱茶放在炕桌上。

這時天還沒有大亮，微弱的光線令視野還不怎麼開闊。劍綃不知何時跟了進來，掏出火摺子點亮窗臺上的油燈。

趙泥鰍在給小兒換好尿布與褲子後，就見小兒不再哭了。在床上爬動時，看著大亮的屋子，開始歡叫起來。

第八十九章

李空竹給劍綃打了個眼色，令她出去後，就盤腿坐在炕上，看著小兒在那兒爬著，試著伸了一根手指過去。

不同於剛剛被抱時的激動，小兒抬眼看了看她，又低眸看了看她伸來的纖白食指，想了想，終是流著口水，大笑的來抓了她的纖指。

感受到小兒親近的觸握，李空竹絞痛的心臟才好受了一點，面上溫婉的朝小兒笑著，問出的話卻冷得讓人寒顫。「究竟是怎麼一回事？」

于家的與于小鈴聽她發問，兩人臉色慚愧的就朝地上跪了下去。

「老奴有負重託，當真該死，還請姑娘責罰！」

「啊！」一旁的小兒見兩人下跪，伸著手指了一下，不滿似的叫喚了幾聲。

趙泥鰍瞟了李空竹一眼，見她雖笑著，可眼中卻似盛了冰般，冷得讓人寒顫。不自覺的縮了脖子，輕輕將小身子移過去，扯了下女人的衣袖。

看女人轉頭來看他，泥鰍才道：「三嬸走後，弟弟哭了好多天呢，那時連奶都不吃了，還瘦了好多，還是婆婆當時看得急了，去鎮上尋了李叔跟惠娘嬸嬸過來看顧，弟弟才好一點。」

李空竹哦了聲。「李大哥跟惠娘也來幫著照顧過？」

于家的點頭。「姑娘走的當天晚上，哥兒就不幹了，哭鬧著好不容易才睡著，天亮時又不願吃那奶娘的奶，餓了好些頓後，老奴見哥兒仍然不願吃，就去鎮上求了李姑爺跟惠娘主子。本是讓他們幫著想想辦法，誰知……」

說到這兒，于家的紅了眼，突然就重重磕了頭。「姑娘，這事老奴也有責任，都怪老奴不謹慎，才讓哥兒受了罪啊！」

李空竹眼皮跳動了下，轉眼去看于小鈴，見她抹著眼淚，很心疼的看著自己的母親，就淡淡的開了口。「先起來說吧！」

聽了這麼多，她心下算是多少明白了點緣由。

于家的搖頭，在那兒咬牙切齒的道：「那個奶娘，沒承想竟是個黑心肝的，就因哥兒吵鬧，擾得她睡不好，竟趁著只她一人帶哥兒時，口出惡言的喝斥哥兒不說，還暗地裡對哥兒是又捏又揉。後來，見哥兒哭狠了，引來了注意，那賤人還一臉無辜的同我們說，哥兒不願吃她的奶，這是認親娘呢。」

于家的邊說著，一邊又流了好些眼淚。可憐的哥兒那時口不能言，自己也沒想太多，被她一副表象騙的，以為哥兒到天黑放聲大哭，是因為想娘的原因，完全不知哥兒被她嚇得，一到天黑，只要與她處一屋，就會害怕。

這事一直持續到惠娘兩口子來瞧。惠娘因自己也在奶著孩子，就試著解了自己的衣襟幫著奶了一口。誰知這一奶，丸子不但不抗拒，還吃得很歡快。

這一發現，惠娘當即就覺得有些不對勁，當天晚上便留在這裡悄悄觀察，這才留意到那奶娘的惡行。

「哥兒當時被又捏又揉的，身上沒少起了紅印子。」于家的說完，又是一頭磕了下去。

李空竹眼中殺意閃過，也知並非兩人的錯，便再次喚了兩人起身問道：「那奶娘人呢？」

于家的還在那頭磕地，不想被察覺李空竹眼神的于小鈴扯了下衣袖。尋眼看去，見她打著眼色，就頓了一下，隨即抹著眼淚，規矩的起身。

「奶娘呢？」

「那奶娘被李姑爺與惠娘主子提走了，使了銀子讓縣大爺判了重刑！」怕是再難出牢了。

這事，李沖兩口子也很愧疚不已。這奶娘好歹是求著他們找的，不想竟給弄了這麼個喪心病狂的人。

這事過後，他們本打算再尋個老實的奶娘，可又怕識人不清，最後乾脆用了奶羊。找著大夫問了除膻味的方子後，試著餵了兩天。見丸子慢慢適應了，一眾人才稍稍安心。

「哥兒也是從那時起，開始不願接近生人，特別是天黑的時候，尤其怕生呢！」

李空竹點頭，只覺心頭絞痛得讓她快呼吸不過來。

早知道會發生這樣的事情，當初華老在送她奶娘時，她就不該矯情的推拒；或是在走時，她有好好的多待兩天考察那奶娘，或是著崔九去幫忙。

這裡面的任何一條，若當初她做到的話，哪怕丸子還是會認生，最起碼不用遭罪，也不用喝那難消化的羊奶了。無怪乎，丸子身子都長了，卻還這般輕。

這些，責怪別人前，她自己也要負很大一部分責任。

深吸了口氣，女人紅著眼，試著去抱了小兒一下。握著她手有一會兒的小兒，見她來抱，倒是極乖巧的沒有反抗。

李空竹見此，心頭喜了一下，將他輕輕的摟進懷裡時，就聽他嘴裡咿呀了兩聲。輕輕的跟著哼哼的回應了兩句，李空竹將他放在自己的肩窩處，沒讓他瞧見，流下眼淚，輕聲的嗚咽。「對不住，娘對不住你，都是娘不好！」

「啊啊——」不明所以，也聽不懂她話的丸子，被她抱了會兒，就開始有些不耐煩來。踢蹬著小腿，扭動著身子，眼見又要哭了。

女人見狀，趕緊將他放在炕上，任由泥鰍去哄。于家的母女站在一邊，看到李空竹不被親近，又跟著紅了眼眶的抹淚。

李空竹這會兒已沒了多餘的心思再去管她們，揮手讓她們出去後，留了趙泥鰍在屋裡陪丸子，她則躺在一邊，邊看他們玩，邊讓泥鰍給她講丸子這一月的變化與喜好來。

當天下晌，村裡有人來借東西，在看到李空竹後，不到半個時辰，便將李空竹回來的消息，傳遍了整個趙家村。

聽到這消息的村人們，便陸續上門來看她。一群人排成排的坐在院子裡，拉著她不停的問東問西。

李空竹也任他們問，強笑的陪著打招呼，直到天大黑，才將這批人給全部打發了。

隨著眾人的離去，院中卻沒有安靜下來。伴隨著黑夜來臨，也是丸子最磨人的時候。那奶娘被送走後，晚上哄他入睡的一直都是于家的。

李空竹點著燈盞坐在主屋，無神的看著于家的輕哄小兒，待小兒不怎麼哭後，又將去了膻味的羊奶給他餵了一小碗。待小兒終於吃飽不哭，安靜的睡去後，于家的這才小心的將小兒放在褥子上。

不想，那頭小兒剛一沾褥子就驚醒，咧著嘴，眼看又要哭了。于家的就趕緊抓了李空竹的手去給他握，一邊輕拍著他，低低的哄著他。

聽著于家的輕言小語的低哄，雖說手讓丸子握著，李空竹卻仍覺得自己像是個局外人，既插不上手又無助得慌。她心如刀割，呼吸難受的紅著眼，看著與小兒握著的手時，眼淚又不受控的流了下來。

那邊于家的將小兒終於哄得安睡後，抬起頭來，見自家主子竟無聲的哭著，嚇得趕緊低頭賠罪。「姑娘……老奴、老奴該死！」

平復了下哽咽難耐的喉頭，李空竹搖搖頭，小力的聳著鼻頭，輕聲吩咐于家的。「妳陪著一起留在這兒睡吧，我怕晚上他再醒，找不著妳時，又要大哭了。」

「這……」于家的有些不敢。主子不在時，她睡在這主屋已經是逾越了，如今主子都回來了，若再與主子同住一屋，還是同炕，怕是有些不合規矩。

「無事，妳來鋪了炕吧。慢慢來，待他慢慢習慣我後，屆時妳再回房睡。」

「是。」見此，于家的自是不好再反抗，福了身後，就去將自己睡覺的行頭拿過來。待鋪好炕後，就睡在丸子的另一邊。

不出所料，當天夜裡丸子驚醒時，感受到身邊李空竹的陌生氣息，就又哭鬧了一陣。

不過好在于家的就在旁邊，抱著他哄了一會兒，待他再次平穩入睡後，李空竹照樣給他握了手，還有意的又靠近一分，讓他從睡夢中重新熟悉她的氣味。

如此過了兩天，丸子慢慢熟悉了她，在白天時，偶爾也能讓她抱一抱了。雖說抱的時間不長，可對於李空竹來說，已經很心滿意足。

除此之外，她還乘機去作坊看了一眼，與趙泥鰍對了下帳。李沖他們兩口子也在得到消息的第二天，過來看了她。

對於兩口子的歉意，李空竹並沒有小氣的說什麼重話，只淡淡一笑，將此事雲淡風輕的給揭過去。剩下的，該做的事還得做，該談的合作還得談。

李沖給她彙報了下批發部開分店的情況。

說是如今北方一帶，又連著開了三家分店。雖說才短短幾個月的時間，開得有點快，可架不住合資以後，有錢有地、膀大腰圓了。大家都賣力得很，各自做著該盡的職責，如今剩下的就只缺推出新品。

李空竹聽罷，沈吟了下後，就說了可生產玉米澱粉與馬鈴薯澱粉兩類。方法很簡單，跟做番薯粉條前奏差不多，只不過，澱粉在過濾過後，得曬乾磨細才成。

這又是多了另一個工序。如今村中的作坊主要以果子罐頭為主，是以澱粉這類李空竹便交由分坊去加工。在加工出來後，為了介紹使用方法，李空竹還親自拿著澱粉醃肉，做了道水煮肉片出來。

當時這菜一出，放在批發店裡作新品發布會時，那試吃的人流，把現場的廚子差點忙死了。雖說澱粉的做法極易模仿，可老主顧們卻從粉條開始，只認了人人作坊的牌匾。

作坊那邊生意興隆，家裡這邊李空竹在與小兒培養了差不多半月的感情，夜深後小兒醒來時，已經不再那麼抗拒她了。

就好比今夜，李空竹聽見他醒後，還試著給他把了次尿。小兒在撒完尿睜眼看是她時，只哼哼了兩聲，就再沒哭鬧，閉上眼又睡了過去。

正抱著他的李空竹見狀，心頭激動得差點沒流出眼淚來。看著那嚅動著小嘴又沈睡的丸子，女人萬般不捨的將他摟在懷裡輕輕拍搖著。

旁邊于家的看到這一幕，亦是感動的福了一禮道：「恭喜姑娘。」付出了這般久，終是見到回報了。

李空竹眨著淚眼點頭，卻見于家的竟裹起了自己的被褥，驚問：「妳這是做什麼？」

于家的欣慰一笑。「哥兒已經不抗拒姑娘了呢，老奴該是回自己房間的時候了。」

「可若一會兒他又醒，要見不到妳怎麼辦？」不抗拒是一回事，可小子畢竟還是黏她的，要下一回醒來不見了她，若自己哄不住的話，會不會令他再次抗拒自己，又開始怕了她？

「放心好了，哥兒尿過了，這一覺不到天亮不會醒呢，屆時若他再哭的話，老奴再過來就好了。」于家的將被褥捆好，笑著安撫了句。

屋。

李空竹聽此，也覺可行，便點點頭，對她揮了揮手，便讓她扛著被褥輕手輕腳的出了主屋。

待屋子裡只剩她跟小兒後，李空竹才慢慢將兒子放在小褥上，拉著被子與著他一起躺下，閉著眼，開始享受起自回來到現在，她與兒子真正獨處一室的空間。

有了此次的和睦相處，這以後的幾天裡，即使沒了于家的，小兒除了開頭會哭鬧一會兒外，之後便已習慣了與李空竹這個娘獨睡了。

除此之外，如今為了多多培養與兒子的熟悉度，自小兒不再抗拒她後，李空竹是走到哪兒都會抱兒子一起去，連餵飯、洗澡、換衣服這些，都不曾再假手他人。

也因此，丸子在慢慢長大的同時，也開始與她變得越來越親密。就這樣到了十月下旬初雪降臨時，他已經變成除趙泥鰍與李空竹能抱外，其餘人都再不好使了。

冬雪下得沒過腳踝的時候，家裡又添了新家具。

為了讓常待炕上的丸子不膩歪，李空竹吩咐李沖尋人，打了個大榻，搬到主屋窗下擺著；以前的梳妝櫃檯這些，則放到側邊。

雖屋子因此變得有些擠，可看丸子又有了新地方能玩鬧後，李空竹倒是覺得十分值得。

將一張新窗紙在窗戶上貼好，看著外面透亮的雪輕輕飄舞著，李空竹心情甚好的將六個多月大的兒子抱近，架著胳膊讓他立在窗戶邊，看著那飄落的白雪。

「可是好看？」

「啊呀呀——」小子如今說話已經會變調了，叫嚷著跟唱歌似的。見他伸著手指要去摳邊上那剛糊好的窗戶紙，李空竹嚇得趕緊將他放下來，任他在寬榻上不開心的爬著叫喚。

暗衛劍綃在外頭喚著。「夫人！」

「進來。」

劍綃著一身紅衣勁裝打扮，一進來，除帶了外面的冷風外，空氣中還飄著一絲血腥的味道。

李空竹鼻尖聞到，有些忍不住的蹙了眉。「又有刺客？」

「是！」

回來這一個月多的時間，這已經是第幾回了？想當初她急匆匆的從臨州趕回來，在見到兒子平安無事時，她心裡還鬆了口氣。

可誰承想，這往後的一個多月裡，那暗殺、行刺卻無所不在。不過好在趙君逸安排妥當，這些行刺者，都被崔九派來的暗衛給阻截在環城鎮。刺客一波波來襲，行刺了這般多回，沒有一回是到達村口位置的。

「有事不成？」

劍綃雖說是跟著她了，可大多時候，她還是隱著很少出現，會來找自己，不過是為了報備邊界之事罷了。

果然，在她話落之後，劍綃便將一封信拿出來。「方才劍寧送來的，好似是主子寫來的。」

李空竹轉眸，看到那信件上的熟悉字體，無聲的勾唇笑了一下。伸手將兒子先抱過來，才揮手讓劍綃出去。

待屋子只剩她跟丸子後，她拿著信在他眼前晃了晃。「你那便宜爹來信了，可是要看？」

「啊！啊——」丸子以為是拿給他玩的東西，伸著這段時間養胖了的小手指，開始不停的抓。

女人見狀，挑眉了下。「這可不是給你玩的。來，娘給你唸唸，看你爹都寫了些啥？」說著，就將信封拆開來。見小子要來搶信紙，又趕緊將信封遞給他。

誰知小子拿著信封就張嘴開啃，李空竹無奈，邊與他搶奪信封，邊攤開信紙來看。

一如既往的簡潔，除報了聲平安勿想外，還附帶了幾句邊界的事情。說是瘟疫之城不攻自破後，大軍繼續北上又連下了幾城，如今的他們離靖國都城只有半月不到的路程，中間不過十來城池，若順利的話，說是開年就能打到靖國老巢去。完勝的話，也不過來年五、六月左右。

寫到最後，男人還很矯情的來了句：

千萬言語難抵一句，望汝平安。——逸之

李空竹數了數字，見有百來個字後，就很滿意的將信摺起來。回頭見到丸子竟已經把信封給啃出了個窟窿，大吃一驚，快速將信封扯回來，又趕緊去摳他無牙的嘴，見沒有東西殘留在裡面後，才放了心。

那邊丸子卻是不滿了，被她搶了啃著的信封，當即就大叫的舉雙手索要。李空竹哪能給他，將信紙裝好後，趕緊喚了于家的進來。

待將信給于家的收好，看小子來了脾氣要哭，瞧時辰是該睡覺的時候了，女人趕緊抱著他下地，哼著歌兒，輕拍著他培養睡意。

于家的見狀，福了個身後，就下去將準備好的奶端過來。

在拍著小兒直到他安靜後，李空竹就餵他喝了奶。待吃飽喝足後，睏意也來了，她抱著他在屋裡轉起了圈。待丸子徹底睡熟，將他放在炕上的小褥上後，女人才輕手輕腳的走出去。

去到趙泥鰍的屋子，見小子還在算帳，就伸手拍了他小腦袋一下。「若累了就放著，三嬸現下回來了，有空就多玩玩吧！」

「無事哩，我愛算呢！」趙泥鰍把算盤打得噼哩啪啦響，很高興的道：「三嬸，上個月有澱粉後，這銷售額又翻了一翻，妳猜上月賺了多少？」

「多少？」李空竹找出宣紙，拿筆沾了他硯臺裡的墨。

「除卻成本，整整賺了兩千兩哩。」兩千兩啊，那得多少個罐頭了？

李空竹聽得笑了笑。「這裡面的兩千兩，你三嬸只占四成，你給我算算，我能得多少？」

「四成？」

「嗯。」女人點頭，邊寫邊道：「你算給我看看，我看看華老教你的東西，你有沒有記牢？」

趙泥鰍聽罷，衝她聳了聳鼻子。「三嬸妳就瞧好吧！」說著，就搖頭晃腦的計算道：「這一千兩的四成，妳能分得四百兩，二個四百相加，可就是八百兩呢。三嬸，我可有算錯？」

「沒呢！」李空竹笑，待寫好最後一筆後，抬眼見小子仰著腦袋在那兒一臉得意，正擺著一副等誇的姿勢，就溫笑的起身，過去摸著他的小腦袋，點頭道：「嗯，不錯，倒是越發聰明了！」

「嘻嘻！」小子仰頭享受著她的撫摸。

女人見此，又順著開解道：「你有空還是多出去轉轉，與村中小兒們好好交交朋友，人若沒有朋友可不行，知道了嗎？」

第九十章

「我知道哩，三嬸。」趙泥鰍乖巧的點頭道：「我下晌時會出去玩一個時辰，每天都是如此，村裡的二狗子與財子他們都知道我會啥時去呢！」

「那就好！」李空竹聽得心下欣慰。只要他願接觸人就好，以前她還擔心，怕把他給養得太拘謹了，如今看來，小子懂事不少。

再囑咐了泥鰍幾句後，女人便端著硯臺轉身，向主屋行去。

輕推門扉，進到主屋時，見丸子睡得正香。她笑了笑，將硯臺放在小炕上後，又著于小鈴打了盆水進來。

待扭了濕帕，女人拿起小兒的小手指，輕輕在每個手指腹上沾了點墨。隨後，將這沾了墨的小手指，輕輕向她寫好的信紙上沾去。

不想，睡夢中的丸子被她拉著手指似乎不舒服，在她將他的手指沾在信紙末的空白處時，不經意的動了一下。瞬間，那五個小點點就成了五條歪歪扭扭的墨線。

女人看得哭笑不得，不過也不打算再做第二次。將信紙放在了炕桌上，拿著巾帕將小手擦淨後，才將晾乾墨的信紙摺好放入信封。

出屋喚來了隱於暗處的劍綃，將信遞給她，著她將信交給劍寧去送。

劍綃領命飛走後，李空竹看著外頭那飄飛的大雪，笑得別有深意。「你兒子給你寫的信，你看不看得懂呢？」

可不要怪她藏著，她可是有提醒的！沾沾自喜地想著，女人心情甚好的挑眉，踩著輕快的步子向主屋行去，打算與兒子同睡午覺。

遠在邊界的趙君逸，在大軍連連攻無不克的勝利下，靖國都城就在眼前了。

如今的靖國皇城早已人去樓空。為阻變國大軍再次進犯，靖國皇帝不但將都城遷到了最北部，還將所有兵力都集中在那形勢最險峻的冰峰地帶；且還滅絕人性，讓皇城裡的百姓患了一種類似天花的傳染絕症，弄得城池內到處是哀鴻遍野，屍骨如山。

看到這一現象，變國軍隊為防再次染病，停止了行軍腳步，駐紮在城外幾里開外之地。

拿著探子交上的信息，趙君逸緊皺著眉頭，半晌都不曾鬆動一下。

他怎麼也沒想到，九王竟是狠毒如斯，見如今名聲盡毀、民心盡失，戰場也快功虧一簣時，竟瘋狂到了想讓天下百姓都為他陪葬的地步！

他如今盤據在最北地帶，將所有兵力都集中在那裡，看似要來個最後一戰，可卻又在他們要路過的所有城池裡，撒下這種似天花的絕症病源，何嘗不是在故意拖延，想乘機休養生息，另謀對策？

趙君逸用手捏了下鼻梁，感到萬分頭痛，著人喚了華老進來想商討對策。

待老者步來，男人將探子的信件遞予他。打開信件，老者匆匆幾眼看過之後，當即是氣得一臉鐵青，將信件給撕了個粉碎。

「畜生、畜生！竟拿天下黎民百姓當兒戲，此等畜生若還容他活在這世上，簡直是天理難容。這畜生該當天譴才是！」

「天譴不天譴倒是其次。」趙君逸一臉冷凝。「如今我們打著皇上的仁愛名義，若放任絕症不管的話，就算勝利了也會遭到詬病。可若管，卻又會給靖皇機會休養生息，令他又有足夠的時間去重整軍隊士氣，屆時若想再打，怕是又要多耗上一年半載了。」如今眼看勝利在望，他又怎願意再去耗這般久？

男人行軍以來，頭次煩躁到極點，用手不停捏著鼻梁思索；另一放在腿上的大掌，則緊握成拳，不停發出嘎吱嘎吱的脆響。

老者站在那裡看他半晌，嘆息了聲。「切莫亂了心神！戰場便是這樣瞬息萬變，誰也想不到下一步究竟會怎樣。你再這般被兒女情長左右，接下來的關鍵之路，怕是要走得十分艱難。」

趙君逸聽得愣了一下，向著下首老者看去時，卻見他氣憤的甩了甩袖。

「老夫進城看過那所謂的天花絕症，不過是些牛痘、水痘相互交雜的染病，雖也會傳染死人，卻不是不治之症。兩病混在一起雖複雜，可若慢慢治療的話，還是會好的。」

說著老者又轉眸，對他很認真的道：「如今我們所面臨的是物資緊缺，大夫人手方面也不夠，加上冬雪難熬，多的是流離失所的百姓。當務之急，我們還是得先照顧黎民百姓。」

趙君逸點頭，心情慢慢的平復下來，恢復冷靜。「我這就去信給京城，再另派收復城池裡的大夫與平民組隊。屆時，若人手還不夠的話，我再派幾個營的兵士前去幫忙吧！」

華老見他恢復一貫的冷靜，心下鬆口氣，也點頭道：「先這般安排吧，我現下去看軍營裡的藥材有多少，屆時再著幾個老頑固商量一下，咱們先從鄰近這一城開始救起。」

「好，煩勞了。」

趙君逸待他出去，起身看著那身後的地圖，無聲的勾唇苦笑搖頭。他本以為今冬就能大仇得報，開春便能開拔回朝，可誰知，竟又出狀況，阻了他最後的得勝之路。

想著剛剛自己的急切與煩躁，趙君逸在吐了口濁氣後，便快步出了營帳。來到那演練操場，他一個縱躍上馬，提起刀在馬上與眾多正在操練的士兵一起，揮刀狠練那殺敵之技。

半個時辰過後，男人一身汗的躍下馬背，與演練場高喝的眾將們揮揮手，便步出了操場。

那邊一直隱於暗處的劍濁，見他過來，便將身上才收到的信件遞予他。「主子，夫人信件！」

趙君逸正用衣袖擦拭額上的汗，聽了這話便頓了下，轉眼看著那遞來的信件上熟悉的雞扒字，內心剛平靜的波瀾又起伏了下。

沈著臉，伸手接過，揮手令劍濁退下後，便快步向自己的營帳步去。待回到案桌後，拆了信件，在見到信紙上有著幾條黑乎乎的長墨跡時，心情舒朗的勾了唇。

「當真是越發懶了，怎就不願多寫一遍？」弄髒了紙，還能如此坦然不怕笑，怕是除她之外，再無哪個女人敢這般做了吧？

挑眉將幾句掛念之文看完，末了男人盯著那處墨汁，還是覺得甚是好笑。

端看半晌，想了想，終是提筆寫了回信，簡單的道歉後又說了下這邊的情況，隨即在末尾調侃了下她的字跡：今見筆鋒越發精進，字形越發隨人，紙面越發整潔，須得繼續保持，萬不可自滿矣！

收了筆，待吹乾後，男人又看了一遍，十分滿意的將信摺好，裝入信封封上，便著劍濁取走。待劍濁離去，男人勾唇起身，再轉身看地圖時，身心是前所未有的舒暢平靜。

臨近臘月，人人作坊又到了最忙碌的時候。

如今的趙家村，因農閒時得了人人作坊的批發買賣，今年家家戶戶幾乎都不再缺錢。這不，眼看離過年還有一月，在這般早的時候，村裡有人已經開始慢慢備著年貨了。

李空竹這邊，在收到男人的信件時，雖對於其末尾的調侃鄙夷了一番，可信件的內容，卻令她揪心不已。如今那靖國的水痘、牛痘的疾病消息，已經傳遍了變國境內。

變國百姓在心驚的同時，也為靖國的百姓可憐。畢竟攤上這麼個沒人性的君主，誰都會恨得不行。

李空竹在收到信件後的第二天，便召集全部股東過來趙家村。目的很明顯，就是想幫邊界的百姓收集藥材，著朝廷送去靖國。

彼時的幾位股東聽後，很不贊同的回絕。

「這合夥才多久，雖說有賺到銀，可這開分店擴鋪還差很多銀錢呢！聽說那靖國有好幾城的百姓都得了牛痘與水痘。是好幾城啊！大東家可有想過，那是多少人？咱們的作坊雖有點名氣，可論到捐藥材，便是掏空整個家底，那也只是杯水車薪吧！」

「是啊！咱們可都有捐稅賦的，這些事還是交給朝廷去管。咱們，還是先顧著自己的發展吧！」

「是啊、是啊！」

李沖坐在李空竹的下首，見她雖一臉平靜的聽著眾人的否定，可眉宇間的褶皺與眼中的毋庸置疑，卻顯示著不容再辯的強硬。

「大東家有什麼另外的計畫不成？」李沖在眾人發表完意見後，問出了疑惑，也順道給眾人提個醒。他們是商人，大東家就算再好心，也斷不會白白搭送銀錢的。

李空竹聽得點頭。「如今我們的罐頭、粉條與澱粉已經與皇城簽了合同，雖還不是正式的皇商，可作坊開業至今，卻一直受皇城保護。如今聖上有憂，若我們人人作坊不聞不問，屆時一個不小心，被其他皇商捷足先登的獻了好，爾等覺得，人人作坊要是得罪了聖上，可還有再繼續發展的必要？」

話落，女人向下首掃去，見人人面上皆驚疑不定，就又不緊不慢的道：「如今邊界正需大量藥材，而進貢藥材的皇商，怕是想乘機大撈一筆，若我們儘早表了忠心，早替聖上分擔，雖說貢獻不了多大的力量，可咱們卻是第一個勇於站出的無私商家，爾等覺得這事過後，咱們還會虧嗎？

「且不說屆時聖上會不會發還我們銀兩，便是隨意提上一筆什麼第一良善之商的匾額賞於我們，有了這御筆親封的牌匾，爾等覺得比之皇商來，我們還能差到哪兒？」

見眾人眼露興奮，女人心裡有了底，端著茶盞輕抿一口，又道：「開分店，晚一天、早一月的隨時都能辦，可討好聖上這機會，若錯過，可就再沒有了。做生意，最忌鼠目寸光，爾等應將眼光放遠點，失去的銀子，總有成倍還回來的時候，有付出，絕對不會白白打水漂的！」

「大東家說得是！」此時的眾人，早已心服口服的齊齊起身，衝女人行了一禮。

「敢問大東家，接下來，我等該如何做？」

見有人提問，餘下的則趕緊表忠心。「任憑大東家差遣！」

李空竹看罷，點頭將茶盞放下後，只輕道兩句。「我已著人去問大夫所需的藥材了，屆時爾等照著清單辦理採買便可，多餘的不要，咱們只送實在之物。」

「是！」

見會議差不多了，末了李空竹又道：「對了，想來各位家中多多少少有那無用的舊衣舊棉吧，若行，也都捐出來。聖上仁愛，為了邊界的靖國百姓可沒少憂心，上行下效，咱們也應多獻愛心才是。還有就是，有認識的富戶或是交好之家，能要點就都幫著要點吧！」

「是！」雖對於去要舊衣舊棉有些丟面，可東家發話了，為了以後的發展，還是忍辱負重才是。

散了會，李空竹在送走他們後，便令家裡人將不要的舊棉都翻出來。

這會兒，于家的一邊翻著箱籠，一邊笑看著正在寫信的女人。「姑娘這是放心不下姑爺呢，為了姑爺，可真真要把老底都給掏出來了。」

李空竹將寫好的信件封好，聽了這話，只勾唇輕笑。

她如今能做的，是能幫則幫一把，況且，她也沒打算白幫。寫下這封信給崔九，若他真能憑此而度過難關的話，給她的好處，自然也沒有少的理由。

「啊打打——」榻上玩耍的丸子，不知又想到了什麼好玩的，竟一邊摳著那厚厚的褥墊，一邊又拿嘴啃著。

七個來月的孩子，如今已到了快長牙的時候，那口水流了一地又一地，不一會兒，褥墊被咬的地方，頓時就濕了一大片。

李空竹喚著劍綃，將信交予她，又悄聲在她耳邊囑咐了幾句後，便令她退了出去。回身見小子越咬越起勁，李空竹趕緊將他抱起來，將褥墊從他嘴中取出。

「唔呀呀！」小子扭身踢腿不願意。

如今的他，腿越發有力了，踢了幾下，李空竹便覺手痠得不行，拍了他屁股一下，嗔道：「就不能老實會兒？」

「噗嗞嗞——」看丸子飆著口水，李空竹也是拿他沒辦法。

那邊于家的將舊被褥這些拿出來捆好，看著兩母子正大眼瞪小眼，就不由好笑的道：「哥兒如今的脾氣，是越發大了呢！」

「是啊，也不知像了誰。」

李空竹無奈的將兒子又放回榻上，甩了甩累著的胳膊，想著她跟趙君逸都屬於不溫不火之人，這小子倒是調皮活潑得不行，難不成是像了原主？

這個想法一冒出，女人立即就打了個寒顫甩頭。

再去看那小子時，卻見他啊啊大叫，又是爬又是滾的在榻上瘋玩著，見此，女人當即就是一巴掌拍了下去。「啪！」

隨著屁股脆聲響起，女人扠腰惡狠狠地威脅喊道：「丸子，你長大了要不隨了你爹或是我，當心我不要你啊！」

「嗚啊啊——」顯然聽不懂她威脅的小子，挨了一下也滿不在乎，反而玩得愈加興起。

一旁于家的聽了，很是無語了一陣。

小年將過，位於趙家村的人人作坊迎來了一塊金燦燦的皇室牌匾。

趙家村全村男女老幼皆出村跪行迎接，人群一路跪到了人人作坊門口。只見那著暗紅太監服，頭戴太監總管帽的大太監，手拿聖旨，大唱著「君李氏」接旨。

彼時正率領人人作坊所有員工及合夥人的李空竹，在著人焚香以後，便領頭在眾人的疑惑下，跪接了聖旨。

其旨意，大意是一些稱讚良善之類，且為表嘉獎，還賜聖上親筆所書的「良善之商」四個大字。大太監唸完聖旨，待李空竹恭敬接過之後，又著人將牌匾給抬過來。

看著那金光閃閃的大牌匾，趙家村的人直覺心臟怦怦的跳個不停，兩眼也被那金光刺得有些睜不開。有些雲裡霧裡的村民，甚至以為在作夢，還連連抽了自己幾個大嘴巴。

待痛覺傳來，皆腫著臉大叫。「真的哩，是真的哩！咱們村竟然迎來了聖旨，還得了皇上親筆寫的字。我的天哩！這真真是祖宗墳上冒青煙了！」說罷，就紛紛的又磕起了頭。

李空竹有些無語，但也知道，在這個皇權至上的時代，能迎來一道讚揚聖旨的村子，便是再破落，加以利用的話，也能成為一塊人人競相爭奪的居住福地。這個趙家村，怕是要因這道聖旨成為這北方城裡內外，最為搶手的香餑餑了。

著人將聖旨供在作坊高堂，又將牌匾掛在招待客人參觀的正堂門口。做完了這些，李空竹又著陳百生領著村人，開始大擺酒席，盛情款待了遠道而來的皇城之客。

等送走了皇城之人，在迎接年節的時候，李空竹可以說收年節禮收到了手發軟。除此之外，不管是縣城還是府城的一些大戶、官家太太這些，都紛紛的下了帖子，相邀節後讓她赴宴。

看著那高高疊起的一堆帖子，李空竹是無奈至極，這就是發跡的後遺症。這般多的帖子，雖然她一個也不想去，可為了以後道路好走，總要挑那麼幾個去應酬。

挑挑揀揀拿了幾大戶出來，扔給于家的囑咐：「年後記得提醒我，這幾家走完就稱病吧！」

于家的點頭，將那挑出的幾家放在錦盒裡裝好，剩下的便全當成廢紙，扔進了倉庫不聞不問。

年二十九這天，李空竹將李驚蟄接來一起過年，除此之外，又備了年節禮讓人送去郝家村慰問郝氏。

彼時去送禮回來的劍綃，還帶來了個消息，說是李梅蘭從繡鋪跑了，好似還去找過郝氏求助。

「屬下去時，老太太哭得很悲慘，說是讓屬下來求求主子。」

「哦?求我什麼?」李空竹扔了個油果進嘴，不鹹不淡的哼問。

「說是讓主子您幫幫李梅蘭。」

「妳怎麼回答的?」

「屬下嗎?」劍綃有些不耐煩的理了理耳鬢碎髮。「屬下當時被哭得煩了，就直接抽了佩劍。」

與其說是抽，不如說是飛。當時那老太太哭得實在讓她好生煩躁，她氣急下用著內力，就將劍逼出了鞘。只一瞬，那老太太就倏地閉上嘴，倒是讓她找著空，快速的抽身而退。

「喔。」李空竹點頭，面上淡淡。「想來她這是看到我送禮，以為我還掛念她，心裡又升了希望吧。勞妳再去幫我說說，說若她不願待在郝家村的話，就隨李梅蘭一起去繡鋪待著吧。」

「對了，李梅蘭應該就躲在郝家村，著人去抓了她，將人重送回繡鋪，我可不想讓人覺得我的妹妹是個不守承諾之人。」

「屬下明白!」劍綃聽罷，當即拱手退下。

李空竹待人退下後，勾唇，抿了口茶水。

這個郝氏，如今她不過在做面子工夫罷了，竟是半點自知之明都沒有；還有那李梅蘭，身簽契約，竟還偷跑出繡鋪，這一朝回去，怕是再難被分配繡那好的繡畫了。

想著，女人就手摸下巴無良的一笑，想像著李梅蘭要賺的三百兩銀，這下怕是二十年也不能賺夠了。

「大姊！」正想著呢，忽聽得半大小子的聲音從外面傳進來，李空竹抬眸看去，見又高了一截的李驚蟄滿面興奮，領著抱著丸子的趙泥鰍，從外面走了進來。

笑了笑，招手讓他近前。「貼完對聯了？」

「貼完了呢，丸子醒了，剛哭著，本來我想抱的，可是……」小傢伙不讓他抱，還只認趙泥鰍，讓他心下跟塞了棉似的，堵得難受。

「嗯。」李空竹接過丸子，見他一臉委屈失落，就笑著安撫。「他大半年沒見過你了，自是不認得了哩，待過幾年有了記憶，就好了。」

第九十一章

李驚蟄嗯了一聲，小臉卻失了方才的興奮，隨著趙泥鰍一起上了堂屋小炕，手拿糕點的輕抿一口，不知道想著什麼，在那兒低眸紅著眼。

李空竹心下一嘆。這年節團圓，知他怕是有些想娘了，卻對此無可奈何。

年三十晚上，過得不怎熱鬧，雖多了李驚蟄，可少了華老。吃完晚飯，李空竹將肉丸子哄睡後，強撐著精神陪著他們幾個小兒玩鬧著。

待到了子時，怕丸子聽到爆竹聲響害怕，李空竹又只好邊抱著他，邊在屋中哄著他。為了丸子，他們今年本打算買了煙花來放，也臨時取消了。

著于叔簡單的放了掛鞭炮後，眾人一人吃了幾個餃子，這個年也就這麼糊弄過去了。

節後，李空竹忙著串門子赴宴，無暇分身；而遠在邊界的趙君逸大軍，也因有了充足的藥材與物資，戰事進行得十分順利。

靖皇的這一招，雖阻得變國軍隊停頓了好幾月，可也令靖國百姓實實在在的對其心生憎惡。一些激進的，甚至組成好幾萬的大軍，在不顧變國軍隊勸阻下親自去攻打了好些次。雖損失慘重，卻足以見得，如今的靖國之皇，就如那過街老鼠一般，到了人人喊打的地步。

幾番順利的推進，趙君逸所率領的軍隊，又在極北地帶連著下了好些城，眼看就要到最後一步，這時卻早已冬去春來，春暖花開。

李空竹所在的趙家村，在聽到她說要把趙家村改造成最大的桃園旅遊村時，家家戶戶聽罷，都積極的找酸桃樹在房前屋後栽著。

就連村口邊上以前是個標誌的楊樹，也讓里長著人鋸了，另挑了兩棵巨大的酸桃栽在那裡，作迎客用的門面樹。

李空竹見眾人竟這般興致高，便著家家戶戶出銀修起了道路。

全趙家村的人，把村子裡的道路，不管寬的小的，皆用小石子平鋪成青石小路。這樣一來，等花期一到，那些富戶的車行過時，就不會受到太多顛簸了。

李空竹在這一年裡，又計畫將北山推進一層。

如此推進，不是為了再種桃樹，而是打算在推進的北山外沿，劃出邊緣，著人修了高牆，隔出野獸與人類的活動範圍。又著人在那些大樹上，試著做了棧道與樹屋。

這樣一來，待來年竣工，這村中桃花大開時，那樹上的樹屋，又可在這花開之期，作為一個好的攬客噱頭了。

四月初九，是丸子滿週歲的日子，這天李空竹硬是在忙碌中抽出時間，著了幾個親近之家過來，幫著抓週。

已經長出兩顆上下牙的肉丸子，著一身紅彤彤的喜慶小春衫，頸上掛著崔九送的金項圈，腳蹬金元寶小鞋子，頭上紮著根沖天辮，綁著紅紅的蝴蝶結。坐在那大大圓圓的大桌上，在那兒晃著小腦袋左看看、右看看，也不知要抓啥好。

站在李空竹身旁的李沖、麥芽兒與王氏幾家人，亦是很無語。只見那桌子上面，一般的筆、算盤等物都沒放，全都被李空竹擺滿了金燦燦的大元寶。

「嫂子，我咋覺得，妳這不是讓他抓週，而是要他拿銀子當命根呢！」

「有啥不好嗎？」反正將來他是要繼承家業，自然要培養他愛財的性子，要是學了趙君逸那樣打打殺殺的，她還不得擔心死？

于家的站在旁邊倒是很明白。姑娘這是寧願小哥兒成土財主，也不願小哥兒隨了姑爺做大將軍哩！

「兒子啊！快抓，給娘抓個金元寶看看！」這邊李空竹直拍手的鼓勵著自家兒子。

那邊小子卻是左右又看了看，晃著小腦袋，委屈的癟了嘴。「娘——」他不愛這些呢，他愛小劍，就愛劍綃姊姊送的小劍啦！

一見他要飆了淚，李空竹氣得袖子一捋。「趕緊的，你娘累死累活打下的大片家業，你要不繼承，當心我揍你了啊！」

「哇哇，爹爹——」丸子說不清想要什麼，憋得哭著喊爹。

「爹什麼爹，誰教你叫的爹？你爹還不知擱哪兒呢。告訴你啊！哭也不好使，趕緊抓了金元寶！」

他不叫爹還好點，一叫爹，她都嘔得慌。明明他那便宜爹是一天也沒帶過他，也不知他的存在，偏偏這小子，在于家的特意教導，跟時不時被趙泥鰍揹出去玩的情況下，竟學會動不動就叫爹了。

為此，李空竹沒少為自己不值得，偏偏于家的還安慰她，說是小哥兒也是聽村裡的娃子動不動就叫爹，這是想爹了哩。

這是在變相說她欺騙嗎？

可她這大半年來，也沒少讓這小子寫信啊。每一封信的末尾，她可都讓這小子按了爪印，偏那男人遲鈍，還以為她這是在故意保持他當初所說的「紙面整潔」哩。

搖了搖頭，回神之際，見兒子在她緊盯的目光下，終是癟著嘴的拿了個金元寶。李空竹看罷，當即嘴角就樂開了花。

伸著手臂過去，剛要抱這小子時，就見這小子將金元寶一扔，叫著。「劍！劍——」

瞬間李空竹黑了面，瞪了他一眼，又向院子角落喝道：「劍綃，妳是不是又給他耍劍了？」

眾人當即無語，皆你看看我、我看看你，直覺這當娘的好生不可靠。

靖國最北地帶，也是靖皇最後的盤踞地點。看著前面那座險峻難攻的高峰，趙君逸與華老並肩站著，皆在想著對策，要突破這最後的一道屏障。

「倒是選了處好地帶。這千丈之嶺翻不過，直接攻，卻又有著一夫當關之勢；若強攻，怕是損傷慘重。」

趙君逸點頭，看著那高山上似有雲朵在飄，就有些沈了眼。

若過了此道屏障，便是一馬平川，能夠直取賊人都城了。可這道屏障要如何過、怎麼過，卻成了現今最大的難題。

轉回身，趙君逸又邀老者去往軍營。看著那沙盤裡重堆上的山峰溝壑，皺眉沈思半晌，在山脈的一處比劃。

「此山雖高，卻是叢林眾多，這一面的山峰又屬小國雲國之境。邊界百姓，雖有山峰當屏障，無法跨越，可總有些獵人或是行腳商人，為販賣獵物便利或是不願交關稅，總會試著翻過這山的。」

「你的意思是？」

見老者疑惑，男人又指著一處溝壑解釋。「這些天與靖國交手時，我又觀察過地形，並問過住在這一帶的百姓。他們曾聽老獵戶說過，在這山峰之頂有個開闊湖泊，且這湖水供著住在山峰腳下百姓的灌溉與畜牧。」

「你想沿著水爬山尋路？」華老驚疑不定的看他。

男人點頭。「雖有些費時，但這是最有效之法。」

「你這是想親自去？」見他沒有否認，華老極不贊同。「便是尋路，何須你親自去？要知道這山勢險峻，迷霧重重，你若回不來，那你放任在這兒的幾十萬大軍要交給誰？彼時又有誰能來接替你？」

男人看他一眼，挑眉，讓華老驚得連連甩袖氣哼。「休得拿了老夫當替補，老夫……」

「不過是讓你暫領，華老多心了。」

暫領？老者沒好氣的瞪他。這弄得好叫暫領，弄不好，等他死了或是消失了，就成了甩不掉的爛泥。
男人勾唇一笑。「我既是說了，就一定會做到，華老放心。」說著，他又從懷裡拿出一圖紙來。「我已上山探勘過，發現山林多有小溪溝壑，而這些水的源頭都是從上往下。若那百姓沒騙我的話，照著水源走，定能到達山頂，屆時，尚未過雲國之界，我再變了方向，沿山脈而下直達敵方後營，到那時，我再摸索至靖國那暫定的都城，給靖皇來個攻其不備。」
「你這是打算……」先殺皇，再亂軍心！倒是好計。
男人點頭。「攻城後，以狼煙為號，想來敵軍在看到求救信號時，必定會方寸大亂，舉兵返回支援。那時，便請華老下令，傾盡全力攻打。」
老者聽得沈吟半晌，雖對此計很讚賞，可前提是在成功的情況下。要爬上千丈高的山，繞至敵軍本營，一路困難重重，又豈是那般容易？
趙君逸見他猶豫，只哼了聲。「兩軍交戰，向來誰出其不意，便是得勝一方。」走此一招，想來靖皇也斷不會料到他敢以死冒進。
「如何？」見老者久不吭聲，男人不禁再問。
老者搖頭，仍有些疑慮。「若真要翻山，你多久能到達？」他撐著一時還行，若久了，靖國那邊起了疑心，加強防備，屆時便是給他尋著捷徑，也不過是白費功夫罷了。
趙君逸凝了一下，也覺這是個難題。想了想，男人手指磨著衣袖，沈吟道：「不若再攻一場？」

「你想怎麼做？」

趙君逸勾唇。「本將想親自領兵，做了那急先鋒！」

當天晚上，變國大軍雖出其不意地攻打了朦山山脈，卻意料之中的再次敗下陣來。

除此之外，由於主將急功好利，親自領兵，不慎身負重傷，昏迷不醒。

彼時變國將士及其周邊靖國相幫的百姓們，士氣頓時低迷不振；而身在朦山行宮的靖皇聽說了，好心情的大擺宴席，並且擬旨一封，大賞了那駐守朦山的主將。

為重整士氣、挽回損失，變國軍營不惜換下主將，由監軍來把控整個軍營。為使整個軍營服氣，監軍的身分也暴露出來。

當眾人聽說了這位監軍竟是變國的鴻學大儒，又是變國新皇的親舅公，更是那治時疫、牛痘與水痘的大功臣時，眾將低迷的士氣又再次高漲。

然而就在大家以為重換了監軍，會有什麼好的妙計能夠再次攻打那朦山時，意外的，監軍竟下令軍營就地整頓駐紮，以防為攻的再不前行。

深夜，朦山山脈一隱蔽山腳下，華老與知情的幾位將軍挺胸而立，幾人一臉肅穆的看著眼前這支千餘人的軍隊，對那領軍之人道：「至多四個月，久了，怕是就要瞞不住，你可是能行？」

男人點頭，拱手抱拳對幾位道：「在此其間，軍中所有大小事務，便請諸位與華老多加擔待了。」

老者揮手，眾將則拱手抱拳行了一禮。「還請將軍一路多加保重！」

趙君逸點頭，還了一禮，便對身後精心挑出的千餘名精兵打了手勢。等所有將士皆整裝好，男人轉眸又對華老認真的點頭。兩人視線交錯，彼此都給了個明白的眼神後，便見趙君逸俐落的轉身，沈聲吩咐。「出發！」

「喝！」低悶震動胸腔的齊喝過後，便是整齊劃一的行軍步伐響起。

看著那穿過叢叢密林漸漸消失不見的軍隊，華老負手而立，沈著的老眼盯著被黑夜浸染得沒有一絲顏色的樹影，神情很是肅然憂慮。

邊界的戰報如今很難再傳回來。變國這邊，只知道大軍快要攻到靖國都城了，其餘的便一無所知。

李空竹這邊也好久未得到消息，不過如今她沒有太多空閒時間思念。除了樹屋計畫正如火如荼進行著，作坊那邊跟住房這邊也都要同時擴建。另外還有學堂一事要趕上進程，如今村民都不再缺錢，李空竹就著里長找了村民商議一下。

眾人也覺得該是建個學堂的時候了。因為他們聽說在作坊工作的員工，時不時的都在學認字，而那認字多的就有機會被提拔成管事，連在鎮上分店鋪裡那識字的夥計，也比不識字的夥計要多，這讀書的好處自然顯而易見。

是以，一些人家為了自己的娃子前途著想，絕大多數贊成建學堂。

李空竹見這事得到一致認同後，便應下了修學堂的錢，且先生也由她來找。

三伏天是一年裡最熱的時節，天熱得是動一下都會全身冒汗，可村中的學堂卻在短短兩月不到的時間裡，就竣工了。找來的先生，一共有十位，除了老秀才外，還有一些匠人、算學並樂器的師傅。

李空竹把先期教學排了個班表。也就是初期教學的半年時間裡，在不知小兒們興趣是哪樣時，就先在同一個班級裡教，一天排八節課，讓每個先生教一節。

半年後，再按各個學生的興趣分班，可不管興趣是啥，這認字是必不可少的。因此，這分班後，也必須每天上一堂認字課。是以，秀才師傅就多找了兩人，且月錢比其他師傅多了半兩。

如今正是這第一批學生進學堂的時候，趙泥鰍也到了上學的年歲，順理成章的，李空竹讓趙泥鰍也跟著去村中學堂上課。

這趙泥鰍一去上課，家中的丸子少了玩伴便悶了起來。趴在那墊了草蓆的大榻上，藕節般的小胖爪子握著手中的沙果，一邊啃著，一邊含糊不清的哼唧著。「鍋鍋……」

挨著他坐的女人正在盤帳，聽了他的哼唧也不搭理。

如今家中正擴建院子，那桃林樹屋的花銷也跟流水一般嘩啦啦的流個不停。為了保證營業額，她又在冰鋪試著做出雪糕，且又開發了各式各樣的水果冰碗。自開春以來，她已經好幾個月沒有好好休息過了。

噼哩啪啦的算盤聲還在響著，在大榻上爬著的丸子卻鬧心了，撅著屁股坐起身，用黏答答的爪子拍著自家娘的背。「鍋鍋！」

「你哥哥正上學呢，別鬧，娘在算帳。」

「鍋鍋！」小子鍥而不捨，已經拉著她後背的衣襟一點一點的站起身來。「釀——鍋鍋！鍋鍋……」

丸子鍋鍋、鍋鍋的說了不下十遍後，女人終是無語的敗下陣來，將帳冊用力合上，朝外面就喝了聲。「劍絹！」

窗外紅影咻一聲快速閃進。「主子！」

劍絹單膝跪地，在那兒雙手抱拳等著吩咐。卻不想，還不待女人出聲，就聽身後的小兒已很是興奮的大叫著。「劍、劍劍——灰灰！」

女人無奈，拄著側腦門看著下首的劍絹道：「聽到了？他要飛飛。」

劍絹點頭，起身後，就將那抓著女人衣服，興奮抖晃跳動的小兒給抱在懷裡，溫言道：「小主子，屬下飛了啊。」

「灰灰——」一被她抱起，丸子頓時開心得手舞足蹈，對於方才一直惦記的鍋鍋也瞬間拋在九霄雲外，睜著那雙閃著亮光的水漾鳳眼，見劍絹還沒有動作，小子身子不住扭動，急得是臉都紅了。「灰灰！」

對於明顯急了的小主子，劍絹看了眼李空竹後，便抱著小子，快速的從窗戶蹬了出去。

「咯咯——啊呀呀！」小兒歡快的叫喊立時傳了進來。

李空竹看著那向牆頭飛去的紅影，又交代了一句。「只准飛，不准再拿小劍給他耍啊！」

「知道了！」話落，那抹紅影很快便消失了蹤影。

李空竹收回視線，又重新打開帳冊。只是這一鬧騰後，女人便再難靜心，想著已有三月多未收到來自邊界的消息了，也不知男人究竟行到了哪一步？嘆息了聲，轉頭看著窗外毒辣的大太陽，女人難得的拄著下巴發起了呆。

朦山山脈高千丈的山脈之巔，寒風肆虐，飛雪不斷，時不時突然出現的雪崩，更是時刻都在昭示著大自然的威力。可即便是如此惡劣的環境下，也未令那攀爬了近三月才到達頂點的千餘將士皺眉。

如今他們身披樹葉、樹皮做的禦寒蓑衣，那身上穿的盔甲，也因長途跋涉變得破爛不堪，三月前還壯碩似牛的體魄，如今皆瘦得似難民。可也僅僅看著似難民罷了，此時他們望著這山頂中間嵌著的水藍湖泊時，眼中有種說不出的激動與自豪。

這三個月的艱苦經歷，使他們在沼澤險嶺之間，學到了更多的求生本事，也見證了同伴為了勝利而犧牲自我，換來他們一行人順利前行至此。

「啊——」不知是誰，忍不住內心的激動，衝著這如鏡面的平靜湖泊吶喊了一聲，他身旁同伴聽到了這聲吶喊，亦是受到鼓動的跟著吶喊。

「啊——」一聲聲震得山峰都在顫抖的豪邁吶喊，令那肆虐的寒風都忍不住懼怕的轉了方向。將士們喊著，眼眶不住泛紅。他們終是不負犧牲的兄弟，到達了此處。

如今瘦得眼眶都有些凹進去的趙君逸，立在那裡看著那天仙湖泊，這一刻，他腦中映出的畫面，既不是報仇，也不是殺敵，而是對眾將士一路上從險境中努力存活的敬意，與想和女人執手走遍天下的念想。

「將軍！」身邊的小兵抖著凍紫的嘴皮，哆嗦得不行的看著他。「這、這山會不會又崩了？」

頭天晚上時，他們才經歷過一次雪崩，要不是跑得快，怕是都要全軍覆沒了。男人回神，見小子只有十五、六歲的樣子，年輕瘦弱的小肩膀在那兒一顫一顫的，令人心下不由軟了幾分。

勾唇，拍了拍他的肩膀，轉身朝後面大喝。「全軍聽令！」

沈悶有力的喝聲響起，立刻令那些吶喊的將士們停了聲、肅了臉。片刻，便見眾人快速的列好了隊。

「爾等今日費盡千辛萬苦攀爬上來，並非為看風景而來。這三月以來，我們所經歷的種種，想來大家心裡都明白，如今的我們，身背那些為了我們鋪路而犧牲掉的眾弟兄的使命。我們現下所要做的，便是直達敵軍王庭內部，取靖皇首級，為了那些同來而死在戰場的弟兄們報仇！本將在此問上一聲，爾等可還有力氣下山，隨本將去取那賊人的首級？」

「有——」齊齊高喝的回答，飄過那被煙霧籠罩的湖泊，迴蕩在這山頂雪峰之間，經久不絕。

「出發！」伴隨著男人鏗鏘有力的喝聲，眾人齊齊跺腳，一臉肅然的追隨著男人向另一面山峰腳下奔去。

第九十二章

攀爬過最險峻的地帶，也看過了最美的風景，趙君逸所帶領的這些將士，心境已不再似從前那般天真，只知傻頭傻腦的憑著一股熱血往前衝。

如今的他們沈穩睿智，心境淡然平和，眼中沈著老練。隨著主將下山，他們更不會像來時因為久久找不著出路，而急忙慌張的到處亂竄。

有了辨別行路的經驗，這一回下山，他們很快到達山腳屬於靖國王庭的行宮地域。

因山腳是一馬平川的開闊地帶，很容易引人注意，為防露餡兒，這時的趙君逸讓將士換上了離開變國軍營時備好的靖國盔甲，儘量選擇晚上悄悄前行。

七月中旬，他們終是到達了靖王落腳的行宮處。靖王位於朦山這處的行宮不大，但城門處卻有近三千的重兵把守。

著人四處觀察、探查了近三天，趙君逸發現若想混進去，只能裡應外合、聲東擊西去引走那守城士兵，而他帶領精銳直接向君主所住之地攻去。

「這是個極冒險的法子，要在行宮中放上火藥點火，不但得身手極好，且要開城門，怕是會陷入險境、有去無回，爾等可有做好準備？」

「將軍放心，末將等人來此為的就是這一刻，莫管死不死，咱就是衝那狗皇帝命去的！」

「千戶大人說得是，末將等人為的就是這一刻！」死，對於現今的他們來說，是種莫大的榮耀。

趙君逸點頭。在安排好人手後，他負責率領三十名身手極好的眾將與暗衛，潛進行宮安置火藥與四處放火製造混亂。

剩下的，則由那幾名千戶與百戶長挑選出身手不凡者，爬進那城樓中潛伏，等著他們製造混亂時，乘機開城門、殺眾臣。

是夜，行宮中的巡邏每隔不到兩盞茶就會有人接替，來來往往毫無漏洞，令那潛入的黑影們無處安身，很是頭痛。

如此艱困地躲躲藏藏，又過了兩天。彼時靖皇行宮一片歌舞昇平，醉生夢死的官員們與那上首坐著的邪魅皇帝飲酒作樂，場面窮奢極侈。

「轟隆——」突來的地動山搖，震耳爆炸聲，令行宮裡坐著的一眾官員與陪酒的歌姬舞女們愣了一瞬。下一刻，只聽那些膽小的女人們摀耳尖叫，接著便驚慌失措地亂跑。

緊接著又是幾聲轟隆接連的爆炸，令官員們失了酒意，皆齊齊白著臉的相互對視了眼。

「這、這是怎麼了？」不是說變國的軍隊還拿那道天險沒辦法嗎？那、那這爆炸聲又是怎麼回事？

「有刺客啊——」外面匆匆跑動的巡邏士兵不知誰喊了一嗓，下一刻，便是接二連三的慘叫聲響起。

上首側躺著、身穿明黃龍袍的靖皇眼帶冷意坐起，將身邊發抖的女人扯近身，突然猛力地掐住她的脖子。

「啊——」那女子被掐得窒息，驚恐的掙動，伸著那塗得鮮紅的指甲就要去抓他的手。卻見靖皇睬眼一瞬，雙手一個大力扭轉，「哢嚓」一聲，那女子瞬間便沒了氣息。

這招殺雞儆猴令底下一眾官員看了，皆頭皮發麻，齊齊嚇得再不敢吭聲。低著頭，坐在那裡，誰也不敢亂動半分。

這時外面的喊殺聲已經響徹天際，靖皇手扶腰間寶劍，直直的看著大殿外面，勾著那鮮紅的薄唇，等待最後一刻的宿命對決。

外面聽到行宮爆炸聲的禁軍頭領調動人手，急忙向靖王處奔赴而來。不想，城門那裡不知何時被人潛進來，那些偽裝成靖國士兵的賊人，竟是大開城門，令外面近千名士兵喊殺著衝進城門。

這時的禁軍早已被裡面的行宮爆炸引走了三分之二，城門這裡留下的三分之一兵力，即使與那衝進門的士兵數量相差無幾，卻因措手不及，難以與歷經磨練的變國將士抗衡了。

轟隆隆的爆炸聲還在持續，那於行宮搜尋敵人的禁軍們卻是一個人影也未抓到。相反的，他們派出的巡邏士兵，卻一隊一隊的消失無蹤。

如此詭異的事情，令這些平日裡訓練有素的禁軍們心理防線也終於崩潰，惶然無助，生怕下一個消失的是自己。

禁軍統領發現有異，快速領著一隊士兵向行宮跑去。見裡面官員安坐，帝皇平靜而立，當即拱手稟道：「皇上，賊人狡猾，還請皇上隨臣速速移往安全地帶！」

「安全地帶？」靖皇陰鷙的勾唇一笑。「朦山的天然屏障都被人給攻進來，你給朕說說，還有哪裡是安全地帶？」

統領難以回答，可身為臣子該盡之職還是得盡，只見他當即起身，向那帝王走去。「還請皇上隨臣走，賊人已經攻進來，萬不能再耽擱了！」

「噗哧！」統領不可置信的瞪大雙眼，低眸看那刺入胸口之劍，又抬眸對上那近在眼前、陰沈著臉的靖皇。

「皇……」話未完，只見那捅他之人快速的抽了劍身，統領頓時應聲倒地。

靖皇眯眼，轉眸看著底下那群官員，吐出的話語猶如毒蛇一般，令人生寒。「誰也別想逃！既是做了我鄭智的臣子，就給朕踏踏實實的做下去。人間也罷，地獄也好，通通不許逃了！」

眾臣聽罷，皆嚇得腿軟的癱倒在地，不可置信的看著那陰鷙的君王。直到這一刻，他們才知道自己究竟跟了一位怎樣狠絕的主子。

嚇得愣怔之間，還不待他們開口求饒，卻見靖皇一個飛身躍起，舞起的劍花，如那閃著黑霧的毒蛇般，將他們瞬間吞噬殆盡。

鮮血四濺，此時的行宮正殿裡除靖皇一人外，再無多餘的活口，華美的宮殿登時成為修羅地獄。

站在屍山血海中，邪魅的捋了下舞亂的鬢髮，靖皇伸手扶正獨屬於皇帝的正冠，整好身上那染血的明黃龍袍，他轉身緩緩地向著上首的龍榻行去。

斜躺下單手支頭，將被掃落在毯上的紫金酒壺提起，仰脖灌酒一口。「君逸之，你還不出來嗎？怎麼，都到這一步，難不成害怕了？還是說這麼多年來，你早已磨去銳氣，忘了你君家的血海之仇？」

「嗤！哈哈哈……」靖皇大笑。「你若忘了也不打緊，就讓朕來提醒提醒你！朕可記得，君家一門滿門抄斬時，最小的君家子弟才三歲，朕記得朕當時監斬時，那小子嚇得瑟瑟發抖呢，一邊哭著，一邊叫著逸之哥哥、逸之哥哥……」

不待他聲情並茂模仿完，一枚閃著冷寒的銀釘以破風的速度，擊破了他放在側臉邊上的酒壺。碎瓷迸散，飛濺的瓷片立刻在靖皇那白皙邪祟的臉龐劃出一條血痕。

他不惱不怯、不閃不避，只輕蔑的勾起那緋薄似血的唇，抬眸看著那緩步走進殿中的挺拔之人。

伸手輕拭血跡，靖皇眼中全是興味。「多少年了？是十年還是十一年來著？」邊說，邊打量著他。「倒真真是變化不小啊！曾經的俊美少年郎，何時竟變成了如今這副狼狽、髒亂不堪的樣子了？」

「狼狽？髒亂不堪？」男人俊美瘦削的臉上滿是鄙夷。下一刻，只見其鳳眼一沈，眸裡閃爍出嗜血的仇恨。「鄭智，你無路可逃了！」

「逃？」靖皇輕哼，伸手扶鬢。「朕可不像你，十一年的夾尾逃竄，還叛敵賣國，要論逃，誰能比得過你這賣國賊？」

對於他這故意的激將之詞，男人只冷哼一聲，握劍的右手攥得劍柄直響。

下一瞬，只見他左手一個快如閃電般的揮動，那閃著銀光的銀釘咻的一聲便朝靖皇快速射去，而他也在銀釘射出時，順勢飛身而起。

那斜躺著的靖皇，在銀釘射出時只瞇眼一瞬，接著手中握著的佩劍便擋在了身前。

「噹！」劍擋銀釘的聲音才落，靖皇又見那閃著銀色之光的長劍直逼面門而來。

靖皇勾唇，隨即一個翻身打橫旋轉向上飛起，那如螺旋的快速旋轉，令追隨而來眼看就要刺到他的劍瞬間落了空。飛身而起的靖皇，卻乘著這時轉為急速俯衝，向男人急速刺去。

趙君逸汗毛一凜，頓時將劍一個反手對背，「噹」的一聲，便與那劍相碰到一起。

兩劍相交，上首的靖皇見此，手中劍尖緊抵不放，用內力朝他狠狠刺去。那擋著劍尖的男人感受到了壓迫，亦是用內力相抵，並將自身的劍用力向上一掀。

靖皇見狀，趕緊飛身向後，落地站穩。

大殿再次回歸平靜，對峙的兩人眼中都陰沈得可怕，外面的叫囂對於屋裡交鋒的殺氣來說，根本就不能同日而語。

忽然，兩人眼神交錯間，竟是同時飛身而起。急速飛至相撞的兩人，舞出的劍花快得令人肉眼難辨，叮叮噹噹的刀光劍影，不時擦出的火星，閃得人眼花撩亂。

「將軍！」跟隨他同時潛進的三十名暗衛與精兵，步進大殿看到這一幕時，皆提劍衝上來。

「住手——」

「啊！」不待男人話落，那急著來幫忙的幾人在衝上來時，竟是一招也未能過，就被那靖皇放出的黑霧劍花給刺倒在地。

趙君逸見狀，眼中充血的狠瞪著那傲然立在一旁的靖皇，見身後還有人忍不住想上前，趕緊伸手示意他們停下。「這裡交予我，爾等速速去清除餘孽，別忘了我等的大事！」

眾將聽罷，雖眼中還有餘恨，卻甚有自知之明的拱拱手，退了下去。

待殿中再次清場，只聽那靖皇哼笑。「你們以為殺了朕就能取得大勝了？別忘了，朦山那裡的主將可還手握二十萬大軍呢。朕可以很明確的告訴你，既便是朕死了，你們放了狼煙，他也不會傻到將人全放過來。那駐守之人，可是朕一手培育的狠將，對朕是知之甚詳，他若知朕死了，他便是拚死也不會讓你們好過！」

「哦？」趙君逸將劍斜提，寒光頓時向靖皇的眼睛射去。

靖皇給刺得半瞇了下眼，可就是這一瞇眼的瞬間，趙君逸已是飛身而起，只聽他舞動利劍，冷聲道：「既然這樣的話，那本將便在殺了你後，再處理他吧！」

「憑你？」靖皇快速的應對，刀光劍影中，聽他冷笑連連。「便是你能殺了我，以你如今這般少的兵力，還想重返變國？癡人說夢吧！」

說罷，他又哈哈大笑。「有你這君家最後的骨血陪葬，朕這輩子也值了！」

趙君逸聽得眼中的烈焰是越燒越炙，為了快速解決掉他，男人不遺餘力的一邊揮劍，一邊不時扔著銀釘予以干擾。

對於趙君逸兩手能分心二用，靖皇開始落下風的吃癟了。一面打落銀釘，還得提防時不時攻來的劍招，如此過了不下十來回合後，終是見靖皇出現了疲態。

趙君逸見此，左手銀釘一連串飛射而出，右手提劍隨之速攻而去。

靖皇揮劍叮叮噹噹擊落暗器，舞出的防衛劍花雖無懈可擊，可到底因長年的養尊處優，方才又飲酒作樂，這般力戰多時，已使他力不從心的慢了腳步。

僅慢了一步，破空的銀劍逮著空檔，閃電般的向靖皇的胸口刺去，登時驚得他提劍相擋。不想，他失衡的腳步穩不住身子，揮劍想挑開來招時，竟是被趙君逸一個變招給刺中了右肩。

「噗嗞」一聲，血花飛濺，男人見刺中目標，並未停手，立即抽劍，反手揮擊，靖皇的脖子便被抹了一條血痕。

脖頸疼痛，靖皇當即愣住了，下一刻他勾起腥紅的唇瓣，縱聲狂笑。「呵呵哈哈哈哈哈！」

他大笑不止，脖子劃痕給震得迸裂，只一瞬，就見那鮮紅的液體直直的從脖間噴出，幾乎瞬間，那張狂的靖皇便消了聲。只見他睜著雙眼，努力的還想再扯出一絲笑來，奈何性命隨著血液耗盡，他再也牽動不了一根神經，咚的一聲倒地。

趙君逸慢慢的走了過去，低眸，看著那具身子不由自主地抽搐著，一臉麻木的提劍，手起劍落，很俐落的將那頭顱給切了下來。餘血從無頭屍汩汩流出，男人看他瞪著眼的似有不甘，毫不客氣的踢了一腳，頭顱便骨碌碌地滾過血泊，染污了面容，再看不出生前的邪肆不羈。

「將軍！」此時殿外已經被眾將肅清，進殿，見男人傲然的立在那裡，正用著揮下的布簾輕拭著劍上的鮮血。

聽到他們的呼喚，男人輕輕點頭嗯了一聲，放下布簾，持劍一個快速舞動。只見剛剛還堅硬的銀劍，隨著他這一甩，竟似沒了骨頭般快速的向他的腰間纏去。

待劍入腰間，男人才將掛在身側的大刀抽出，吩咐眾將道：「將靖皇頭顱與屍首分掛於城樓，點狼煙，化整為零，著上民裝四散撤退。」

如今最大的一關被他們破了，剩下的若真如靖皇所說，那麼想要再順原路回去變國，已是不可能了。當初下這邊山峰之際，一些通路的崖壁是從上往下跳的，若要回去，他的武功能夠支撐自己向上飛，可其他弟兄們怕是得葬身懸崖了。

為今之計，也只能以游擊的方式迂迴的另找出路。

眾將聽罷，皆齊齊拱手回是。

待行宮這邊狼煙大起，朦山那邊雖士氣大損，一片的兵荒馬亂，那主將卻真如靖皇所說，只派了三萬兵力前來阻擊趙君逸，剩下的依然堅守在朦山山脈，拚死相搏著。

彼時華老他們這邊，舉兵與之鬥了一場，卻仍是死傷無數，見狀，老者陷入了焦慮。很顯然是全然未料到，敵軍將領在收到帝都的危險信號時，竟然不是親自帶兵前往護駕，而是只著了幾萬兵力前去。

這是想做什麼？華老看著那地圖，良久，心頭才終是驚了一跳。「這怕是要將那小子包抄圍死在那裡面啊！」難不成，靖皇知道殺他之人會是君家小子，這是早就想跟著同歸於盡？

老者想得心驚，在營裡連連轉了好些圈，終是提筆寫下急報，再著送信的士兵將信拿走後，他又著了暗衛前來，令他們再組一隊精英將士，尋著趙君逸他們留下的痕跡再次翻山過去看看。下令他們定要尋到趙君逸等人，且一定要設法保得趙君逸的安全！

安排完這些，老者疲憊不堪，坐在案桌邊連連搖頭懊惱。如今他能做的，便是等京城的消息了。

李空竹拿著從京都傳來的信件。信上說如今趙君逸被圍堵朦山，未擊破關口，無法派兵相助，若再翻山去尋，除耽擱時間外，也找不到他們的行蹤。

還說那邊挨著雲國，與雲國接壤，他們很有可能會被追至雲國邊界，那樣的話，少不得又會被雲國以入侵之罪殺害。

現今趙君逸可以說是兩頭無路，為今之計，便是著人去雲國說和，給雲國一點好處，令他們大開方便之門，也能從後包抄靖國餘孽。

李空竹手拿書信，想著近半年未得男人的消息，本還生氣著，以為男人又忘了承諾，卻怎麼也沒想到自家男人竟是到了生死關頭。

放下書信，李空竹問著那送信之人。「你主子有沒有另交代什麼？」

那人搖頭，卻從懷裡拿出個小木匣子。「主子說夫人若願意幫忙，便將此盒收下，若不願意，便令屬下即刻帶回！」

李空竹聽得嘲諷冷笑。不願意？她有權力說不願意嗎？他信上清清楚楚的寫著，若要救趙君逸，怕是只有尋求雲國的支持，而想尋雲國支持，便得給雲國好處。

雲國最缺什麼好處？自然是好的土地了！

誰都知雲國地貧、人少、國弱，可讓一大國莫名給一小國一大片的土地，還只為換回一將，這對於那高坐廟堂的掌權者來說，心裡怕是極為不甘的。

李空竹心下嘲諷，面上卻不動聲色的將盒子接過。打開來，見裡面躺著的是一羊皮卷地圖，將之拿起來攤開。「這是雲國的地圖？」

那人拱手稱了聲冒昧，便伸脖看了一下，又點頭道：「是！」

李空竹輕哼一聲，仔細一瞧，見裡面還另夾了一張解說圖。想了想，她又道：「可不可以容我想想？」

「自然。主子說，若夫人答應了，便著屬下全力聽從夫人安排！」

李空竹點頭，在揮退他後，便拿起那地圖與解說細細的看了起來。

雲國多貧瘠之地，除了朦山那一帶水草土地肥美外，其餘的不是地質不行，便是多山多林之地，山林野獸多；其餘有的地方還因長年乾旱缺水，種啥都是靠著天收糧，是以那雲國百姓多半過得是相當貧苦。

將地圖看完放下，對於這般大的工程量，李空竹苦笑連連，只能說崔九還真是高看她了。這些問題，一個國家都解決不了，她又能好使到哪兒去？

可即使不行，她也要想辦法。

想了想，她拿來筆墨。待寫完書信後，她又繪了幾張圖，待繪完，她又著于家的將家中存銀拿出。
彼時于家的將銀子拿來時，李空竹細細的清算了一遍，見算來算去，除卻成本與要花銷的數目，她這幾年打拚了這般久，竟是連一萬兩的存銀都未掙到。
苦笑了一下，女人將銀票用匣子裝好後，便著于家的將之與書信放於一起，喚來劍綃，著她將那盒子帶著，交予那前來送信的暗衛。
待劍綃領命走後，那帶著丸子去村中閒耍的于小鈴，終是在太陽落山之際，抱著小兒走了進來。
一進來，丸子便要掙脫下地。見他扭得厲害，于小鈴怕摔著他，便趕緊將他放下去。
「釀——」小子見他娘在那兒皺眉低落，便很殷勤的邁著小腳向她跑來。
李空竹瞥到他跑得搖搖晃晃，嚇得趕緊彎身抱起他。
「回來了。」
「果果！」小子投進親娘懷抱，膩歪的用頭拱了她胸脯一下，待女人把他抱著坐在腿上，就從懷裡拿出個果子來遞給她。「吃、吃！釀吃！」

第九十三章

李空竹接過果子，見是今年才下的蜜桃，就帶著疑惑看了于小鈴一眼。

于小鈴抹著頭上的汗，見狀，笑著解釋道：「哥兒去了作坊呢，裡面的管事怕他鬧，就拿了個存著的蜜桃給他，將他打發出來了。」

小哥兒如今是越發頑皮了，成天走家串戶不說，還不許她落了屁股。要不是這兩年體力鍛鍊出來了，一般人還真扛不住他的磨功。

李空竹聽得點點頭，用小刀把蜜桃皮兒削了，再掰下一塊遞予小子。

只見小子看見她遞來的蜜桃肉，當即就噘著嘴巴，就著她拿桃的手咬了口。「甜——」

李空竹沒好氣的瞋了他一眼。「下回你再這麼磨你鈴姊姊，當心揍你屁股！」看于小鈴那一臉紅通通的樣兒，就知沒少被這小子磨著到處跑。

「嘻嘻，甜——」小兒只當聽不懂，又咬了一口果子，就從她腿上滑了下去。

李空竹任他自個兒下地，看于小鈴還未緩過來，就囑咐她趕緊下去散散熱。

這時于家的端來了晾涼的甜蜜水，那胖肉丸子見了，當即就蹦跳著揮舞那胖藕手臂叫喊。「水水，水水——」

「哎喲，哥兒真聰明，你咋知道這水是老奴給你備的呢？」說著，就見她蹲下去，要餵他水。

「以後少給他喝甜水，對牙不好。」對於這些人一個個寵著、慣著，李空竹是相當無奈。如今這小子牙長了，已是啥都能吃，尤其愛那甜食。于家的寵他，不管說了多少遍不能讓他吃甜食，她卻總是不聽，一如既往的給他喝著甜水、吃著甜糕。

「姑娘放心好了，老奴省得。這水不咋甜的，每次哥兒喝完，老奴都會讓他喝清水漱口呢，不會長蟲牙的。」于家的瞧李空竹臉色不好，解釋了句。

「那也不行！」李空竹自上首下來，見小兒瞇眼享受的連喝了幾口後，就將那裝蜜水的小杯從于家的手中搶過來。

見小杯被搶，還未喝滿足的小兒當即就不幹了。在那兒仰著頭、跺著腳，甩著一身肥嘟嘟的肉，眼看就要大哭大叫了。李空竹見他這樣，頓時就豎起眉毛，扠腰輕喝道：「哭，敢哭一會兒連蛋糕也沒有了！」

一聽連蛋糕也要沒有了，丸子癟著嘴，將剛擠出的兩顆眼淚給收了回去，可憐兮兮的擤著鼻涕，一臉小委屈的拉著肉乎乎的臉蛋，一抽一抽的抹著小眼淚，一面偷偷拿眼瞧她。那表情好似在說，妳看，我都聽話不哭了，一會兒是不是就不扣我的蛋糕了？

對於他這無恥的賣萌，李空竹只別開臉不理會，仰頭將剩下的蜜水喝掉後，又吩咐于家的道：「拿白水進來，今兒蛋糕只准吃半個！」

于家的無奈，對那還在擤鼻賣可憐的小哥兒搖搖頭，起身福了一禮後就退下去。

「釀！壞——哇哇！」一聽只能吃半個蛋糕，丸子就不滿了，那憋了好久的眼淚，終是在這一刻給飆了出來，蹦跳哭鬧著，見仍是沒用，接著就要就地打滾。

女人卻只涼涼的來了一句。「再滾也不好使。如今有得吃就吃吧，怕是再過不久，就得喝西北風了。」她如今亦是煩著呢，給崔九的那封回信送出，幾乎要廢了她多年的心血。

想著如今男人正身陷險境，而他為之拚命的君主卻不要臉的裝無力、無奈，不願捨地救他，卻將皮球踢給了自己，還故作恩賜的給一幅地圖讓她來想辦法，實則早已想拋棄趙君逸了吧。

如此嘲諷之事，她除了滿心無力外，內心更是滿滿的悲憤與淒涼。難道，這便是人命如草芥的真實寫照嗎？沒有權力、勢力，即便是為帝王出了大力，也只能白白被捨下。

李空竹眼眶濕潤，看著那還在大哭的丸子，頭回沒了哄他的心情。

李空竹給崔九的信，只概略的給了些發展意見。

對於雲國乾旱貧瘠的地方，她除了寫了幾個漚肥土地的方子外，另還注明可修渠引水，亦可打井、建踩水風車之類的改善；而山林這一帶，她又提到願提供嫁接果樹的技術。

除此之外，種地的糧，她也建議以抗旱不挑地為主，比如種植粟米、番薯這些，如果國家允許的話，兩國也可開通貿易，她倒是可以承諾把人人作坊建到邊界。當然，開通貿易於變國來說，也是大有好處的。

為防生意搞大成了壟斷，她也不會獨吞，承諾會將手中股份分七成給國庫。

這已經是一大讓步，李空竹差不多把大半的家產全部給拋了出去，也是在變相的承諾不會讓朝廷白花錢去幫助雲國。雖現今她沒有多少銀子，可她會致力發展作坊，慢慢來還清這筆債。不為別的，只求崔九能去說和雲國，給她丈夫一條生路。

九月的重陽節，人人登高望遠，李空竹抱著小兒意思意思的去了趟北山。

如今北山這一帶的樹屋眼看就要竣工了，她選了一處建好的上去，扶著扶手站在高處，遠眺那一整片只餘樹葉的桃林，心情不好不壞，並沒有多大的起伏。

旁邊放了假的趙泥鰍帶著丸子，唱著李空竹所教的小二郎歌。

趙泥鰍連唱帶扭，很是流暢歡快，丸子咬字不清，又總是慢半拍唱不完整，卻還是不放棄的努力跟調。

眼看就要跟上了，趙泥鰍卻又換了上學歌，這下可急壞了丸子。只見他蹦蹦跳跳的抖著一身的肉，很不滿的大叫著。「聽我唱、聽我唱……」

趙泥鰍寵他，見他圓滾滾的身子跳得晃，就扶了把，並趕緊點頭。「好，你唱你唱！」

「果……去……上學教……」很明顯連不溜又唱不出調的嗓音一出口，惹得一旁看著他倆的于小鈴，當即忍不住的捣嘴輕笑起來。

李空竹勾唇，轉頭看著那天真無邪的幾人，只覺這般無憂無慮當真是好生令人羨慕，眼中不由得閃過一絲苦澀。

就在昨天，崔九出使雲國的消息傳遍了整個變國上下。

對於堂堂大國之君主，這般卑躬屈膝的親自出使小國，沒少令一些酸腐自大的文人批判。更有甚者，在聽說國家竟願出銀幫雲國變法，更議論著現今皇帝不先顧開戰後自家百姓的苦，卻把錢財全撒給了別國，既然要這樣做，還不若直接出兵把雲國也收入囊中。這樣一來，靖國餘孽能清除，替雲國變法也順理成章的成了自家的事，出一趟兵就一舉數得的事，皇帝還這般迂迴行事，實在令人大為光火。

朝堂傳出的這些流言讓百姓議論紛紛，但李空竹一概不想聽，如今的她，是日夜都盼著趙君逸能平安歸來。從最初靖國的最北傳信，到崔九出使雲國，這中間少說耽擱快兩個月了。兩個月啊，那被包抄的男人還在四處躲藏，還是說……

餘下的李空竹不敢去想，現今她能盼望的只求雲國那邊能快點談好、快點出兵，男人亦是好快點脫險！

「娘──」不知何時丸子已不再唱歌，走了過來，抓著她的裙襬，一雙鳳眼閃啊閃的很是水潤，令人心頭一軟。

李空竹回神看他，見他伸手求抱，就勾了個溫笑，彎腰將他抱起來。

「哥兒，給。」于家的不知從何處摘來了茱萸，插在他沖天小辮上。

丸子感受到的搖了搖腦袋，伸了肉爪子就要去抓，李空竹連忙阻了下來，指著桃林誘惑他道：「看，好像漏了個桃兒沒摘啊。」

「哪裡哪裡？」果然，丸子一聽有桃兒沒摘，趕緊正了身子，向那桃林望去。

李空竹無聲的勾唇一下。「那咱們下去看看行不？」

「好！」

九月末，終是得到華老那邊給來的消息，說是已經與雲國談妥，準備出兵了，崔九亦親自前去朦山坐鎮，準備御駕親征指揮作戰。雲國也會在同一時間出兵，急行向著這邊來包抄靖國餘孽。

李空竹看了此信後，只回覆了一句話過去，便是求著搜尋趙君逸的下落。

十月中旬，靖國餘孽徹底肅清，舉國上下歡騰不已。變國皇帝在安撫了一番邊境的「原」靖國百姓、重整軍紀後，在下旬下雪之際，便班師回朝。

華老再次來信，說在雲、靖兩國交接的邊境，已陸陸續續尋到了幾批零散、當初跟隨趙君逸的部隊。

從他們口中得知，趙君逸把千餘人的部隊全部化零，令他們十幾或是幾十人一隊，偽裝成平民或是商旅，混在兩國邊界的百姓中躲避追兵，回歸變國。如今找到的幾批人，說是從行宮分散後，就再沒與其他人聯繫過。

十二月十五是大軍回朝的日子，聽說京城皇城腳下的百姓們，熱情高漲，擠得整個京城是水泄不通。

變國皇帝與雲國示好一事雖受人詬病，卻不妨礙他御駕親征的勇猛，在這番比較下，百姓對於他的好感逐漸壓下他那小小的「瑕疵」。

華老還在靖國與雲國的邊界處繼續搜尋，除了又找到幾批趙君逸的追隨者外，亦得知有些將士已因被識破而喪命。派去的暗衛還查到，當時把軍隊化零時，趙君逸是殿後的一批，最有可能與追兵相撞上。

這時的趙家村又到了年節時分，李空竹在給丸子做好一件大紅新棉襖後，又給男人做了一件青色直裰。現在的她，除了在家裡等待外，已使不出半分力氣了。

崔九來了信，說是與雲國談好的條件裡，有她要去邊界建作坊收果的這一事，對於她的讓股，他也是毫不客氣的收下了。還說會在來年春天派人過來，讓她將會嫁接的人員備好，屆時好一起去往雲國幹活。

對於這些，李空竹是相當氣憤。她氣憤的不是給出的股份，亦不是建作坊時必須自己出銀，更不是那些技術人員說帶走就帶走。

她氣憤的是，這般久來崔九從未提過怎樣幫著找趙君逸，好似她所要求的只是著雲國幫忙出兵而已。對於一個曾兢兢業業給他打下一個國家的大將，於他、於他的家人，崔久作為帝王都隻字未提。

如今的變國上下，百姓在歡呼的同時，竟全然不知這支軍隊的主將是誰！沒有功績嘉獎告示，「君逸之」這三個字從來未出現過，就似他如今的下落不明，消失得是徹底的無聲無息。

每每想到此，李空竹都止不住的淚流滿面。不說當初對崔九的救命之恩，難道後來趙君逸選擇投靠他，在他皇帝的眼中，男人只是為復仇，與他是互相利用嗎？

行軍那般久，為了崔九的名聲、為了忠君仁義，在時疫與靖國百姓患牛痘、水痘時，耽擱了那般久的行軍之程，若只是相互利用，男人早就直接屠城將之焚燒殆盡了，哪裡還用得著停下行軍步伐，幫著診治別國百姓，得到的好處，卻由高高在上的皇城帝王接收。

放下手中針線，李空竹擦了擦泛紅的眼眶，一旁于家的見她這樣，心知她為何心傷，亦是紅了眼，無奈的搖頭。

那邊說話已經很順溜的丸子，正穿著她做的元寶衣，在炕上與已經放假的趙泥鰍大玩著拚劍的遊戲。

見兩個娃子笑鬧成一團，李空竹卻嘆息了聲，再無繼續做衣的興趣，將頭轉向窗外，看著外頭那紛飛的大雪，內心有種說不出的苦澀與悲涼。

大年夜，家家戶戶又開始了一年的守歲。丸子已不怕噼哩啪啦的爆竹響聲，這會兒天還早，竟嚷著叫著要放那煙火。

于叔與于小弟被他磨得實在受不了，只好去請示李空竹，得了準信便在前院中放起了煙火。當煙火大朵大朵的升空，綻放出一朵朵絢爛而漂亮的火花時，丸子站在屋簷處，與趙泥鰍、李驚蟄幾人一起大叫著轉圈圈。

村中小兒聽聞了煙花響，紛紛出屋向著這邊跑。不到半刻鐘，前院已圍了一屋子的小兒，嘰嘰喳喳的好不熱鬧。

大家笑笑鬧鬧，坐在後院的李空竹，卻尤為寂寞孤獨。仰著頭，看著那一束束升起的煙火，女人心裡苦，口中是喃喃不斷。「趙君逸，你他媽的到底去了何處？是死是活，好歹給我個信兒啊！」

這時，昏迷了近三月的趙君逸終是在這一天醒了過來，他遠在靖、雲兩國邊界，一處小山背後破落的小屋裡。

他身纏繃帶全身無一處好地，瘦得跟個骷髏的臉上，再無半分光彩。感到渾身的痛楚，他無神的看著那頭頂一方破落的屋頂，皺眉似在猜想著什麼。

「你醒了！」

清脆好聽的女音傳來，趙君逸聽了轉頭看去。見對方立在門邊，只有十三、四模樣，著一身灰布破交領襖，手端黑色粗瓷小碗，看到他皺眉睜眼，很欣喜的喊了一句。

「你都昏迷了好幾月呢，成天要死不活的樣子，我本打算再等半月，若你要再不醒，就要將你給棄了。不過幸好現下醒得也不晚，也就不愁你會死在這兒了。」女孩歡快的說著，快步走了過來，見他還木著臉，就將藥端到他的嘴邊。「哪，喝藥！」

碗到嘴邊，男人腦中還在迴旋著她那幾句自己昏迷了好幾月的話。

「如今是幾月？」喉頭十分乾澀，粗嗄的聲音一出口，難聽得連男人自己都忍不住皺了眉。

女孩卻不介意，也不管他的問題，扳著他的嘴示意他喝藥。待他喝完後，才回道：「今兒個是大年三十呢，哦，該說大年初一才是，剛剛過子時了。」

「大年初一？」男人心裡驚了一下，抖動著身子要撐起身，不想這一動作，竟牽扯到了未好的傷口，尖銳椎心的疼痛令他的臉色瞬間泛青。

女孩見他這樣也不阻止，只聳了下肩。「你現在還是老實待著吧，你左肩到右肋的這一道傷，可是深可見骨呢。斷的肋骨先不說，你知不知道為了救你，本姑娘光是那道傷口，就縫了整整一天呢！」

要不是當初看他還有一口氣，她才懶得救他。女孩將空藥碗在手中翻轉了一下，看著那還皺著眉的男人道：「總之你現在還是好好躺著吧，有啥需要招呼一聲便可。」

男人不語，只是在她出去後，又試著撐了下身子。卻不想，這一撐是沒扯到傷口，但他的身子很虛弱，才抖著手的撐起一瞬，片刻就無力不支的倒了下去。

如此反覆了多次後，男人終是放棄的倒在那裡，大口的喘起氣。他費力的拭著額頭大冒的冷汗，腦中開始想起自己負傷前的那一幕。

那是九月下旬時，自己率著十人隊伍，躲躲藏藏與追兵多次交手而過，也是在那時，他們在沿途打聽到變國皇帝要出使雲國之事。那時他便已猜到，怕是兩國要合夥殲滅靖國餘孽。

本想著等雲國出兵之際，自己乘機回到朦山隱著，不想，卻是好巧不巧的又碰到了一批追兵，還倒楣的被識破了。

當時他們偽裝成商隊，只有十餘人，追兵卻有整整五百之眾。任他們那一隊的人如何驍勇善戰，也敵不過那五百名手持利器的精兵，自己便是武功再高強，也終是雙拳難敵四手。

當他疲於應對的受了第一刀時，他便知自己再無活路。那時的他，除了憋著一股狠勁撐著，心中竟生出一絲悲涼與懊悔。

不過那時悲涼什麼、懊悔什麼，他再沒有多餘的空閒去想。在敵人那一刀狠狠劃過他胸口時，他的腦中躍出了女人悲傷的臉，接著，便是一片空白。

趙君逸躺在那裡，在接下來的日子，他努力的喝藥養傷。那救他的小姑娘有些怪異，但他也沒有多少好奇想問，除了在能起身後，他道過一聲謝外，其餘的他便再不作聲。

救他的那位女孩，顯然對他的冷淡也不在意，成天在外頭搗鼓著什麼，倒是沒少他藥與食。

過了一個月，趙君逸摸了下胸口那條長長的疤痕，便起身出屋，回頭看了一眼那破落的小草屋。這會兒女孩不知去了哪裡，他巡了一圈未果，只得不辭而別，朝南邊行去。

聽說去歲十二月時，大軍已經班師回朝。想著如今已是又一年的二月，自己曾承諾過的事情，已經好久沒有實現了。現下大軍回朝，所有將士都歸了家，獨他還漂泊在外，兵不是兵，將不是將，也不知女人如今怎麼樣了？

想著女人的種種，趙君逸心情可以說複雜到了極點，望著暖人的天空，他想像不到，若是女人得知他死了的消息，會是何種心情？想著她以前威脅逼迫他承認喜歡她的種種，男人心裡竟出現了一絲慌意。

雖說他不信她真會找了別人，但這一刻他也不管那些話是真是假，反正他是再不能這般慢吞吞下去了。想著，他一邊加大步伐，一邊又以輕功跳躍起來。

此時坐在山林樹杈上，著灰布破襖的女孩，看見他踩踏枝幹迅速飛去，竟目瞪口呆的來了一句。「我勒個乖乖，這難道就是傳說中的輕功？」

三月雪化，崔九派來的人，接走了李空竹培訓好的二十名嫁接技術人員。

由於貿易區屬極北，那裡的化雪比這邊要晚上一月之久，是以建作坊之事，大可推到四月再去張羅。

李空竹在將那批技術人員送走後，就與李沖等人開了會。大意是，這貿易區要建的作坊，她會親自去那裡監督，而這邊的所有一切事務，會暫時交由李沖代理。

那些股東雖說對她的做法不解，但對於簽訂了雲國訂單，讓人人作坊更加擴大來看，一些股東的心裡還是相當滿意的，是以，還是欣然點頭同意了。

事情安排好，李空竹便著于家的趕緊準備前往貿易區。

這時是三月中，桃樹打著的花骨朵慢慢的綻開來。一年一度的賞花節已經來臨，彼時的趙家村，從村口一路蜿蜒至北山，如雲的粉霞下，是隱隱約約的青磚綠瓦。

村裡阡陌縱橫的石子小路上，是一片又一片的粉色花瓣。行走在其中，聽著簌簌微風吹過，漫步的花雨中，不時還能聽到朗朗的小兒讀書聲。

這一年的賞花旅遊熱度，是到達了前所未有的高潮；還有那樹屋，那些稍有錢的人家都紛紛前來預定，更有那大戶之家的官太太，甚至提出要單獨買下幾棟，不為別的，只為每一年賞花而用。

對於這一點，李空竹沒有答應，不過卻跟交好的縣令與府尹太太承諾過，便是他們可以選定一處樹屋，她會長年為其保留不租外人，但這租費與清潔費用，卻是每年五十兩。

對於這一點，兩方太太倒是沒有太大意見，雖不能買了木屋獨自擁有，但對她們來說，每年只付五十兩的清潔費用，也不是出不起。

第九十四章

李空竹在忙碌之餘，也帶著兒子與趙泥鰍去了樹屋居住。

在這會兒天黑時，小子與趙泥鰍去桃林中玩了一趟，吃得肚皮溜圓的滾了回來。快兩歲的他，身量竄得很快，走路小跑啥的已不在話下，一張小嘴紅紅豔豔的，慣會說了那漂亮話。

這不，丸子一爬上樹屋棧道，還沒到頂呢，遠遠的就聽到他的叫喊。「娘、娘，我給妳買涼皮回來了，還有冰碗呢！」

李空竹坐在一處棧道搭的小涼亭，眼睛盯著那望不到邊的粉色雲霞，時不時拿根山楂條進嘴抿著。聽見小兒的呼叫，轉過頭，看著小子顛顛的跑來時，會心的笑了笑。

「哦？這麼孝順啊，在哪兒呢？給我看看！」

「在這兒呢！」說著，他拍了拍他那溜圓的小肚皮。「全在我的小肚肚裡，娘妳摸摸！」

李空竹聽得好笑，伸手揪了下他的小辮子。「貧嘴，越發的調皮了。」

小兒被揪沖天辮也不惱，笑嘻嘻的擠著她，坐上了她的腿。「娘，香香！」

對於他討好的要親親，李空竹自是沒有拒他的道理，低臉親了他一下後，轉瞬小子就轉臉又親了她一下。兩人如此親暱的互動，引得一旁的趙泥鰍是既羨慕又不好意思。李空竹看到，招手讓他近前，問了他幾句功課，又鼓勵幾句讓他好好學習。

于家的將晚飯擺過來，對於已經吃飽的兩小兒來說，這晚飯再是美味也激不起兩人的興趣。

李空竹見此，便著于小鈴領著兩人回樹屋去玩，她則獨自一人開始吃起飯來。快要吃完晚飯時，那邊劍綃帶來了邊界之信。

歷時三月，華老那邊終於又有消息傳來了。

李空竹看到，當即是再顧不得吃飯，快速的將那信封撕開。匆匆掃過，見裡面只有兩字：已安。

幾乎瞬間，女人的淚水奪眶而出。于家的在一旁看到，趕緊拿絹帕給她拭淚，李空竹卻是搖頭推拒，轉頭看著劍綃焦急問道：「送信之人可有說什麼？」

劍綃搖頭，李空竹卻似再坐不住般的站起身。「去著他過來，我想親自問問他。」

劍綃點頭，拱手一禮後，便朝村口方向飛奔而去。待找來那送信的暗衛時，天已經完全黑了下來。

李空竹在問完那暗衛後，便著他退了下去。

手拿信紙，她滿眼發紅的將那信看了一遍又一遍。想著剛剛暗衛的回答，說是在貿易區尋著男人的，說那時的男人身上還帶著傷，不過看著已無大礙了。

男人本要急著回家，但華老在給他診過脈後，說是他身子太虛，還不能騎馬趕路，勒令他先暫時休養幾天為好。為怕她久等不到消息，憂思過度，老者才去信一封給她報平安。

李空竹將信捂在胸口，極力平復著心中的澎湃，想著這麼久都等了，也不差這幾天；況且，他能平安才是最重要的。

想著想著，她便著于小鈴趕緊去磨墨。提起筆，是寫不完的叮囑之語，大意便是著華老好生照顧，萬不能讓他逞強，別急著返回，一切以他的身體為重。

寫完後，她又匆匆叫來小兒。

當丸子一臉惺忪的過來時，李空竹當即就用他的手沾了墨，在另一空白的紙上印下五指印，再不想相瞞的給華老的信尾寫上：望一一告知。

寫完，她將信檢查了好幾遍。這會兒丸子已經睏到了極點，見按完爪印，他嘟著嘴的撒嬌。「娘，我睏了！」

正給他擦手的李空竹聽罷，紅著眼點頭。「馬上啊，將手擦淨就去睡吧！」

「我想跟娘睡。」小兒見手擦乾淨了，順勢就依過來磨蹭。

李空竹抱著他，眼淚又止不住的流下來。

當初趙君逸消失，她不止一次埋怨過自己的自私。那時的她好恨自己，為了所謂的生氣、報復，她不但瞞他有孩子之事，還傲嬌的令他必須去藏了戰利品。

這一樁樁一件件的計較，在他消失時，她才發現多麼的不值一提。

拍著漸漸合眼睡過去的小兒，李空竹看著那酷似男人的小臉，心頭再次痛得難以呼吸。用手輕撫了下小兒的眉眼，在他終是沈睡之後，才將之交給于小鈴，囑她將小兒抱進樹屋。

李空竹將信封好後，交給劍綃，囑咐了幾句，就令劍綃快快去辦。看著那消失在暗夜裡的黑影，李空竹扭著手中的絹帕，想著讓華老告知的事，也不知屆時會不會令他生氣？

殊不知，那封滿懷李空竹的關懷與叮囑之信，在送往邊界時，那時的趙君逸卻早已不在邊界。

華老接到那封信後，更是苦笑連連。只因他在給李空竹寫完那平安信，才剛著暗衛送走，那看顧趙君逸的勤務兵卻急急跑來相告，說趙君逸那小子竟趁他不注意偷溜出了營帳，還偷了馬匹狂奔離開軍營。

也就是說，在華老信件送到的當天，以趙君逸趕路的速度，極有可能也在同一天到達趙家村了！

趙君逸確實是在這一天到達的趙家村，不過當他到達時，已是半夜時分了。男人一進村，鼻尖所傳來的桃花香氣令他很是震驚。

夜能視物的他，看著那一叢叢隨著夜風飄落的花瓣，怎麼也沒想到，不過短短兩年多的時間裡，村子竟有了如此翻天覆地的變化。

想著剛剛碰到劍寧時對方告知的話，男人感受到了腳下馬蹄所踏的是平穩的石子路，隨即一個夾馬腹，馬兒立刻又加快幾分速度，向北山衝去。

一行到北山這邊，與剛剛村子裡的黑暗不同，這裡遠遠的就能看見暈紅的燈光。

男人將馬勒住，俐落的跳下馬兒，看著遠處那一排排掛在樹屋上的小小燈籠，深邃的眸中一絲懊惱閃過。他不知哪一處是女人所住的小屋，卻不想停止腳步，將馬韁扔上馬背後，便快速的向山上奔去。

幾個彈指之後，男人躍上了一處桃枝，視力極好的他，終是摸清了那所掛燈籠的不同。原來掛在屋下的每個燈籠上都有刻字，且每個字代表著所租人家的不同姓氏。

這樣做，本就是為了方便轉園賞花的遊客，免得迷路時不知自己所在之處。有了如此明白的標示，男人倒是再不怕出錯，又快速的在林間樹屋間飛躍起來。

此時的他每過一處樹屋，心尖就忍不住顫動一下。來來往往飛繞了幾十處，卻沒找著屬於自己家的姓氏，那心尖的顫動不但沒消，且還越演越烈。

終於，在一株大樹的不遠處，男人立在那裡不再飛躍。仰著頭，眼神幽深的盯著那掛在屋簷下的小燈籠。

昏昏黃黃的燈光從那紅色的紙張裡透了出來，夜風輕輕吹動間，那被燈光映出的君姓，在黑夜裡閃動著忽明忽暗的暖暖明光。

男人喉頭發哽，眼中的愧疚與急切不斷地交織著。呆在那裡看了半晌，終是忍不住的準備提腳飛上那棧道時，卻聽得屋門嘎吱一聲打開來。

「哥哥快點，我、我憋不住了。」小小稚嫩的小兒聲響起，引得將要飛身的男人頓住腳步。

正當他疑惑時，卻又聽見屋裡女人的聲音傳了出來。「旁邊小屋有恭桶，你這小子，如何就說不聽了？」

「桶桶太高了！」他尿不到嘛，又不想讓娘抱他，若讓哥哥抱的話，他怕壓著哥哥呢。

「沒事，三嬸，反正誰也沒看到！」趙泥鰍跟著走出來，見丸子已經站在那欄杆口等著了，就趕緊過去給他脫了小褲頭。「尿吧！」

「喔，哈嗯──」小兒點頭，隨即又打了個大大的哈欠，點著小腦袋，開始撒起尿來。

登時，一泡好大的尿液傾瀉而下，驚得愣神的趙君逸快速向後躍了一大步。踩著一桃樹尖，他看著那搖曳燈影下的小兒，心中是既好奇又不禁有些小小的輕顫。

當趙泥鰍也尿完，給彼此都拾掇好褲頭後，便領著他轉身進了樹屋。

「娘──睏！我要聽歌歌！」小兒撒嬌的聲音傳出，令立在樹尖的男人心頭如被重錘狠敲般，咚咚的險些令他站不穩的跌落下樹。

娘？

「睏就快睡，都多大了還撒嬌！」女人嗔了一句，裡頭傳出她寵溺的拍打小兒屁股的聲音。

那久違熟悉的溫婉嗓音令男人心中激動，腦中亦成了一片空白，身子不受控的向上躍去，步伐有些紊亂沒了章法。此時男人心中除了震驚得無以復加外，腦中另還有個大大的疑問不斷的嗚響著。

虛浮的腳步行到了門口，只聽裡面的女人正低低輕輕的哼著歌兒。那別樣的歌調是男人最熟悉的小調，一如她當初唱冰糖葫蘆時的歌，令他內心好生澎湃。抬起的大掌，在這一刻有些忍不住發抖。良久，「咚咚咚」清脆的敲門聲響起。

正在裡面閉眼哼歌哄小兒睡覺的女人，當即就愣了一下。皺眉，溫婉的語聲有著一分不易察覺的警惕。「誰？」

男人喉結滾動，哽著的喉頭糾結得他好半晌出不了聲。

裡面的女人疑惑，心尖卻不由自主的輕顫了下。

「咚咚咚」，敲門聲再一次響起。

這一刻的女人似意識到什麼般，下一刻只見她趕緊將摟著的小兒放在一邊，也不顧小兒不滿的嘟嘴，掀開幔帳，竟是連鞋都來不及趿，光著瑩白的腳丫子，急切的向門口跑去，一把將門給打開來。

門一開，熟悉的豔麗面容，就那樣直直的撞進了男人的眸底。昏黃的燈光下，女人一臉悲喜交加，眼中交織的各種情緒，盈滿了晶瑩。他心中歡喜，偏偏喉頭哽得無法說話。

只見她眨著那秋水一般的明眸，兩串晶瑩落下的同時，是她軟軟輕輕不可置信的輕問。

「你，回來了?!」

男人同樣紅了眼眶，心尖沈悶難忍，喉頭滾動間，勾起的薄唇頭回僵硬難看，聲音一如既往的淡啞好聽，卻又難得的滿溢著激動。「我回來了！」

一句確定的我回來了，讓女人再也忍不住的向他的懷裡撲去，「哇」的一聲，竟如那小兒般，不管不顧的放聲大哭起來。撕心裂肺的痛哭，是歡喜與長久壓抑的釋放。

那嚎啕震耳的哭音，在寂靜的夜裡顯得尤為突出，一些住得近的遊客，已派下人們紛紛出來探詢，連睡在旁邊小間裡的于家母女亦被吵醒，連忙披衣過來。

當他們看到那燈影門框下相擁的兩人時，明白過味兒的于家母女，亦是紅著眼的快快上前。「姑爺。」

對於兩人的行禮，正將女人緊擁於懷的男人，視而不見。

感受到胸口的濕意，男人抵在她頭頂的下巴亦是有著微微的顫動。大掌伸出，手不自覺溫柔的梳理著她放下的青絲，眼中澀意滿滿，心中卻湧動著無盡暖意與感激。

幸好，幸好他能活著歸來！

女人這會兒什麼都不知道了，緊摟著他的腰身痛哭，似要將這些日子所有的擔驚受怕與委屈，要在這一刻全部釋放給他般，哭得越發不可收拾。

「娘，他是誰？」獨有的小兒聲音，傳進了兩人濃得化不開的重逢之情中。

正哭得忘乎所以的李空竹，沒有聽到他叫喚，但摟著她的男人卻清清楚楚的又聽了小兒喚她一遍。

將女人的頭顱按在胸口，男人深了眸子，去看那拉著女人褲腳的小兒。見小兒亦是掉著兩顆金豆兒的仰頭，一臉委屈的看著他，只一瞬，男人先頭的震驚又再次翻湧上來。

「你是誰？」為什麼把他娘弄哭？「壞人！」小兒聲音有些嗚咽，看娘還不理他，就鬆了抓著褲腳的手，伸著小胖短腿就朝男人那硬得似石頭般的小腿踢去。

這一下沒踢動趙君逸，反而小兒頓時不穩的朝後一倒。這一倒地，小兒摔疼了屁股，不依的癟了嘴，下一刻眼睛就明顯的紅了。

于家的見狀，趕緊越過兩人進屋去哄，可還沒扶起他，就見小兒已經兩手捣眼大哭了起來。「哇哇！娘，娘——」

震天的大哭一響，終於讓正在痛哭的女人回了神。正打算自男人懷中抬頭時，卻見男人竟是扣著她的腦袋，不讓她動了半分。

「當、當家的。」女人啞著嗓子輕喚了聲，不知怎的，心頭有些發虛的跳個不停。

「別動。」男人深眼，扣著她頭的同時，又將攬她腰的手緊了一分。女人噏了口口水，聳著鼻子，小心的點點頭。

那邊小兒在被于家的抱起來時，就見男人已經摟著女人率先擠進了小屋。見此，于家的趕緊給自家女兒使了個眼色，于小鈴機靈的點頭，伸手就將門關起來。

趙君逸一進來，就令于家的將燈盞點亮。待明亮的燭火將小屋渲染得透亮後，男人才轉動眼珠將這小屋匆匆的掃了一眼。

那邊已經穿好衣服的趙泥鰍看到他，衝他怯怯的喚了聲。「三叔。」

趙君逸點頭回應，將視線又落在小兒身上。

小兒在于家的誘哄下終是止了哭，擦著眼淚，見男人還按著他娘，就轉頭看著于家的指著男人道：「壞人！婆婆，有壞人——」

「哎喲，我的哥兒！」于家的趕緊拍著他的後背，眼神悄悄的瞄了一眼那邊掃來的男人，想給自家姑娘遞個眼神。不想，姑爺竟按著姑娘的腦袋，自始至終都未令她抬一下頭。

猶豫了一下，卻聽得那邊終於找回聲音的男人，皺眉啞聲道：「這究竟是怎麼回事？」這小兒說話如此流利，且看年歲與個頭，少說也有一歲半至兩歲了。

若論著這樣算來，也就是說女人在他當年出走征戰時就已經懷了孩子。

想著前年八月她來邊界，自己抱她時感到手感怪異，難不成那時的她是剛生完子？想到這裡，男人眼睛又再次向那相貌酷似自己的小兒臉上轉了一圈。「幾歲了？」

淡然的聲音配著那幽深的眸，令小兒與他對上的瞬間，又立即嚇得轉身摟著于家的的脖子大哭起來。「嗚哇……壞人，婆婆，壞人！」

男人皺眉，只覺小兒被慣得好生嬌氣，正打算再出聲詢問時，不想這時被按著的女人動了。

「那個當家的，你快鬆了我，丸子哭了呢，不能嚇了他。深更半夜要嚇著了，以後怕是每天晚上又要開始哭了。」那年丸子被嚇的事情她至今還記憶猶新，若再來一回，她可是再受不住了。

又？趙君逸聽了再次蹙眉，不過手勁倒是鬆了下來。

感受到他鬆了勁，女人趕緊自他懷中抬頭，扳開他摟在腰間的手。女人拍著手，張著雙臂對小兒哄道：「丸子快來，娘親抱抱！」

「哇……娘——」丸子聳著鼻子，伸著手轉身剛要她抱，可看到她身後的男人時，嚇得又趕緊縮回去緊摟住于家的。「壞人，壞人！」

女人摳著摟著她不願鬆手的男人，聽到小兒再次這般說，就沒好氣的瞪了眼身後的男人。男人見她還敢瞪眼，當即就是一個挑眉，向她似笑非笑的看去，那質問邪魅的眼神一掃來，女人當即就蔫掉了半截氣。

討好的拍拍他摟在腰間的手，腆著臉笑道：「那個，當家的快鬆開，丸子是咱兒子呢，你看他都哭了，這要嚇著了，可是好多天都哄不好呢。那年我去邊界時，就因找錯了奶娘，讓他受了驚，回來時連我都不認了，我可是花了好幾月才讓他重又黏著我呢！」

說著，她又帶泣音的別頭故作病西施狀。「我知你怨了我，可我，亦是有給你提示的……唉，說到底，咱倆都有錯啊——」

提示？男人再次挑眉，手下卻是完全鬆了她的腰身。

李空竹見狀，趕緊掙脫出他的懷抱，向小兒那邊快速行去，伸手抱過小兒。于家的在福了一禮後，就拉著趙泥鰍和邊上的于小玲退了下去。

當關門聲再次響起，屋裡頓時安靜得只剩下他們一家三口。

李空竹抱著小兒，被這尷尬的氣氛弄得有些不知所措。

趙君逸倒是好整以暇的在靠牆放著的榻上坐下來，為自己倒了一杯茶後，淡眼看著立在那兒抱著小兒，正拿眼心虛的覷著他的女人。

不疾不徐的道了句。「說吧。」那一臉平淡無波，配著那雙沈寂得沒有半點波瀾的黑眸，好似女人若說得有半點不讓他滿意的話，就會變了臉色的要她好看。

李空竹嗓子緊了一下，摸著兒子的腦袋，尷尬的嘿嘿笑了聲。「當家的，你瘦了……」

只一句，女人又紅了眼，鼻頭一酸。

不是她故意轉移話題拍馬屁，而是男人真的瘦了好多，比那年八月看到時還要瘦。這一回他只餘一張皮包著了，雖看著仍是傻，可那凹陷的眼眶與那尖出的側顴骨，一副病容令女人心頭痛得又是一窒。

「聽說你受傷了，今兒我才剛收到華老的信，不是說讓你在那兒養傷嗎，如何就這般快回來了？」抱著小兒挪去了那榻的另一邊坐下。

丸子在她坐下後，摟著她的脖子，改拱起她的胸脯來。

一邊的男人見了，本還為了她的眼淚而感動的緩下臉色，一瞬間又變得有些黑沈。輕咳了聲，伸手繞過那小桌，準備去扯小兒的後領。

李空竹見狀，以為他要抱，想將丸子遞給他時，只見丸子死活不幹的抓著她胸前的衣襟，那小腦袋在她胸前拱得更厲害。「不要！」

趙君逸是徹底的黑了臉。

女人以為他這是傷心來氣了，趕緊拍了小兒後背一下。「幹麼不要？那是你爹，你平日裡不經常跑村裡到處喊爹、找爹嗎？怎親爹來了，倒還怕上了？」

女人話音一落，只覺一股冷氣撲面而來，冷得她不自覺縮了縮脖的同時，亦是抬眸朝那發著冷氣的源頭訕笑望去。「那個……這個……」

相較於她的尷尬，男人只輕哼一聲，正臉道：「說吧！」

不待話落，那邊小兒在聽了他娘的話後，就拱著屁股從他娘的胸前起身，轉頭看著男人，一雙水漾的鳳眼中滿是打量。

男人見他看著自己，心頭就莫名一緊，緊接著就是一慌，那端杯的手跟著一抖，緊抿著唇，以鳳眼眼尾瞥向他時，收斂了一貫的犀利，很怕小兒會再次嫌棄的哭出來。

誰知小兒在把他打量一番後，那長長的睫毛只眨了眨，便又轉身向親娘的懷裡撲去，拱著小腦袋在他娘的胸口磨啊磨，就是不開口。

男人本還緊張的心情被他這一磨，瞬間便煙消雲散了，再次咳嗽了聲。「怎麼這般嬌氣？」

第九十五章

李空竹拍著在她胸口亂拱的小兒，聽著男人的質問，只笑了笑。「他這是害羞呢！」一直沒見過親爹，好不容易見上了，又把他當作了壞人。這會兒認真看過後，怕是對這個爹爹滿意著呢。

男人聽得一愣，女人則滿眼慈愛的看著衝她嘟著小嘴的兒子。「別看這小子小，聰明著呢！」雖有些嬌慣，卻不妨礙他細膩的小心思。

「去給你爹抱抱。」女人拍著他的小屁股，卻見話落，小兒又不好意思的埋了頭，就好笑的將他抱起，向男人遞去。

看著她遞來的小兒，趙君逸不覺怔了幾秒。那丸子被迫雙腳離了榻，臉衝著自家娘那兒，害羞得不停蹬著小短腿，這讓只能看著他後背的男人，還以為是不願意。

抬眸，見女人笑著不斷給他打著眼色，男人才釋然的勾唇一下，抬起雙手的同時，還先緊張的在身側兩端擦了擦。極力穩著有些抖的手，男人將大掌橫穿過小兒的腋下。

當女人鬆手的一瞬間，小兒又是踢蹬了一下。這一踢蹬，令男人心頭一緊，卡著他腋下的雙臂則快速一收，將小兒繞過小桌，一把將之放在他的腿上。

當軟軟小小的身子一坐上他的腿，背靠在他懷裡時，男人心裡瞬間湧起一股不可思議的柔軟。將大掌穿過丸子的腋下，來到他圓滾滾的小肚和胸前，感受著那急促的小心跳，男人喉間莫名泛起了哽咽。

抬眸，看向旁邊同樣紅了眼的女人，喉間滾動想說什麼，卻見女人用纖指輕指了下被他抱著的小兒。

男人見狀，低眸看去，見小兒那小腦袋這會兒正低眸看著那放在他胸前的大掌，小藕粉的胖手指開開合合的來回捏了好些下，就是不敢去摸親爹的手。

男人勾唇，將另一大掌攤開。

小兒仰頭，看到一張笑得很慈愛的俊臉，後仰著小腦袋的小兒，小臉莫名的泛紅。「爹爹？」

男人隨著他這聲爹爹，只覺心堵嗓子眼般，只淡淡的輕嗯了一聲，抬掌，將他軟似麵團的小手握在大掌中。

頭回感受到父親大掌的小兒，很激動的大叫一聲。「娘、娘，爹爹，掌掌大！」

女人點頭，小兒則莫名歡快的咯咯脆笑了起來。笑聲穿過樹屋窗外，繞過黑夜的燈火，在這寂靜的夜晚，顯得溫馨至極……

當天空泛起了魚肚白，早起的趙家村村民，已經開始做起早飯，整頓生意要用的東西了；桃園這邊，那掛著的燈籠裡，蠟燭也早已燃盡。暗淡的紙燈籠，襯著兩亮的天空，顯得有絲絲蕭瑟。

李空竹他們所在的屋子，一家三口，除小兒挨著自家爹爹正睡意酣濃外，餘下的兩大人依偎在一起，幾乎是徹夜未眠。

李空竹腫著一雙核桃眼，嗓子乾啞得快冒了煙。靠在男人的懷裡，似還有些不真實般，將他的手臂摟得緊緊的。

趙君逸低眸把玩著她的青絲，眸中是說不出的狠戾與痛惜。聊了一夜，女人除前面小兒之事說得很詳盡外，後面她幾乎是不願多提的一筆帶過。

可精明如他，又豈會不知她為他所做的一切？當初在變、雲兩國貿易區被華老找到時的那兩天，他從華老口中得知了崔九出使雲國時，開給雲國的條件與帶給雲國的技術。

那貿易區聽說還會建了人人作坊，收了雲國的果子。如此會被做大的人人作坊，那利益龐大，難不成崔九會不聞不問？且不先說這裡，單論崔九截他信件一事就不難看出，作為帝王，崔九遠沒有白白出力的心思，甚至連基本信任也無。

心中冷哼了聲。趙君逸憐愛的撫著女人的頭，埋頭在她髮上親吻了一下。「先睡會兒，還有一會兒天才會大亮呢。」

「你不怪我？」女人搖頭，啞著嗓子的抬眼，望進他的深眸裡，是無盡的無助與柔弱。

男人將她摟緊幾分，大掌握著她的纖手，心中難掩難受的低語。「不怪。」謝她都來不及，又如何會怨怪？

何況她本就有給他提示，是他一直沒當回事，以為那是她故意添的情趣。論到底，還是他太過疏忽大意了！反倒是她將自己一直擱在心裡，為這個家付出。

女人點頭，把他手指伸直，用纖指描著他的掌紋。「論以前的種種，我忽然發覺自己好幼稚，真當危難來臨時，才後知後覺的發現以前計較的一切是多麼微不足道。再愛的錢財、再是好勝的賭氣，都不值一提。我甚至都在氣自己，為何會瞞了你？在以為你回不來時，還覺得好生自私，竟是讓你，讓你……」讓你差點死了也不知自己還有個兒子。

後面的話女人沒有說出口，那流了很多淚水的眼眶又開始刺痛起來。

男人的大掌愛憐地拭去她的淚水，低眸，下顎抵在她的頭頂。「我亦是。」在遇到危難之際才發現，自己竟是無比懷念她。

對於復仇，在命懸一線那一刻，顯得好生可笑。他所渴望的，在即將失去生命時，才覺得那曾經擁有的一切，是那般令他眷戀不已。

這話過後，兩人不再說話，靜靜地相擁著，沈默的享受著團聚後的靜謐。

當第一縷陽光破窗而入時，那睡在榻上的小兒也正好醒過來。聽著小兒叫娘的聲音，李空竹趕緊自男人懷中起身。

轉過身子要去抱小兒時，卻見男人伸手擋了她，道：「我來。」

女人看他一眼，見他滿臉認真，便讓開了位置。「先給他披衣，去旁邊小屋把尿。」這會兒小兒正雙眼矇矓，還沒全然醒來，叫著娘，也是被尿給憋著了。

男人點頭，僵著手腳把小兒抱起來，接過女人扔來的小衣給他披上後，抱著他便快步向另一個隔間行去。

李空竹怕他搞不定，後腳匆匆跟了進去。

一進去，就見小兒被抱得不舒服的睜了眼，再看到抱他之人時，怔怔的愣了好半晌。

男人亦是低眸看他，扯著嘴角正準備笑時，卻見昨兒個晚上還很歡愉有了爹的小兒，這時又莫名的癟了嘴。眼看又要大哭了，李空竹趕緊過去把他從男人的懷裡搶抱回來。給他脫了褲子，抱著他就給他把起了尿。聽到熟悉的噓噓聲，小兒癟著的嘴兒立刻就回了圓，抓了抓小肚皮，嚅動了兩下紅紅小嘴後，就撒了尿。

待小兒撒完尿，李空竹又抱著他行去了正屋。

後面跟著的趙君逸有些暗了眼，跟著出來時，見女人給站在床上的小兒穿衣。那慈愛溫柔的背影與那睡眼朦朧抓肚皮的小兒映出的溫馨畫面，令男人勾唇一笑。

走過去，見女人已手法嫻熟的將小兒衣服穿好，隨即又是穿鞋，又是給小兒梳頭。每一樣，女人都做得得心應手，可以看出，對於孩子，女人是真真盡到了一個好母親的責任。

心中溫暖，男人唇邊的笑容亦是越來越大。

給小兒整理好，正喚著于家的端水進來的女人，不期然的掃到了他這副模樣，莫名的臉紅了一瞬，禁不住的瞋了他一眼。「幹麼一副色瞇瞇賣好的樣兒?真真是，大白天呢！」

「嗯。」男人點頭，看了眼身上風塵僕僕的髒衣。「是多有不便。」

女人臉紅的啐了他一口，那邊于家的正好將水端進來。

一進來，就見自家姑娘腫著眼泡，樣子有些彆扭，就趕緊哎喲了一聲。「咋眼睛腫成這樣了?可得好好敷敷才行。今兒個縣令太太與府尹夫人可是要姑娘去作陪哩！」

「啊！」女人拍著額後仰了一下。「倒是忘了這事。」

那邊男人扭了巾子，遞給她時說道：「推託了。」

「不行！」女人搖頭。那可是大主顧，推了怕是會引起不滿。

「便是為我也不成？」死裡逃生的回來，難不成，生意比他還要重要？

女人瞋他一眼，卻見小兒這時已完全清醒了，在那兒仰著小腦袋，看看這個又看看那個。歪著頭的在那兒想了半晌，他又仰頭看著于家的問：「婆婆，他是誰？」

小小的胖指再次指著男人，令那好心情的男人很是怔了一瞬。下一刻，只見男人鳳眼一瞇，看著小兒時，竟是有股說不明道不出的委屈與不滿。

李空竹搗了嘴，于家的卻是哎喲一聲，將小兒抱起來。「我的哥兒喲，咋才一晚上你就忘了？這是哥兒的爹爹啊，難道姑娘沒跟你說？」

李空竹搖頭用帕子給小兒抹臉。「昨兒個還害羞興奮來著，怕是一覺給睡迷糊了。」

丸子不愛洗臉，掙著、鬧著的得了空兒，聽著爹爹兩字，那雙小小的鳳眼一亮。「爹爹？」

沒好氣的哼了一聲，朝小兒伸手，示意要抱他。小兒一看，臉兒又是一紅，轉了小腦袋，就又去拱了于家的高聳的胸脯。

趙君逸看得嘴角抽動了下。

于家的也臊得臉有些紅，趕緊將丸子給扯出懷。「那個啥，老奴回一趟村裡，姑爺昨兒回來都還沒洗塵呢。這一路的風塵僕僕，怕是累得不輕。」

李空竹忍笑的點點頭。

那邊趙君逸已無語的將小兒抱過去。見小子還背著他嬌羞的踢蹬腿，就單手把他掛在胸前，抬手就在他小屁股上拍了一把。「男子漢怎麼如姑娘家這般羞答答了？且給為父挺了胸脯。」

丸子被他這一拍弄愣了，又轉頭偷看了他一眼。見這爹爹這會兒肅著張臉，沒有半分笑意，就不覺有了幾分怯意。縮了縮小脖子，眼兒一耷拉，立刻小委屈就露了出來。

趙君逸一看，心頭頓時就扯動了一下。那拍著他小嫩屁股的大掌，不自覺的又轉去摸了下他的小腦袋。

李空竹見這對父子彆扭的樣子，笑著搖搖頭，把床鋪收拾好後，就喚于小鈴將東西理一理。而她則在洗漱好後，就把趙泥鰍喚來，領著大家下了樹屋，向山下行去。

一行人剛下山，就聽見一陣馬蹄聲傳來。

李空竹等人轉眼向那發聲處看去，卻見一匹駿馬正朝這邊奔來。女人見狀，拉著趙泥鰍將他護在身後；而抱著孩子的男人，則在馬兒跑來時，快速的飛身上馬，雙腿夾著馬腹，單手拉韁的將馬給拉住了。

馬兒仰蹄嘶鳴。

李空竹看著那單手抱兒又單手拉馬的男人，臉色瞬間一白，提裙上前，很怕小兒會因此出了意外。好在那馬兒在仰蹄嘶鳴了一下後，便安靜的停了下來，立在那裡打了個響鼻，便不再動作。

馬上的丸子雖被劍綃帶著飛了多次，可哪一次都不及現在這般刺激。這會兒只見他脹紅著小臉，很興奮的咯咯大笑，邊拍掌邊大喊著。「飛飛，飛飛——」

趙君逸低眸看著他勾唇一下，扯著馬兒轉了半圈，將他緊扣入懷，來了一句。「爹爹帶你騎馬可好？」

「馬兒？」小子歪著腦袋，低眸才看到所坐之物。只一瞬，又很興奮的大叫著。「馬兒，馬兒——吁吁！」

他沒騎過馬，倒是有坐過驢車，見這馬兒竟是這般高大，當即就熱情高漲的將平日裡在作坊看人趕車的口號給喊出聲。

趙君逸看他張著小手，在那兒一個勁兒的嘟著小嘴叫喚，難得的朗笑出聲。「哈哈！小子，且看好了，馬兒得這般駕！」說著，就見他將韁繩一扯，大喝一聲。「駕！」

只一瞬，那馬兒就如離弦的箭般，快速的朝前飛奔而去。伴隨著馬兒的飛奔，桃林小石路上，留下的是一串串小兒銀鈴般的笑聲。

李空竹在後面提著心，跟著小跑了一段，見不過盞茶工夫，兩父子便不見了蹤影，只得搖頭嘆了聲。「隨他們去。」

趙泥鰍跟在她身後，看著那馬兒絕塵而去的方向，很驚訝的道：「三嬸，俺看到俺三叔笑了呢！」他還是頭一次看三叔笑得這般開懷。

李空竹點頭，伸手接下一片隨風吹下的粉色桃花。「三嬸也是第一次見呢！」對她，男人從來只有邪笑勾著唇，偶爾表示一下心情好罷了。果然，這兒子跟女人還是有所不同。想到這兒，女人心中不覺生了幾分醋意。

回到現在改造成前後兩院的大院子，彼時趙君逸與丸子早已到了家。「娘、娘，馬兒好快呢！」看到他們進門，丸子邊喊著，還抱著個蛋塔快速的從屋子竄出來。見到趙泥鰍，小子又歪著腦袋嘟著小嘴的炫耀道：「哥哥，我爹爹回來了呢！」

那一臉的小傲嬌，看得女人是牙癢癢。

趙泥鰍卻很是寵愛的笑著摸了他的頭一把。「嗯嗯，我看到了呢！」這下可有得炫了。

果然，小子在他摸了腦袋後，又啃了口蛋塔，伸著脖子，將沾得滿臉渣的小俊臉一仰。

「我爹爹可厲害了，會飛呢，飛得比劍姊姊還厲害！」

說著，他又在那兒比手畫腳了一陣，小臉上的紅暈，因這一番的動作更加明顯了。

李空竹無語的搖搖頭，趙君逸這一招，是妥妥把他兒子給收服了。給趙泥鰍打了個眼色，著他好生看著小兒後，就向後院行去。

後院正在主屋拿衣的于家的，見到她進屋，就衝她福身。將手中的衣物交予她道：「姑爺在淨房呢，正好，這衣物就由姑娘送去吧！」

李空竹聽得點點頭，從她手中接過衣物。待她退下後，才羞紅著臉的向那側間的淨室走去。

一進去，便見那隔著的透明屏障後面，煙霧繚繞中，坐在浴桶裡的男人此時正後仰著身子，似在閉目養神。將托盤放在一邊的小榻上，女人伸脖看了他一眼，見他似乎沒發現自己，想了想，便轉身準備退下去。

「既是進來了，何必還害羞？來替我搓搓背吧，趕路近一月，身子已是有些發臭了。」

突來的淡音，驚得轉身的女人縮了下肩。不過下一刻在聽了他這話時，又不覺的嘟囔。

「誰害羞了?不過看你睡著,不想擾你罷了!」

男人沈哼。「確實有些乏得想睡,不過妳進來了,就替我好好洗洗吧,正好讓我歇一下。」這一個多月,為了快點回來,他幾乎每日都在馬上度過,便是鐵打的身子也禁不住那顛簸。更何況以他如今的身子,確實有些逞強了。

「說得好似我就有歇好,我可也是一夜未睡呢!」嘴裡抱怨著,身體卻誠實的轉過屏風的女人,眼底不自覺的露出幾分心疼。

她一轉過來,男人便改仰為趴的將後背對著她。

李空竹見他這樣,本有些不好意思而泛紅的臉,倒是正常了幾分。走過去,拿著放於桶邊的巾帕,剛要伸手為其抹背時,就瞧見了他背上的一片荊棘密布。

頓了手,看著那一叢叢縱橫交錯已經變淡的長長疤痕,女人心疼的伸手摸了上去,一點點的輕輕劃過,並不在意男人瞬間僵了身子。「是逃亡時傷的?」記得前年時,他還沒有這般多傷的。

趴著的男人睜了眼,眼中沈沈幽黑,聽著她哽咽,不鹹不淡輕輕的嗯了一聲。李空竹點頭,在描著他的傷痕時,不經意劃到了他肋下。

男人立時從水中伸手,捉住她還準備摸向前的手指。「且快快搓背,為夫暫沒那心情。」

「啪」一聲,毫不客氣的一個巴掌狠狠拍了他的背。女人剛剛還心疼紅著眼,這會兒是恨不得將他狠狠的皮鞭一回。

「你以為人人都如你這般色呢！」沒好氣的紅了臉。只見她很快速的又拿了巾帕，下一刻竟是毫不憐惜的開始大力的搓起了他的背來。

男人也不爭辯，眸子裡蘊著無限的笑意，任她將那片後背搓得通紅，也不吭半聲。好不容易氣喘吁吁的搓洗完，女人在直起身時，竟發現自己的長衣不知何時也沾上了水，被浸了個透。

嫌惡的拿手彈了彈，女人將手中巾帕朝他一扔。「好了，前面的你自己搓吧！」

男人睜著有些迷糊的眼，聽了這話，只點點頭後，就朝她揮揮手。

李空竹見他這樣，很是憋悶了一下。「真當我是女僕了不成？」

「什麼？」

「快點洗好，吃早飯了！」女人哼了一聲，仰頭轉身後，便向浴室外行去。

趙君逸看她出去後，就無聲的勾了唇，從趴著的浴桶邊坐正身，低眸看著那條從左肩到右肋兩指寬的蜈蚣疤痕，慶幸沒被她發現。他實在是怕了她了，從昨晚開始，她的金豆子就沒少掉過，為了讓她少哭點，還是別讓她看這條疤了。

用長指摸了一下那上面的針眼，凹凸的顆粒感讓他有些不悅的皺了眉。在邊界時本想問華老要點消疤藥，奈何老者那時並沒有齊全的藥材，暫時配不了藥。老者說過，這條疤痕傷痕過深，且增生的肉也過厚，便是抹了那去痕的藥，也不能全消去。

無奈的嘆息一聲，男人在快速洗完後，便出了浴桶。待換上女人拿進的淡青衫直裰，便披散著青絲走了出去。

主屋裡，李空竹正好將濕衣換下，亦是換了身淡青對襟褙子，著淺青羅裙。看到他走出來，頭上還在滴著水，趕緊拿巾帕去給他絞起了髮。

趙君逸斜躺在臨窗的榻上，享受著她難得的照顧，勾著唇。在她給自己頭髮絞乾，用青條布將頭髮隨意紮著後，就將她的手拉下，包在自己的大掌裡。

「陪我睡一會兒。」洗去一身的塵埃，在訴過離別之苦後，鬆懈下來的身子，無一不在叫囂著疲憊。

李空竹亦是有些累，可該做的事情還得做。他一路風塵僕僕的怕是連飯都未好好吃過，想到這兒，就掙了下被他握著的手。「先用過早飯再睡吧！」說著，就伸著頭，準備喚了于家的。

男人見她這樣，單手勾著她的腰身，將她給拉上了榻，鎖在自己的懷中後，便以不容置疑的口吻道：「睡覺。」

被他困在懷裡的李空竹聽罷，雖覺無奈，倒也不再掙扎，轉過身與他面對面，將自己嬌小的身子嵌進他的懷裡。伸手摟著他瘦了一圈的乾瘦腰肢，眼裡再次滑過心疼，埋首在他懷裡，陪著他一同睡了過去。

第九十六章

這一睡，兩人直睡到傍晚才醒，其間丸子找爹爹，哭鬧了好久，才被于小鈴哄去村裡跟小夥伴玩。兩人醒來時，前院已經圍坐滿了一院子的人。

因是李空竹先醒，是以她窩在男人的懷裡，將男人那沈睡的臉，直看了不下好幾十遍。正當她又手癢的想去描男人的臉時，卻見男人輕而易舉的就將她好動的爪子給抓住不動。

「醒了？」獨有的低啞男聲響起。

李空竹聽了會心的給了他一個燦笑，窩在他懷裡找了個舒服的位置。「可是睡飽了？」

「尚可。」等著她調整好，男人又將她摟近一分。俊逸的臉上沒有剛醒的惺忪睡意，相反的，那兩條俊逸的眉峰，還皺得很有個性。

「怎麼了？」

「鬧！」耳尖如他，前院的轟鬧令他有些不耐。

李空竹抬頭側耳細聽了一下，待明白過來他說的意思後，就笑著從他懷裡撐起身。「怕是聽說你回了，都想來看看呢！」說著，又很調皮的看了他一眼。「怎麼辦？當初對外可是說你去跑大生意了，如今兩手空空的回來，竟是比華老那次還要寒酸，會不會被人說道了？」

「呵。」男人隨她一同撐起身，盯著她調皮的眸子看了半晌，挑眉。「嫌棄？」

女人搖頭，抱著他的腰身，又撒起了嬌。「哪敢啊！」感激還來不及呢。

對於她的投懷送抱，男人眼深的同時，嘴角亦是不經意的勾起了一絲笑意。

已有一整天未進食的肚子，開始咕嚕咕嚕唱起了空城計。李空竹聳著肩，賴在他的懷裡不想起身，皺著鼻子道：「怎麼辦？它好像不願意哩！」

「嗯。」男人大掌環過她的腰身，摸了下她的肚子。「起來吃飯。」

女人沒再拖拉的拉著男人起身，待兩人都整裝好後，便相攜著一同開門出去。

于家的在前院招呼著前來拜訪的村人，她也時不時的會進到後院來看他們一眼。見兩人這會兒終於醒了，就鬆了口氣，上前說了狀況。

李空竹問她前院來了多少人？于家的看了她身後的趙君逸一眼後，便悄聲道：「差不多都到了。」

李空竹點頭。「我先去招呼一聲，先將他們打發回去再說，妳快去備飯菜，當家的肚子餓了呢！」

「噯！」于家的聽罷，福身後便匆匆退去了前院。

後面的趙君逸見女人說得一臉認真，就不覺挑眉一笑。「可有勒緊腰帶？」

「什麼？」女人回眸不解的看他。

男人抬步將她拉於身後。「在這兒等著吃飯，前院之事交於我便可。」說罷，就見男人瞟了眼她的肚子，抬腳向著前院而去。

立在屋簷下的女人，愣了好一會兒後，才終於將他那話給明白過味兒來。雖很想咬牙切齒的捶他，卻終因著心頭的濃濃暖意，淡淡的一笑置之。

待趙君逸將前院來看熱鬧的人打發走後，正逢玩了一天沒看到他們的丸子，隨著下學的趙泥鰍走進來。看到他爹爹正背著手立在屋簷下時，小子當即就高興的直蹦了腳。

「爹爹——」軟軟的話聲喊出的同時，小子也跟個肉球似的快速向男人奔去。

趙君逸隨著他的喊聲尋聲看來，再見到他激動的紅了小臉時，倒是滿意的勾了下唇角。步下臺階，立在那裡等著小兒撲過來抓著他的褲腿後，才居高臨下的看著他道：「去哪兒玩了？」

「村裡！」確切的說，是整個村裡，包括北山一帶的作坊那裡。

男人挑眉。那邊的趙泥鰍則衝他恭敬的行了個禮，喚了聲。「三叔！」

男人點點頭。「回來得正好，收拾好後，同去後院吃飯吧。」

「好！」趙泥鰍在回了這話後，便向著自己常住的西屋行去。

而丸子在看著哥哥走後，就仰著小腦袋，一雙小鳳眼眨啊眨的扯著男人的褲腿跳著。

「爹爹，騎馬，騎馬——」

趙君逸彎腰將他的後領提起，單手穿過他的腋下，將他給抱起。「吃完飯再騎。」

「不嘛、不嘛，現在騎，現在騎——」這會兒小桃花他們還在村口玩呢，他要騎馬給他們看嘛！

男人見他蹬著小短腿在懷裡撒嬌，不由得輕蹙了眉。「堂堂男兒家，如何這般女裡女氣了？」

小兒聽不進，踢著的小短腿在空中蕩啊蕩，還不依的叫著「騎馬」。眼看小兒已經越說越急眼，兩顆金豆子也快掉了出來，趙君逸那蹙著的眉頭，也不自覺的加深。

後面跟著的于小鈴見狀，還以為男人這是煩了小兒。尷尬的笑著，正要上前開解時，就見男人抱著小兒一個旋轉飛身，迅速向著那側院的棚子飛去。

不過片刻，男人就騎馬竄到了側門口，馬上的小兒咯咯的大笑，指著側門興奮的喊。「出去，爹爹快出去！」

男人挑眉，給了于小鈴一個眼神後，就見她趕緊快速的去開了門。不想門才打開，那馬兒就那樣擦著于小鈴的身邊，「咻」一聲快速的竄出去。

于小鈴驚呆，立在那裡，久久有些回不過神來。

這時的小兒因如願的騎馬出門，一邊大笑的同時，一邊還不停的給男人指著路。男人見此，也不拒他，只是將馬兒放慢了速度，隨著他的指路，慢慢朝著村口行去。

村裡的人剛剛才上門去見了男人，見這麼會兒的工夫，男人竟又騎著馬帶了小兒出來玩，不由得又討好的誇了幾句。待好不容易到了村口，男人在小子的要求下，在一群小兒跟前停了馬。

男人發現，坐在馬上的小兒這時竟又換了張臉孔，衝著那幾個玩泥巴的小兒，很傲嬌的一抬下巴。「馬兒，看馬兒，我爹爹會騎馬呢！」

幾個小兒聽到他喚，吸著鼻涕抬頭，頓時皆齊齊的張大了嘴。下一刻，就見小兒們紛紛扔了手中的泥巴條，快速的朝馬兒奔過來。

一下圍過來這般多鬧哄哄的小兒，趙君逸怕馬受驚，趕緊抱著丸子從馬上躍下來。誰知他這一躍，丸子不禁咯咯拍手大笑，那些個小兒亦是跟著「哇」了一聲。

趙君逸聽到這聲哇，在落地時，心頭頓時一股不好的預感閃過。果然，就在他將丸子放下地，正將馬韁拉穩安撫馬時，那些小兒皆齊齊的全衝他圍了過來。

「趙三叔（趙伯伯），我也想騎馬！」

「我也要騎，我也要騎！」

小兒們高聲的哄鬧此起彼伏著，那邊的丸子卻傲嬌的挺著胸脯推著他們。「不許騎、不許騎，這是我的爹爹！不許騎！」

趙君逸深了眸，看著自家兒子那得意的小樣子，平生第一次，覺得讓人給擺了一道。

李空竹與趙泥鰍兩人餓著肚子等到兩父子回來時，已是天大黑的時候。彼時抱著小兒的趙君逸，一臉黑沈，而那新換的青衫，也被印了好些個泥印子。

李空竹受不了的翻了個白眼，見丸子還一臉興奮著，就起身迎上去，將他抱了過來。「如何騎到現在才回？」她都快餓扁了。

男人掃了眼他手中的小兒，平靜的臉上有著一絲龜裂。「明日把馬牽去別處放養。」再這樣下去，他怕是得天天跟那幫蘿蔔頭打交道了。

女人見他這樣，不由得抿嘴輕笑了聲。「都說了這小子聰明著呢！」平日裡就是個愛鬧騰的主兒，如今好不容易有了厲害的爹，他又豈會放過這個炫耀的好機會？

對於自家兒子的調皮，女人是知之甚詳，見男人這會兒還一臉便秘樣，就趕緊岔開話，讓他去更了衣。待他換衣出來，一家四口吃完飯時，已是酉時時分。

把玩累了一天的兒子洗漱好、哄睡了後，李空竹與趙君逸相臥在榻上，看著窗外明月，說起了四月要去邊界建作坊一事。

「本打算親自去的，不過現下倒是不想動了，還是另派個人去吧。」當初想去，不過是想離他近一點，如今他平安歸來，她也沒那遠行的心思了。

男人眸子沈沈，並不回她這話，卻另說起心中的猜測。「雲國的嫁接技術與收果，崔九都交給了妳，可有什麼條件？」

女人勾唇，將他的大掌包於纖掌中，並不相瞞的道：「當初你殺了靖皇被包抄時，華老便提議與雲國結盟，那時他來了封信……大意我就不說了，就說說這分成吧，我把我手中的股份又另拿了七成給他。」也就是說，她如今已不算是人人作坊最大的股東了。

有朝一日，若人人做大到帝王都眼紅的時候，崔九是完全可以將她給掃走獨占，可即使是這樣，她也不後悔。昨兒沒有與他細說，只是不想好不容易團聚，卻讓這些事掃了興。既然他早已猜到，那自然沒有什麼好瞞的了。

趙君逸任她把玩著自己的手指，望著窗外的眸中，透著一股說不出的暗沈與狠戾。「貿易區是四月建？」

女人點頭。「聽說那裡是屬極北地帶，如今怕是才開始解凍吧！若要建作坊，怎麼也得到四月中才行。」

「嗯。」男人將她摟於懷中。「如今正好。」

「什麼？」女人不解的抬頭，見他鳳眼沈沈，覺得有什麼不對的恍然了一下，接著靈光一閃。「當家的，你該不會想去邊界吧？」

男人爽快的點點頭。「嗯。」

「為什麼？」好不容易回來了，他身子又正虛著，不好好陪她在這兒補著，為何還要去那裡？

「為什麼？」男人低眸看她，將她耳邊一縷髮別好，給出的笑意傾城絕美。「妳說呢？」

淡淡啞啞的聲音附在她耳邊劃過，女人愣了半晌，搖搖頭。如今她早沒了創業的激情，只想安安穩穩的保持現狀，與他一世安好。

男人見她發愣，顯然沒想起自己曾說的話，倒是不甚在意的又是一笑。「忘了不要緊，有人會記得的。」

有人會記得？誰？李空竹自愣怔中回神，想坐起身與他面對面的問個清楚。不想男人並不打算再就這個問題糾結下去，緊了下她的腰身，低頭衝她耳邊吹了口氣。「與我再說說，這兩年多，妳是如何過的？」

麻麻癢癢的酥意順著耳膜竄過四肢百骸，女人被他這一吹，本就有些不甚清明的腦子，因這一下更似一團糨糊。

「呃……」傻掉的人兒，呆呆的盯著某一處，竟是不知該從何說起了。

趙君逸眸中笑意劃過，低頭埋首在她的脖子處輕咬了一口。「記不得了？不若我給妳提提醒？比如從懷孕開始？」

女人縮脖，嬌紅著臉，埋首在他的懷裡，任由他如何調弄，只裝死的一揭而過。見她不願多說，他一雙手探進她的衣襟撫弄，在她驚羞的抬起頭時，一個低頭含住了她的唇……

翌日，全家總動員，開始整理起行李。按李空竹的說法，如今便是要去邊界，還是有些為時過早。

可男人卻不以為意，只道：「如今暖春，風光正好，何不慢行慢賞的慢慢到邊界？」

女人雖覺這話有理，可心裡還是有些疑惑不已。畢竟按男人這冷淡的性子，如何會有那賞景遊玩的心思？雖說疑惑，可男人是認真的，女人又不好駁了去。

在整理行李時，迎來了得信的惠娘兩口子。兩家小兒一見面，就很興奮的玩到了一起，去了側院看馬。

李空竹把惠娘請去後院正堂坐著。

惠娘喝茶時，見于家母女來往匆匆的整裝著行李，就不由得想到了邊界貿易區建作坊這事。「妳這是要去貿易區不成？那裡不是得四月才暖和嗎？咋這麼早就在收拾行李了？」再說這趙君逸才回來不到兩天，為何就不多團圓幾日，這般著急呢？

「是啊！當家的說如今春光正好，想著邊賞景邊慢行呢！」李空竹拉著她的手拍著。「正好我也想看看各地的景色。既然他回來了，又想以這種方式多陪陪我與丸子，我不若就順著他的心思走好了。畢竟丸子與他，中間可是陌生了許久呢。」

想著當初她與兒子短暫分別，便花了好一番心力彌補，他終於回來，她想讓兒子與他多多相處，這也是她願意答應遠行的原因之一。

惠娘聽了，雖說無奈，倒也認同的點點頭。

「妳這一走，少說得一年半載吧？唉，如今我們三家人，可真真是想團聚都難了呢！」麥芽兒兩口子去了頤州府，這回來一趟得兩、三天的路程，這近兩年裡，也只逢年過節能碰上一回。平日裡，也就趙猛子在開會時會跑個一趟，倒真是越來越不熱鬧了。

她嘆息了聲。「這生意做大了，也不見得好啊！」

對於這一點，李空竹倒也是認同的點點頭。「可既然已經做大，就斷沒有不繼續的理，這底下好些張嘴要吃飯，要不做了，倒是會害苦不少人的。」

「倒也是！」惠娘點頭，看著她溫溫一笑。「如今雖說日子好過了，可我總會想著咱們剛開始創業的那段時間，平平淡淡、辛辛苦苦。雖說賺得不多，可每一樣都是親自動手，那時就想著做大後吃好穿好，做個大富太太，可真真到這一刻時，才發現，有了錢就難有了閒，往日裡常在一起的扯皮調笑，在這一刻，也成了奢侈。」

紅了眼，笑著搖搖頭，惠娘又拍著她的手道：「雖妳有很多事沒有與我說白，可同是在大戶裡打滾過的，有些事面上不說，我也知妳怕是過得不易。這作坊，妳付出的心血，要比我們這些跑腿的多得多。」說著，眼淚竟是不自覺的流了下來。

「妳這一去……唉……」似再說不下去了，惠娘嘆了口長長的氣，待心情平復後，又扯了個笑，拍了拍她的手。「安心去吧！這邊的事儘管交予我們來打理，路上可得好好保重哩。」

「惠娘姊。」李空竹將與她交握的手緊了緊，心中好生感動不已。雖她從未坦白過什麼，可聰明如惠娘，想來早已猜到趙君逸的事了。畢竟能讓她走一趟邊界，又願意捐藥的，怕是除了男人外，便再無他人了。

惠娘搖頭，心裡明鏡一般。「無須說太多，妳我心中明瞭便是。」

李空竹點頭，嘴裡喃喃的與她又說了好些話。

第九十七章

兩婦人在後院話著離別，外院的趙君逸在陪李沖不到盞茶的工夫後，就被族長給喚了過去。

正午時分，飯菜才將好時，兩家小兒玩夠回來，聞著香味，還未進門呢，就已饞得開始叫喚了。

「娘，娘！我餓了——」

「我也餓了！」惠娘的兒子林子跟著喊。

李空竹端著包子出來，趕緊一人給了一個。丸子拿著包子在屋裡轉了一圈，沒見到趙君逸，就忍不住喊。「娘，爹爹呢？」

李空竹這時把飯擺好，見李沖從前院過來了，就好奇的向李沖看去。

李沖解釋道：「我剛來坐沒多久，他就被一個趙姓族人叫走了，說是讓他去族長家。趙兄弟走時，說中飯若還沒回來的話，就不必等他了。」

當時她和惠娘兩人在後院待著，兩家的下人忙著收拾東西，倒是誰也沒注意到前院這邊。他又是個不多話的，自然趙君逸如何交代，他就如何行事了。

李空竹愣了一下，想著幾年前與男人頭回送禮去族長家時，男人對族長的態度。自己也曾猜測過趙君逸怕是與族長有什麼協議，如今這個時候被叫去，難不成是到兌現的時候了？

想到這兒，女人倒是有些想親自過去看看，可家中還有客……

惠娘似看出了她的心思，瞪了眼自家遲鈍的男人，拍著她道：「若不放心就去看看。都是自家人，不用這般客氣。」

李空竹感激的一笑，理了理衣襟對他們道：「我去去就回，你們先吃著，若半個時辰後我們還未歸，就把飯菜替我們熱鍋裡吧！」

「知道了！」惠娘揮手。「快去吧！我瞅著這幫子人沒安好心，哪有人才回來兩天就被請去族裡坐的？這趙家村這幾年的變化，有眼睛的都能看到，可不能再讓他們得寸進尺了。」

李空竹點頭，正要快步出去時，不想那邊丸子見她也要走，當即就撲過來，抓了她的褲腿叫道：「娘、娘！妳去哪兒？」

「娘去找你爹回來。」李空竹無奈的蹲下身，摸了他一把小腦袋。「你乖乖與林子哥哥玩會兒，等吃了飯，娘和爹就回來了——」

「不要，我也要去找爹爹！」小兒撒嬌，扯著褲腿不放。

惠娘在一旁看得彎身去哄，卻不想小子扭著身子，硬是不幹的非要跟了去。

李空竹被磨得煩了，心裡也著急趙君逸那邊的事，無法，只得將他給抱起來。「走吧走吧！一會兒你要哭鬧的話，當心我揍你啊！」

小子如了願，邊擦著眼淚，邊撒嬌的點著小腦袋保證道：「我不會哭的！」

「這怕是不行吧，丸子還是留這兒好。」惠娘聽得直給她打眼色。小兒麼，她認為也就哭鬧一陣，哄好了，也就過去了。

李空竹卻搖搖頭。「隨了他吧！」沒人比她更瞭解自家兒子，要真哭起來，沒有親人在身邊，就是十頭牛也拉不回、哄不好。與其這樣哭壞嗓子，還不如帶在身邊的好。

招呼了一聲，她便帶著丸子開門走了出去。後面的惠娘見狀，只好又回頭去了後院，喚著還在整理的于家母女，著她們拿一個人出來，去跟著李空竹。

這邊李空竹抱著丸子匆匆的來到族長所住的宅院，見這大門大開，就伸脖向裡面望了一眼。這一望，就不由得皺了眉。只見族長院裡，趙姓族人老老小小的站了一院子不說，那正堂大開的房門裡，似也坐了不少人。

「爹爹——」丸子見她娘望過去，就伸著脖子喊道。

這一喚，另那站在院中的一院人，都齊齊的跟著朝這邊看來。李空竹隨著他們掃視，匆匆的將這些人打量了一遍。見大多數人面色難看、眼露不滿，就不由得心頭一沈。

抱著丸子，怕他害怕，便將他的小腦袋按在肩窩處。不想丸子卻不怕，也不願讓她按著，仰著小腦袋躲避她的手，又朝裡喚了聲。「爹爹——」

「是誰來了？」一道低沈熟悉的老音傳來。

李空竹順著丸子歇了手，扭身步上院外的臺階，朝裡面應道：「是我，族爺，我來尋當家的回家吃飯呢！」

「原來是老三家的啊！」裡面的老人故作才聽出的哦了一聲。「那趕緊進來吧！老三怕是還得等一會兒才能回去吃飯呢！」

「不用，我這便回。」不等老者的話音落下，裡面有淡淡的男音也跟著傳出來。

隨著話落，就見男人已經步出堂屋，立在屋簷下，眼神正好直直的朝著進院的兩母子看來。

「爹爹——」小兒一看到他，立即扭著身子尋他抱。

男人見狀，與女人交會了個眼神，看女人點頭後，才步下了高階。兩方相遇，女人便將兒子遞予他。

小兒一到父親懷裡，立刻就賣嬌告起了狀。「爹爹，娘給林哥哥拿大包子，給我拿小包子。壞——」

「誰壞？」男人見他嘟著個小嘴來摟他的脖子，就單手將他的小屁股托起，給了他一個舒服的位置。

「娘壞！」

這小子，拿包子的時候沒見有意見，倒是到這兒來告狀了？

沒好氣的瞋了他一眼，李空竹哼道：「那包子都一樣，要啥大個的？」說著眼神瞥了眼屋子。「再說，就是皇帝都不能阻止，難不成不一樣，就得用強不成？蠻不講理也得有個限度，是大是小一樣好吃，不都是一鍋出來的啊？」這兩年占著她發家的便宜，又想來占了男人的？臉還真大！

男人眼中笑意閃過。

小兒見自家娘說得好大聲，那凶巴巴的樣子，令他害怕的縮了下脖，摟著父親的脖子，委屈的指控道：「娘凶！怕。」

趙君逸拍了他小屁股一下。「男兒大丈夫，可不興了哭。」

「嗯。」也不管聽沒聽懂，這會兒被他娘嚇著的小兒，為了可繼續依靠親爹，自然是他說什麼，就是什麼。

他們這一家三口的話外音，令看著他們的一眾趙家族人聽了，個個面色難看不已，就連那坐在堂屋高堂的族長也走了出來。

聽了這話，再看他們一家三口，族長精明的眼中閃過一絲惱意。「老三，你當真要說話不算話？」

趙君逸抱著小兒轉身，看著老者，鳳眼亦是深沈。「並非君某說話不算話，若是修葺祠堂，再風光修了祖宗墳墓，以君某如今妻子掙的錢財，自然是小事一樁；可要千頃良田，光宗耀祖一事，請恕君某實難做到。這趟能回來，於我已是不幸中的大幸。

「老頭你既已猜到了我所做之事，想來在去歲時就該知了，這班師回朝的大軍中，根本就沒有提過主將是誰，皇上御駕親征一事，也是全民皆知。所以，你老所盼望的加功進爵，想來已不可能了。如今的君某，不過是個商人之夫罷了，哪能光宗耀祖。」

上首的老者聽罷，不為所動的冷冷看他良久。「當今聖上仁愛，想來你既有立功，便不會埋沒才是。老三啊！人，有時還得講信用啊！你不也說了男兒大丈夫？一口唾沫一口釘，難不成說出的話，是能隨意翻的？」

這是想逼他？趙君逸冷冷勾唇。「若我是平安順當的歸來，是正正經經當著天下人受封的話，我自然沒有推拒失信的道理。可如今，我的命早不屬了我，這份封賞，就是聖上要給，我怕也是不會領！」

命不屬了他？什麼意思？

族老皺眉。想著多年打算，難道真要在這一朝淪落成空？要知道，如今可是他們趙家大翻身的好時機，若錯過了，等趙家族人下一回出人頭地之時，又要等到何時？

族老眼中一沈，拄著的枴杖也跟著在地上重重一擊。

李空竹這邊算是聽出點味兒來了。

敢情他們這是在這等著呢，想等趙君逸加官進爵，給他們趙家光宗耀祖。不但這樣，這以後男人若真成了將軍，被賞了千頃良田、金銀無數，敢情這良田還要給了他們？

這是想當族田來要，做大趙家家族的節奏啊，倒是好生無恥的條件！趙君逸當初怎就輕易答應了？

女人不可思議的轉眼去瞪著男人，卻見男人苦笑的勾了勾唇。他能說當初是看復仇無望，不過是想得個安身之所，隨口胡謅嗎？

不過顯然這麼短腦子的思維，不能在女人面前露出來。他不自在的咳了一聲，男人用空餘的另一手去抓她的手，用眼神示意她快走。

李空竹點頭，正準備抬腳時，上首的枴杖敲地聲又一次響起來。

不得已，兩人又齊齊向上首望去。

卻見族長眼神暗沈，看著他們，話幾乎是從齒縫裡迸出來。「你這是想拿我趙姓族人當小兒玩弄不成？老三，在你走了這兩年多裡，你問問你那婆娘，我趙有慶，在她被大房、二房逼迫時，可有不公的去護了那兩房？如今那兩房離開村子已兩年有餘了，在外是死是活，我趙家族人可是一點也未探聽。這以你的本事，不會不知吧！」真當他老糊塗了不成？這村中有啥詭異之處，真當他不知不成？

他能憑著邊界打仗、李空竹出走等事猜出他的事情，就不難知道這村中存在會武之人。他說他是死裡逃生出來的，可憑著當今聖上對他們作坊的鼎力支持，會沒有人與皇上報了信兒？

這明明能得的封賞，他偏偏說不會受封，這是真拿他們當猴耍不成？

當年為了給他身分，讓老趙頭能養他，那時的族裡那般窮困，自己還是強擠了十兩銀出來作為養他的本錢。他當初既是心安理得受著，如今就不該反悔了去。

「族長好意，君某自然心存感激，可就事論事，一碼歸一碼。君某亦說過，此命不再屬了君某，君某亦沒有自由支配的權力。若主子不允我受封，我便是死，也斷不會受。」

又是這話！老者心火大盛。「你便是用藉口，也用個可信的。你說你的命不歸了你，你有了主子，那你的主子是誰？說……」

「我便是他的主子！」不待老者話落，一道冷然的女音高聲將之打斷。

眾人聽得一怔，待尋聲望去，皆不由得齊齊張大了嘴。說這話的不是別人，正是那立在男人身邊，與之牽著手的李空竹。

「胡鬧！」族長率先回神，看著女人不由得怒喝出聲。「妳一婦人，為人妻者，竟敢說出如此大逆不道之語！即便妳有那驚天才能，憑著這一句夫為妳奴，便是休棄妳、鞭笞於妳，妳也不能反抗了去！」

說著，老者又再次一個大力拄杖，那看著她的眼神，直恨不得吃了她般，彷彿若她敢再亂說一句，當即就會令人鞭笞了她。

李空竹也不懼怕，看著他，卻還好心情的勾唇笑了起來。

「妳笑什麼！」院中之人，不知是誰不忿的出口一句。

隨著這話一落，彼時沈默的眾人亦是紛紛衝她怒目而視。

李空竹呵了一聲。「鞭笞我？就憑你嗎？說句不好聽的，我若這一刻丟手人人作坊，下一刻就能讓你們重回到比以前還艱難的境地，你們信與不信？」

「丟手人人作坊？」眾人聽得大驚。

上首堂屋裡的眾長老，這會兒也終於有所動作的全跟了出來。

族長聽了這話，雖心中亦是驚了一跳，不過面上卻是冷笑一聲。「丟手人人作坊？老三家的，妳真當我們是糊塗人不成？誰不知妳如今比起那皇商來也毫不遜色，妳若丟手人人作坊，損失的不是妳自己嗎？」為了他們這幾百人，她能捨得下那般大的本錢？

若說不與他們合作他還信，丟手人人作坊？當真是天大的笑話！

族長這話，頓時就引起驚著的眾人共鳴，也都覺得那是不可能的。不過也有那聰明的想到了其中的關卡，雖對於壯大族裡與有榮焉，可對於一些較遠的族人來說，族裡富了，於自己卻沒有多大的實質好處。

如今大多數趙家族人，都得著人人作坊的好，還真怕這事過後，人家不願再合作了。想著的同時，先前還怒目的一些人，這會兒大多都低了腦袋，想置身事外了。

「不信？」李空竹將下巴一揚，卻不以為意的哼笑一聲。「想來大夥兒也都知道我要去貿易區開新作坊的事，也與那雲國簽了契約。這般大的買賣，族長以為我一人吞得下去？」

族長聽得驚了一下，似想到了什麼。

那頭又聽得女人道：「不妨告訴大家，如今的人人作坊早已易了主，我如今也不過是為別人做苦工而已，得的銀兩，遠沒了從前那般多。人家看中我的才能，讓我繼續做那面子上的股東，要我將作坊做大，當個財神；可我若不願做了，死活要丟手，族老覺得，那幕後之人能放過你？」

這可不是吵吵鬧鬧能算了的，這可是關係著皇權，得罪了皇權，便是下獄都是輕的。若上頭不開心，屆時再隨意一個藉口，那趙家村上百口的族人，豈不是就再不存在了？

想到這些的族長，後背不禁冷汗涔涔。

李空竹卻在這時轉了身子。「當家的能回來，與我淪為做工者不無關係。族爺，這裡面水深著呢。當家的既是不願受封、兌諾，怕是不想將你們攪進來，畢竟有些事，知道得越多，可就越危險了。」

李空竹說完，轉頭看了男人一眼。見男人勾唇，兩眼滿是笑意地看自己，就沒好氣的衝他瞋了一眼。「還不走！」

「這就走。」捏著她柔荑的大掌緊了一分，男人隨著她的嗔意，一手抱兒，一手拉她，快步向院外行去。

身後，趙族長這會兒已完全白了臉。

一些跟著明白過味兒的長老，同時嘆息的搖搖頭。「當初只知道他非富即貴，卻萬沒料到會攪到如此深淵。族長，這富貴，享不得啊！」

有長老附和，看著門前開得繁盛的山桃花。「其實這樣也好，如今咱們也不是過得不好，孫輩能念書，兒女有活兒幹，地裡莊稼一年也不少，幹啥還非得去掙那個啥千頃良田、加官進爵呢？」

「是啊，光宗耀祖之事，還是另交給趙家小兒們去努力吧！你我該是到了享福的時候了。」

眾人你一句我一句的相勸著，趙族長卻似呆了般，立在那裡，白著一張臉，久久緩不過神來。

李空竹在與趙君逸一出了那族長院，就忍不住大大的吐了口氣。「真是晦氣。一個、兩個的都他娘的不懂消停，真是，這柿子捏不軟，就不知換個捏？真當鍥而不捨能真如了願？」

說著，又轉首看著男人。「你是不是傻？你平日裡不都冷酷精明得不行嗎，當初怎就腦子抽抽的答應了這事？」這麼不公平的事他也能忍？他不是手段挺厲害的嗎？當初的鄭氏、李梅蘭與趙家兩兄弟，哪個是他的對手？

越想越氣的女人，在那兒單手扠腰，對他哼哈了好一氣。末了回過神，見男人竟是一臉愉悅不已，不由得又是一惱。

低眸，見手還被他抓著，就又是一個狠甩。「放手！」她才不要讓腦子犯抽的人牽呢，這事兒，想著就來氣。

男人任她甩，不但不放手，還將之越捏越緊。女人過往一向溫言軟語，很在乎形象名聲，對於她這回難得的發火，還是為他，男人心頭高興，竟惡趣味的還想看她多凶自己一會兒。

那邊女人被他捏得手疼，見死甩也甩不開，不由得心火更盛。「趙君逸，你耳聾了不成？我讓你放手！」

「不放！」這輩子也休想他放手。男人回答的同時，那欠扁的笑意就又露了出來。女人看得著惱，偏心頭卻因他這一瀲灩之笑，開始不爭氣的怦怦鼓動著。見掙脫不開，臉兒泛紅的氣惱起自己的無用來。

那坐在父親強有力手臂上的小兒，摟著父親的脖子，把頭埋在父親的俊臉旁，眨著一雙水漾的小鳳眼，看看母親，又看看笑得甚是好看的父親。想了想，小兒縮著小肩膀，朝父親耳邊嘟囔道：「爹爹——娘凶！」

男人回眸，見他一臉認真的眨著小鳳眼，那泛著笑意的淡粉薄唇，嘴角是愈加上揚了。

「嗯。」將懷中小兒向上撐了一下，男人在回答完這話時，便不動聲色的把頭轉正，拉著一臉紅暈滿滿的女人，心情甚好的繼續朝家的方向而去。

待一行人回來，與等著他們的惠娘一家吃過飯後，兩家人又就一些事兒開始相商。

李空竹因這一去，怕是會很久，並不打算將于家母女帶去，而是準備買了新人，在路上慢慢調教。

于家的雖不贊同的想跟，可于小鈴年歲不小了，該是到了說親的時候；加上于叔跟于小弟在這兒工作，李空竹不想拆了他們一家，留他們在村裡看房，是再適合不過的。

于家的沒法反駁，最終只得含淚應了下來。

行程之事，本與趙君逸定在明天出發，買奴之事，也是打算今天辦完，可沒想到迎了惠娘他們來聚後，還出了趙家族裡一事。是以，這出發的事兒，只好暫時推遲一天。

當天晚上，惠娘一家留在了這裡。第二天時，兩家人在吃過早飯後，便又一同去了鎮上。來到鎮上，隨著李沖到了牙行，李空竹與趙君逸選了兩名十三、四左右的小丫頭。

因趙泥鰍也要同去貿易區，再加上還得需要幾個趕車的，是以李空竹又挑了三個年近四十的中年人並一個十歲左右的半大小子。這小子，便是李空竹給趙泥鰍準備的書僮。

待一切準備就緒，隔天一早，他們一行人便坐著馬車，以遊玩的方式向邊疆行去。

路上，丸子興奮得手舞足蹈。看到父親騎馬，小子就抖著一身肉的尖叫起來。「爹爹——馬兒、馬兒！」

趙君逸勾唇，單手伸了過來，示意他去。小子一見他伸手，急得是頓時就要從窗口蹦出去。

李空竹在後面把著他，對著他的屁股就是一拍。「你這一身肉的，能拱出去？當心卡著了！」說著，就令車停下，待將小子從車門送出去後，才又啟程。

他們這邊一路慢悠悠的向北行走，那邊遠在京城的崔九，卻在他們出行的頭兩天，才剛收到來自極北貿易區和環城鎮傳來的消息。

當時他還不知道趙君逸又再次快速啟程去了極北。剛得到男人的消息時，他當即就擬旨一封，令傳旨之人快馬加鞭的趕往環城，大意是想傳男人擇日進京覲見。

誰知，還不待這邊聖旨進村，那邊以劍寧為首的暗衛，卻又帶來了趙君逸離開的消息。

崔九在得知後，除了撤走環城的暗衛外，又著人帶著聖旨向邊界趕去。

第九十八章

李空竹他們一路走走停停，帶路的趙君逸並不按著常規的大道而走。有時來了興致，甚至還會另走其他地方，在那個地方逗留個一、兩天後，再又重回正軌的慢慢前行。

李空竹不知他搞什麼鬼，一路上也樂得清閒，時常帶著兩小兒下地郊遊行走。空閒了，還會讓趙君逸帶著她騎行一段，夜晚時，女人還會令他給她講講行軍打仗之事。

別的還好說，打仗之事，趙君逸最難忘的便是那段爬山之旅，對於朦山山頂湖泊的美景，他至今都記憶猶新。

彼時一行人將車停在一處山林道上，點了篝火，坐在旁邊，一邊看著那樹間偶爾透下的繁星星光，一邊聽著男人低低淡淡的平淡敘述。

李空竹把睡著的小兒抱在懷裡，頭靠在男人肩膀，聽完這段行軍之事後，感慨的嘆了聲。「難得聽你將一湖給描述得這麼細緻，想來，是真的很美吧？真想去看看！」

回眸看了眼她那冒著星子的雙眼，男人無聲的勾唇換了個姿勢，待將她勾入懷裡，找了個舒服的位置後，輕笑道：「怕是很難。」

一路的艱辛，當初他們那群糙老爺們可都是付出了血的代價才強登至頂，即使他能記得所有的危險之路，現下讓他重走一遍，也不能保證就一定能平安順遂到達峰頂。

李空竹可惜的輕嘆了聲。這要是擱在現代，有如此絕美之景，只要等著有人發現後，開發成旅遊景點，就能去看了。

不過那樣的話，倒是失了自然的原味。樂觀的聳了聳肩，女人爽快一笑。「算了，有些事、有些物，不容易得到的，才更加難能可貴。留在心頭存個念想也好，這也不失是一種美好。」

男人聽罷，看著被篝火映得明明滅滅的女人臉龐，那一臉的溫婉明媚，一如當初初見般，竟是一分未改。伸了手，長指不經意的從她臉龐劃過。

女人感受到他的觸碰，仰頭看他。見他眼中亮得嚇人，臉兒就不自覺的起了一絲紅，眼角亦是有些擔心的向另一邊的下人們看去。

見大家都規規矩矩的各聊各的，有的甚至已坐在車轅上睡著了，就不由得輕吐了口氣。

男人感覺到她的緊張，倒是好笑的勾了唇，收回撫她臉的手指，將小兒接手過去。「不早了，夜風寒涼，早些回車上歇著。」

「好！」女人點頭，看他抱著丸子起身，向趙泥鰍所在的騾車行去時，臉上揚著的溫笑，是從未有過的幸福。

此後，又歷經了長達大半月的行車，待他們正式到達極北之地時，已是四月下旬快五月初了。雖說這會兒地早已融雪，天也暖了起來，不過對於他們的計畫來說，也還不算太晚。

在原靖國邊界的一處小鎮裡，他們找了個乾淨的庭院租下來，待安頓好，又歇了一天。

隔天，李空竹與趙君逸坐著馬車，去了現今所在的貿易區。

一到那處被劃出的兩國邊界處，就能看到那裡正到處在大興土木。來來往往的兩國人中，有些小攤已經先行擺賣了出來，車行慢慢的看了一路，雖說擺賣的品種不是很多，倒也有些像模像樣。

李空竹掀簾看了眼那穿插在兩國百姓間，穿不同制服的兩隊官兵。見兩隊人相碰時，雖說不怎麼交流，倒也十分平和。

「這便是維護貿易區的守衛？」

「嗯。」男人斜躺在上首歇息，閉眼根本不看。

李空竹用眼角瞥了他一眼，放下簾子後，為自己斟了杯茶，想著剛剛一路看到的擺賣。變國這邊倒是品種多多，雲國那裡卻只有一些皮毛跟草藥。

要說新奇的，倒是看到有賣牲口。李空竹抿了口茶水，想起某草原盛產的黑白花奶牛，那可是個好東西，也不知這裡有沒有？

想著，女人眼睛立即冒起了綠光。

「啪」的一聲將茶盞放下後，就見她又快速的掀了車簾，伸長著脖子，一雙眼一瞬也不瞬地仔細盯著那來來往往的攤販。

趙君逸聽到聲響，疑惑的睜了眸。看到女人的行徑後，又不覺的輕蹙了下眉頭。「在找什麼？」

「奶牛。」

奶牛？男人瞇眼，半撐起身，順著她漏出的空隙看去。見車行晃過，那牲口倒是看了不少，瞧她的神色，卻沒有一種是她所說的奶牛。

想了想，男人便又重躺回去，閉眼，任由她去。

逛完了貿易區，車行轉向那駐紮的軍營地帶行去。待行到目的地，躺了一路的趙君逸終於起身，下車後，親自去與那駐守的城門士兵溝通。

李空竹等在車上，兩刻來鐘時，突然聽到一陣整齊劃一的腳步聲。

不待她反應過來，又是一個大喝之聲響起。「駕！」話落，騾車竟快快的向前行駛起來。

李空竹驚了一下，正準備去掀車簾問怎麼一回事，卻聽得那位換了的「馬車夫」這時竟是爽朗道：「小嫂子莫怕，俺是奉將軍之令來接妳進城呢！」

一聽是趙君逸下的令，女人倒是鬆了點心，再回想起這聲音有些熟悉，便猜著怕是昔日她赴邊界時曾見過之人。笑了笑，亦是朗聲回他。「知道了，那便麻煩這位兄弟了！」

「嘿嘿，不麻煩！」

漢子獨有的憨厚之聲，令李空竹是徹底的放了心，抿著嘴又與他說了兩句後，便又重新坐好。

待到一處府宅的側門處停了車，女人掀簾出來，一個抬眸，便瞧見趙君逸同華老站在那門洞處迎接她。

近兩年不見，老者雖依舊故作那不快的瞪眼狀，可整個精神狀態卻顯老不少。她心頭泛酸，面上卻帶著笑意，下車調侃道：「人說一別經年，物是人非，如何在我看來，才短短不過幾百日夜，華老，你竟然蒼老了十歲不止？」

「胡說八道！」老者哼唧的一個瞪眼吹鬍。「老夫向來身康體健，妳個黃毛丫頭，休得胡亂說道。」

見他精神頭上來，女人捣嘴輕笑。「是是是！您老身康體健，便是再活五十年，也還會如今朝這般風采依舊。」

那邊趙君逸走過來，伸手握了她的柔荑。老者看了眼兩人交握的手，又故作冷臉的哼了一聲。「倒是拍得一手好馬屁！」說著，就讓著兩人進了院。

待來到正廳上了茶後，幾人就近來的狀況又互相調侃了一番。待見事兒說得差不多了，便轉入正題，又開始說起了建作坊一事。

李空竹也不扭捏，放下茶盞拭了嘴角後，只聽她道：「如今天兒正好，倒是隨時可啟建，今兒個來，本就是來跟您老彙報的。不知朝廷，有沒有給我們安排地皮？可有指定讓我們建在哪兒？」

一說到朝廷，華老不經意的看了男人一眼。見趙君逸只作看不見的低眸喝茶，就又不動聲色的將早就備好的地契拿出來。

「早在規劃貿易區時，聖上便有交代下來。如今邊區已經開放了多月，我也早早著人把看中的地頭劃了下來，令下面的人看顧著，並不允其他的商家前來看中買走。」

李空竹點頭。想著來時看到的大興土木，看來已有不少有眼力的商人聞風而動了。如今這貿易開放正在試水階段，若成功的話，怕是用不了多久就會興了那酒肆、客棧，長此以往興旺下去。這以後的土地，只會越來越貴。

女人拿著那地契看了一眼，見位置還算不錯，且分的地皮也頗大，倒是滿意的點點頭。「既然手續齊了，待回去後，我便著手籌備。其間人事工程方面若有不足時，怕還得麻煩您老不少呢，還望屆時您老不要嫌煩才是。」

老者搖頭。「這作坊與朝廷是一體的，論不上相不相幫，若有需要，妳儘管提出便是。」

「多謝華老！」李空竹聽得起身一福。

那邊趙君逸聽他這一會兒竟又搭上了朝廷二字，倒是不動聲色的放下手中的杯盞，轉眸看著女人。「這事既已談妥，不若妳先去園中逛逛？」

李空竹怔了一下，不過轉瞬，就恢復笑意的點點頭。「嗯，你們談吧！」從在環城時男人急著走，到路上一路遊玩的一個來月的時間裡，她便猜測過，這男人怕是想與崔九算帳了。

可至於如何算、怎麼算，在這一點上，她始終都猜不透。看了看男人依舊平淡的臉，女人在說完時，又福了個身，這才轉身向外面行去。

老者著人給她帶路。待看到女人身影徹底走遠，才又轉回眸盯著趙君逸道：「皇城宣旨之人頭半月就已到了。等著你的同時，又著飛鷹傳信回了皇城，你到底是怎麼想的？這般明著抗旨，是不願做了將軍，還是說只為了出口氣？」

想著在尋到他後，寫信給女人，得到回信時女人所囑咐的事。就算是為了瞞他孩兒一事，再加上作坊控股一事，也不該這般激進吧？

想到這兒，老者嘆了聲。「帝王之術，古來皆有，如今的君心，早已不是你我所能猜測的了。趁著他還看中你，心存愧疚之時，鬧一鬧便作罷吧！」若還不識趣，屆時磨掉了那最後一分耐心的話，怕一切就為時已晚了。

男人低眸，長指磨著衣袖並不吭聲。

老者見他這樣，知他這是犯了倔，又是無可奈何的一嘆。「罷了，你心裡有數便成。」說著，便又想起那還等著的宣旨之人。「那聖旨……」

「不接！」男人終是冷聲張口，見老者瞪眼，倒是又勾唇一笑。「不若華老替我傳個口信吧。」

「你說。」老者見他還笑得出來，心中一緩，倒是收了瞪他之眼。

「便是將我所有之物，與他所想要之物作個交換，若不行，我便棄我所有之物全交於他，而他所想要之物，將永生不得重見。」

這話是何意？老者皺眉，卻見這時男人已經起身。「便是這幾句，請華老著人替我回傳吧！」說罷，就見他拱手施了一禮，隨即轉身徑直向屋外行去。

「欸，小子！」老者蹙眉輕喚，見男人似未聽到般依舊朝外走著，不由得止了聲，沈下臉的隨他去了。

李空竹在府宅下人的帶領下，行到一處涼亭坐下來。

看著那園中開得正盛的嬌豔花兒，她單手托腮的思考一陣，還是想不出自己與男人究竟還有什麼資本去與崔九對抗？

若男人沒有因那圍追堵截而逃命幾個月的話，那麼她相信男人還是有一點對抗的資本的。畢竟那樣的話，靖國攻下的大半可都是屬了男人的功勛。

況且沒有與雲國結盟，人人作坊也不用被掌控了。更重要的一點，就是她曾讓男人藏戰利品一事。

那時若是男人沒有重傷消失的話，以他的功績和那戰利品一事，拿來向崔九尋開心一頓，想來崔九也只能認栽的吃了這啞巴虧。可如今他們還有那個條件嗎？

女人搖頭，正出神之際，忽然眼前有根手指晃動了一下。定睛看去，見不知何時男人已坐在她的對面，便露了個笑。「談完了？」

「完了。」男人點頭，將她托腮之手給抓過去。「回去了。」

「啊？啊！」女人怔了一瞬，片刻又很快反應過來，隨著他站起身來，向著先前下車的側門走去。

車行回去時，又換上了先前他們自家的車夫。

李空竹與男人坐在車裡，沈默良久後，終是有些忍不住的開口問起自己的猜測。「你打算怎麼與崔九對抗？」

「對抗？」彼時男人手拿書本的抬眼看她，見她點頭，就將書一個拋出扔於桌上，招手令她近前。等她坐近後，男人順勢將她給勾入懷中，鎖緊，大掌握著她的纖手，慢慢的摩挲著。「我何時說過要與他對抗了？」

女人怕癢的拍了他一下。「既不是要對抗，你在家待不了兩天，就急急的要走，走後，又盡繞了些彎的晃著。這近一月半的時間，你若不是要躲著崔九的人，何苦費這麼大的心思？」還繞道走，這很明顯是怕碰到什麼。

男人勾唇，將她纖手在左右手中換著把玩。「不過是提個交易罷了。」

「交易？」

「嗯。」男人將下頷抵在她的頭頂。

「什麼交易？」

「作坊交易。」男人也不想瞞。

女人卻聽得心頭咯噔一跳，下一刻毫不溫柔的大力轉身。「你說什麼？」什麼作坊交易？男人看她一眼，見她面對著自己，就又是順勢一勾將她給鎖在懷裡。

「唔。」女人抗議，埋首在他胸口狠咬了一口。男人皺眉，將她拉起時，無語的看了眼那胸口的位置。

女人也不顧這些，順了下有些亂的髮，盯著他很是一臉認真的道：「你說的作坊交易是什麼意思？」是想拿作坊換什麼東西，還是想從崔九手上奪股份？

對於這兩點，不管是哪一點，都不是她李空竹想要看到的。前面一條，若男人敢做的話，她一定會跟他拚了命。如今她已經淪為半打工者了，可不想完全淪落成打工者。

可若是後一點的話，那也不行。他們如今沒有那資本，再去硬碰硬的要了股份，怕是會把崔九給惹毛了。

那個王八蛋可是自當皇帝開始，就無處不在的算計著，沒有好的資本要想從他手中得東西？簡直比登天還難！如今的她，可再不想去折騰了。

趙君逸伸指彈了彈那處被咬得起皺的衣襟，見她還一副怒目圓睜，便是一嘆。「妳可曾記得，前年妳在軍營同我說過的話？」

前年軍營？時疫那次？女人瞟了他一眼。「我與你說的可多了。」有情情愛愛、花花草草，更有那陰謀算計、謊言隱瞞。

等等，陰謀算計、謊言隱瞞？難不成是……女人訝異的張嘴，半晌，只聽她結巴道：「難道說……不會吧！」他有那麼厲害？

「這便是我與他談的交易。」男人頷首。對於這口氣，他是無論無何都要出的，就看崔九想要哪邊了。是富可敵國的寶藏，還是說可持續長年掙銀的作坊？二者必須二選一！

「你是怎麼做到的？」當初他都要逃命了，如何還有那本事去藏了寶藏？

有那藏寶藏的時間，如何就不快點逃回來？要早點逃回來，她不但不會交出人人作坊的股份，更不會傷心流淚那般久了。

如今這樣，不是多此一舉嗎？想著的同時，女人就又一個恨眼拋去。「盡幹些脫褲子放屁的事！」不知道她有多擔心嗎？

男人給罵得無語，一下子冷了臉。他那是遵她所囑好不好！想他在生命最危急的時候，還想著給她藏錢，放眼世間，還有誰能如他這般聽話？

李空竹見他冷臉，又趕緊緩了心神去拍拍他的臉蛋。「好了，好了，算我錯了。別生氣——對了，那寶藏有多少？比起作坊，哪個更划算？」

「妳想幹麼？」男人警惕的看著她那閃閃發光的雙眼，皺眉，有些不悅的問道。

「不想幹麼，不想幹麼！」女人嘿嘿一笑。她雖很想要了寶藏，可若寶藏太多的話，她也沒那福享，既然這樣的話，還不如要了作坊的全部經營權。

但，如今的作坊可不是以前的小打小鬧了，若長年做下去的話，也會是一筆了不得的收入。想了下，女人不免有些洩氣。「你覺得崔九能答應嗎？」

「會！」男人輕哼。都到了這一步，他們誰也賭不起了，若他想兩者都要，就得防他再起叛變的心。雖說自己已沒了那種心思，可並不妨礙崔九會這般想。

上位者，坐得越久思慮越多，趁著如今他還明智心軟正「好欺」，就得把該要回的都要回。畢竟那一半富可敵國的財產，比如今還未做大的人人作坊，要來得更危險一點。以如今崔九的心思，怕是很快就會妥協。

女人聽著他的解釋點點頭。雖說這只能得了一時的痛快，可以後的事，還是放眼以後再說吧！

回到了所租住的宅院，女人便把建作坊與店鋪的事，全交給趙君逸去辦，她則領著兩個小兒，每天都出去逛街踩地皮。

第九十九章

五月端午過後，貿易區的作坊建設正式進入了進程。

李空竹如今領著兩小兒，重點踩點的地方，是在貿易區買賣牲口之處。在多方走訪與詢問之下，李空竹終於找到了她想要的牲口。

那便是那種黑白花色的牛種，俗稱奶牛，其所產之地，便是雲國朦山山腳那一塊的游牧人家。在得知這一消息後，女人著男人在與兩方邊界溝通好後，便領著兩小兒去了雲國朦山山腳一趟。

彼時一到那處畜牧地帶，看著那山腳下的大片草原，並著帳篷牛羊這些，活脫脫像極了前世的蒙古草原。可不同的是，這雲國游牧民並不像外族人，他們與變國人相差無幾，就連穿的服裝，也只是略有不同而已。

因是蓄牧，是以他們多穿皮毛短打那種動作俐落的服飾，頭髮也與他們一樣，女人綰髻，男人束髮。經過雲國差人解釋後，他們很熱情的把李空竹他們奉為座上賓。

經過一番盛情款待，李空竹便與他們說起了那黑白花奶牛之事。她主要是想要奶，但若是可以的話，她更想把這片牧場買下來。

當然，這對於不是本國人的她來說，有點不切實際。是以，她在與這邊游牧之家簽訂好鮮奶的契約後，又出重金從那能勻出牛羊的人家裡，各買了幾頭小型奶牛與奶羊幼崽。

回到屬於變國的邊界時，又著男人幫著買下了原靖國朦山山腳下的開闊地帶。屆時這邊所有朦山山脈與下面被原靖國人民種的地，全都要改成蓄牧所用的牧場。

要修建牧場又是一筆龐大的資金，這對於剛買下土地的李空竹來說，又似是回到創業之初。面對著這般龐大的支出，李空竹不得不厚著臉皮去找華老，準備請他幫忙。

彼時已經五月下旬，京城也送來了給趙君逸的信。

趙君逸從老者那兒拿過信件看了後，平靜的面龐未有任何多餘的情緒。

李空竹見此，便伸手搶過看了起來。信的內容很簡單，崔九是兩者都不想放手，並還以男人抗旨為由，責令其趕緊回京。若不願，也休怪他不顧念情分，除此之外，還卑鄙的在信上給華老提出：若想妻兒安康，且須得警告其本分行事。

「他這是啥意思？以權仗勢呢！我去！」李空竹看完，是再難心平氣和的將信紙一揉，冷哼道：「虧得我還想著將作坊做大，這樣看來，是要同歸於盡的節奏？」

說到這裡，女人又轉頭看向男人道：「當家的，要不咱們現在就走吧，我就不信他能現下就砍了咱不成？若他敢砍，屆時你也別再顧我了，逃出去把那寶藏地點散布，另還有我的嫁接技術、奶牛技術；對了，還有寫好的零食食譜，通通散到別國去吧。有了這般大的財富，想來你要東山再起也容易得多。屆時若成功了，只需替我報得一仇，其餘的，便是你再娶了二婚妻，我也不會怨你半分的。」

她一邊說著，一邊又拿眼瞟了一眼華老，好似老者就要兌現崔九的威脅，又趕緊將男人從椅子上拉起來。「走走走，趕緊走，以你的身手，這會兒該是能逃脫才是。啊——」似想到什麼般，只見她又快速的行到桌邊，將那茶盞端起一摔。
「砰」的一聲，立時驚得那無語的老者眼皮一跳。
只見女人快速的將那碎片撿起，跑到老人身邊，用瓷片對著老人的脖子道：「當家的你快走，我來殿後，由我押著這老頭，一定還能拖延一段時間的。」
老者聽得徹底黑臉，男人嘴角無聲的抽動了一下。
女人依然自得其樂的又催了男人一遍。「當家的，快快走！」
「呼！」老者氣得一個大大的吐氣，見女人那一臉的焦急樣，不由氣憤的甩袖冷喝。「鬧夠了沒有？」
不說他不會隨意下令，便是到時讓他助他們一把，他也會毫不猶豫出手的。想到這裡，老者轉頭向男人看去。「不妥協？」
男人眯眼。怎麼也沒想到崔九如今竟是這般狠了，想自己為他打下了大半領土，不但沒得好，還被他截信又相挾的，如今更是連活路也不想給了！
搖了搖頭，男人握在袖裡的手不自覺的攥緊。轉眸，見女人亦是一副大義赴死、絕不妥協的樣子。
難不成，真要再叛？可他能顛簸得起，他的妻兒，他卻不捨得再讓他們吃苦了。妥協？呵！男人諷笑，想著那股窩囊氣，心頭火又竄了上來。
女人在那兒看得一臉焦急。「當家的，不要妥協，咱不怕英勇就義，大不了十八年後又是一條好漢。你要知今日一朝妥協，來日便是萬般妥協，咱要做那直挺挺的人，讓那崔九知道，便是皇權也休想讓咱低了頭。」說到這裡，女人又眼眶紅紅的看著華老。「可惜了我那兒啊，才滿兩歲，竟要被這幫狗日沒心沒肺的給砍了頭。蒼天啊，大地啊！你下個雷劈死這幫沒良心的玩意兒吧！」

華老與趙君逸兩人給她這唱作俱佳的演出震懾了，現下這兩人終於知道，敢情她這是在唱戲呢？

沒好氣的瞪了女人一眼，老者抬手就將她比在脖子上的碎片給拿了下去。「妳便是不作出這一齣，老夫也斷不會下手。放心好了，不管你們如何決策，在老夫還能掌控這地兒之時，速速準備吧！」

女人被他識破，被拿了瓷片也不覺羞，嘿嘿笑了一聲，又立刻一臉正經。「雖說有胡鬧的成分，可大多的話還是真的。本意也是想試試您老，畢竟那位，可是您外甥孫呢！」

「呵。」老者輕哼。對於崔九，如今便是他也不能再拿了身分。

揮著手，他臉露幾分疲憊。「這事由得你們去商量吧，結果如何，屆時只需來告知我一聲便是。三天之期！這幾天裡，我不會使任何手段的，想要如何，趁此期間再好好想想吧！」三天過後，便是他再不願意，也得做做樣子的下令，強制抓捕男人了。

趙君逸聽罷，起身，衝著老者深深的一揖到底。

華老看著他，不知事情何時竟變成這樣，不就是一口氣嗎？為何誰也不願妥協的退一步呢？嘆了口氣，老者再次揮手。「走吧！」

男人點頭，給女人遞了個眼色後，便與之相攜，出了華老的住處，回到租住的小院。兩小兒看到他們回來時，連忙迎了過來。

「娘、娘，剛剛有人送鮮奶過來呢，我要吃雙皮奶，還要吃奶糖。娘，妳做好不好！」丸子仰著天真無邪的小臉蛋，一雙水漾的鳳眸裡，是說不出的乖巧可愛。

李空竹低眸看著那扯她褲腿的小傢伙。

「好不好嘛——」撒嬌的小奶音，讓女人心頭一軟，鼻子一酸，瞬間覺得剛剛在華老處的硬氣，在這一刻竟是如此不堪一擊。

紅了眼眶的蹲身下去，毫無預料的，女人抱著小兒的身子，開始放聲大哭起來。崔九那王八蛋，做人太過絕情了，這卸磨殺驢的本事，他這是學了個實打實啊！

「娘？妳咋了？」親娘突來的哭泣，嚇得小兒頓時也跟著眼眶一紅，還以為是自己不聽話、惹哭娘的小兒，在那兒急急的哽咽辯解著。「娘，娘我錯了，我不要雙皮奶，也不要奶糖了。嗚哇……」

女人聽得心頭更加悲愴。她的兒子啊，她在這世的幸福啊，難道真要這麼打水漂了嗎？好不容易盼回的依靠，好不容易打拚出頭的日子，為何？為何！

女人抬眸，一雙淚眼就那樣悲戚的看著那身邊站著的男人，透過模糊的視線，男人也正赤紅著眼眶看著她。

那邊不知發生了何事的趙泥鰍，悄悄的踱步過去，站在丸子的身後，與女人面對面，懂事的拿出自己隨身的方巾，癟著嘴，給女人抹起淚。

「三嬸，妳不要哭，我跟弟弟都會乖乖的，也會好好帶著弟弟的！這兩天，我都教他認字了呢！妳不要哭好不好？」小兒說著，眼眶跟著一紅，小眼淚亦是一掉。砸在地上跟那雨點子似的，啪啪的瞬間就暈染了大片。

女人搖頭，伸手將兩小兒都摟在懷裡一起哭泣。

趙君逸看到這一幕，只覺喉頭哽咽得厲害，從未覺得自己如這一刻般窩囊透頂。想著那曾經許諾他的男人，自己還是高估了自己的本事嗎？

冷笑一聲，見三人已是哭得上氣不接下氣了，不由得皺眉喝道：「來人！」

立在一邊喚作三月、七月的兩個婢女，趕緊走過來，卻見男人已從女人懷裡接過了丸子。

丸子被他抱起，順勢就過來摟他的脖子。「爹爹——」

男人哽喉，拍著他哄他，又給三月、七月打眼色，令她們一人抱了趙泥鰍，一人又將女人拉起來。

李空竹在趙君逸抱丸子時，已經意識到了自己的錯處。

作為一個大人，再是如何情緒崩潰，也斷沒有在小兒面前表露的道理。不說他們人小害怕，長此以往，怕是會給他們幼小的心靈留下陰影。

特別是趙泥鰍，如今他已是七歲大的小兒，有了記憶，很容易會起了別樣的心思。想到這裡，女人抹了淚，又歉然的看了那邊已經止了哭的趙泥鰍。

上前去，摸了摸他的腦袋，與他低喃了幾句，道了歉，又說明自己突然哭的原因。「三嬸是心裡難受，在外面受人欺負才會這樣的，你別往心裡去，也別害怕啊——」

趙泥鰍本還以為是自己哪裡做得不好，不想竟是這樣，再聽說三嬸是受人欺負後，更是連忙保證要出頭。「三嬸，是誰欺負了妳？我幫妳去欺負回來好不好？」

「我也去——」那邊在父親懷裡得到安慰的丸子，自然也聽到了這邊的話，也趕緊表態。

李空竹會心一笑，摸摸這個又摸摸那個後，隨即露了個溫笑道：「好，待下回那人再來欺負我時，我一定跟你們說，到時，咱們母子嬸姪三人，一起去把那欺負過我的人，給好好揍上一頓，一齊欺負回來。」

「嗯！揍他！」丸子也立時表態的亮出小肉拳頭。

那邊趙泥鰍一看，也跟著挽起袖子，露了小細胳膊。「對，狠狠揍他！」

「對！」丸子再次附和，摟著父親的脖子，一顆小腦袋點得很是「惡狠狠」。

抱著他的男人看了，倒是欣慰的勾起了嘴角。那邊李空竹因哭了一場，心頭頓時抒解了不少，轉回頭與男人對視一眼後，上前將丸子從他懷裡抱過來。

丸子一到她懷裡，就撒著嬌的喚道：「娘——」

李空竹親了他散發奶香的額頭一下。「嗯，走，娘去看看那鮮奶去，一會兒給你做那雙皮奶和奶糖好不好？」

「好——」小子一聽到這兩樣東西，先頭的不快，轉瞬就給拋了個乾淨。

那亮晶晶的小眼睛，配著那手舞足蹈的模樣，令抱她的女人心情愉悅的又在他的臉上親了一口。

轉身，喚上了趙泥鰍，三人正準備向廚房去時，卻見男人提步跟了上來，道：「一起吧。」

女人轉眸，對上他那閃過溫暖笑意的眼眸，一瞬間又紅了眼眶。點點頭，仰頭將淚水逼回眼眶。

男人見狀，心意相通的伸了大掌，將小兒重又抱回懷中，另一手去握她的柔荑，將之給緊緊的裹在手心裡。女人回應著他的力道，將手指穿插於他的長指之間，十指緊扣著，與他並肩向廚房的方向走去。

人生在世，終需有捨！更深露重之時，小院主屋裡相擁在一起的兩人，看著案桌上放著的紙張，眼裡是前所未有的平靜。

「決定了？」

「嗯……對不起！」女人點頭，紅著眼眶，回身摟著他的腰肢道歉。逼著他放下尊嚴，委曲求全，她的心裡亦是十分不好過。

可為了下一代的和平安寧，她的心實在是強硬不起來，也實在不願再折騰了。若只有她一人的話，受此屈辱，別說與他叛國再逃，便是讓她與他並肩作戰的死在一起，她也不會有半點怨言。

但想著丸子那一臉的天真，和趙泥鰍的懂事乖巧，女人的眼淚又情不自禁的流了出來。她實在無法犧牲兩個孩子的大好未來，讓他們顛沛流離。

趙君逸將她緊緊相摟於懷。對於這口窩囊氣，若換成他獨身一人的話，便是拚死再與崔九對抗一回，他也不會眨眼皺眉一分。可他的妻兒，是他的死穴，容不得他半分以命相搏，更何況，他根本就捨不得。

心下難受，男人眼中出現的頹廢是這輩子從未有過的，即便當初斷腿毀容，他也未放下一身傲骨。論到底，他還是高估了自己的本事，也低估了崔九的手段。

不夠強大，無法強大，是他如今最懊惱的挫敗。如果可以從頭再來，他想，他不會再想著去復仇，當初也不會去救了崔九。變國會怎樣，靖國會怎樣，他都不想管了。

可這世上沒有如果。男人嘲諷的勾唇。

疼惜著吻了下女人的頭頂，看著懷中痛哭的她，想著自己選擇的路。在衝鋒陷陣時，受帝王欺騙不說，連他的妻兒也被監控著，如此愚蠢的自己，他是從何時變得這般無用噁心了？

男人心中懊惱著自己的無用，女人痛哭著自己的自私。兩人同時責怪著自己，用力擁抱著彼此時，內心是前所未有的愧疚……

看著那放得整整齊齊的一疊紙張，華老雙眼不可置信的看著下首兩人。

在掃到男人時，眼中的訝異更甚。他怎麼也沒想到，以趙君逸有仇必報的性子，竟會選擇如此隱忍的方法。「真決定了？」

趙君逸暗中緊了緊拳，李空竹則一臉面無表情的點點頭。

「決定了！」一股份全部讓出，黑白花奶牛的計畫書與新品這些她全寫了出來。還有其他的一些創新也全交代了，可以說，她李空竹會的，已全部都給出去了，再無保留。

「這些是我所有的底了，不求別的，只求放了我們一家走。至此以後，我發誓保證，有生之年不會再有第二個人人作坊了。」見她一臉無波無瀾的舉手發誓，老者心頭是說不出的彆扭難受。

轉了眸，再看趙君逸時，張了張口。「你呢？」真真是不再準備報復了？連著氣全嚥了不說，還願意再次遠走他鄉躲一世清閒。他能甘心嗎？

趙君逸以為他問的是寶藏之事，從袖中拿出個羊皮卷。

「翻山時偶然間覺得那是處不錯之地，劍濁一行人一直與我一起。在翻朦山之時，我便尋著了一處極隱之地，也是在那時，囑他帶人將以前所隱瞞下的所有物品轉移到此處的。行宮一戰，我之所以走在最後，一方面是幫著殿後，一方面便是將行宮所得的一些金銀，放入這做好記號的位置藏好，等著後續趕去的劍濁看管。」

將羊皮卷重又放回袖中。「劍濁半月前與我取得聯繫，他如今依然在護著那藏寶處，此圖，我暫時不會交出來。待我一家安全出境，且得到今上親自下令，保我一家幼小一世安穩後，我會親自帶領你們去那所藏之地。」

李空竹轉眸看他，男人亦是平靜的回眸看著她。「你們先行離開，我留在這裡，等信。」

便是崔九要趕盡殺絕，他亦會選擇同歸於盡。劍濁那裡，沒有他親自前去，誰也別想從他那裡得到確切位置。倘若得知他殞命的消息，劍濁便會將寶藏的消息於他國洩出，崔九這半生都休想安穩度日了。

老者聽他說完，沈默半晌沒有出聲。

李空竹默默的伸手去握男人的大掌。感受到的趙君逸，不動聲色的反客為主，將她的纖手捉握在他乾燥的大掌裡，一雙鳳眼裡，湧現出的柔情，沈得李空竹恨不得溺死在其中。

「好吧！」終於，老者再次打破沈默，將那些紙張一張張的疊好後，又道：「我這便著人快馬加鞭，將之給送往京城，至於你所提之事，亦是會同時傳達。」

趙君逸點頭，見再無他事後，便拉著女人起身。「既然這樣，那我們便先告辭了。」

老者點頭，看著他們向門外去時，似又想到了什麼般，補充道：「一會兒我會派人前往駐守你們住處，規矩行事，還望見諒。」

「自然。」趙君逸聽了並未停腳，只淡淡的點頭，徑直向著外面行去。

回到所住的小院，彼時李空竹正與兩小兒翻著花繩，那邊七月卻匆匆跑進來，喊道：「外面來了好大一批官兵！」

正玩得興起的兩小兒一聽，當即連花繩也不玩了。還不知事的丸子，甚至還覺得新鮮，興奮得向外面跑去，一邊跑還一邊大叫著。「哪裡哪裡？我要看！」

已經知事的趙泥鰍，終是嗅到了一絲不平常。大大的眼睛睜著，在看向李空竹時，滿是疑惑。

李空竹笑著摸了他的小腦袋一把。「咱們要另搬了家，這些人是來幫著看家的。」

看家的？搬家？

見他仍然不解，李空竹卻不再解釋，又再次摸了他的小腦袋。「待你再大點，便能懂了。」

再大點就能懂了？趙泥鰍歪了頭，一臉認真的看著自家三嬸。見三嬸雖笑著，可眼中卻不再有那往常的明媚光芒。到底是什麼？真的是長大後就能懂嗎？

李空竹轉身，給三月打了個眼色後，就向主屋行去了。後面的趙泥鰍迷惑的注視她的背影，一面回頭瞧，一面被三月拉回了自己所住的小屋。

第一百章

主屋裡，趙君逸坐在臨窗的小炕上，目光平靜的盯著窗外，不悲不喜，整個人安靜得好生可怕。

李空竹慢步行過去，聽到響聲的男人轉眸看過來。「當家的——」

男人點頭，讓出位置令她坐在他的身前，習慣性的伸手將她攬入懷中。李空竹靠在男人的懷裡，聽著他沈穩有力的心跳，兩人靜謐的依偎著。偶然間外面還傳出一聲丸子的驚呼，聽著那踢踢踏踏的聲音遠去，外頭小兒的天真笑鬧也安靜下來。

女人勾唇，閉著眼睛，連一絲多餘的話語也無，靜靜的樣子，配合著安靜的男人，兩人又再次無言的靜坐在那裡，享受著彼此所剩不多的安寧……

天際泛白，纏綿相擁了一夜的男女，終是在這一刻沈沈的睡了過去。待到天大亮日頭高升時，兩人才終是相繼醒了過來。

男人率先起身穿衣，女人躺臥在床，看著他胸前的傷痕，想起為他洗背那次，微微的出神。「當家的，你可怨我？」那道傷疤……

正將裡衣套上，遮住了所有傷痕的男人手下一頓，不過轉瞬，又重新繫起衣帶。那低頭沈默的樣子，令女人猜測不透。

轉了眼，看著從格子窗戶射進的陽光，女人伸出布滿青紫的藕臂，放於額頭，目光呆滯，口中喃喃著。「我倒是挺怨我自己的。」好和平，性子軟弱，又無大志向，只敢對他任性，每每給他添了不少負擔。

男人聽得回神，失神的看著沐浴在晨光裡的女人。將衣帶繫好後，轉身，將她給扶了起來。

突來的扶力，讓女人收回望向窗外的視線。見男人幾乎將她抱了起來，就不由得趕緊抓著被褥，遮住胸前春光，順勢自己坐起身。抬眸，剛要張嘴相問，卻見男人滿眼認真的盯著她一動不動。

「怎、怎麼？」結巴著，她無意識的抓了抓脖頸，將被褥又往上一拉。

「不要再說這話了，我不愛聽。」男人眸子沈沈的搖了搖頭。

說到怨，他是最沒資格說的一個人。她從來都是靠自己，他所幫之事，不過是些雞毛蒜皮的小事，比起她的大義來，他作為男人卻如此窩囊，簡直是一大恥辱。

本就無法強大到保她一世富貴榮華，如今更是連她辛苦許久的心血也要付之一炬，還得用她的點子去與崔九談條件。他這般無能、無力，又有什麼資格去怨？

女人聽罷點點頭，垂眸在那裡依然提不起勁。

趙君逸如鯁在喉，滾動著喉結，良久，只聽他道：「對不住！」不但復仇前總忽視她的感受，如今更未能保住她的心血，未能出得一口惡氣，也未能給予一方安寧，所有的失約，都是他所對不住的。

李空竹聽得抬眸，見他幽深的黑眸中，有絲絲痛意閃過。

這一刻女人才知，她在怨自己的同時，男人亦是在怨著他自己。想到這兒，心尖莫名的抽疼，喉間發堵，鼻尖泛起酸意，眼看又要催著泛紅的眼眶蓄滿晶瑩了。

「不許哭。」男人一看，趕緊抬起大掌捂了她的眼。若再哭，他怕自己再難承受那份打擊，會恨不得立刻出去，與那幫子欺人太甚的傢伙來個魚死網破。

李空竹聽得點頭，半咬朱唇的忍下嗚咽，任他蓋著自己的眼睛，坐在那裡，任淚水默默的流下臉頰。

幾不可聞的輕嘆，看著那依舊哭出來的人兒，男人再次無力的扯動了嘴角，伸手將她攬入懷裡，無半點慾念的任她哭了個夠……

將該打包的都打包完，來時三馬車的量，現今才不過居住一個來月，居然又增加了一馬車。

對於又能搬家出遊，丸子是歡呼雀躍的。只趙泥鰍敏感的發現，家中下人個個臉色不是悲戚，就是憂心重重，比起上回出遊喜笑顏開的樣子是天差地遠。

李空竹在等著男人將作坊與店面問題都交涉給華老後，私底下兩人又相商了一下路線。如今想去雲國是不可能了，李空竹想著上輩子去過海濱小漁村的事，便與趙君逸說了聲想去有海的國家。

男人想著有海的國家，便想到與原靖國接壤的東北方向有海，如今這裡也是屬北，倒是離那頭另一接壤的遼國不太遠。

若真想去的話，還得另辦個遊人的身分前去，且若想在那裡落腳的話，這邊的身分證明也不能少了。想了想，男人又著華老相幫，待拿到身分證明的清白籍貫後，一晃又是三天過去了。

終於將雜七雜八的事辦好，李空竹領著一眾幼小，在鏢隊的護送下，向那東北方向的遼國先行而去。而趙君逸與華老在送他們出城時，一行人才將上官道，就見前面突然迎來了大批整齊劃一、身著精良裝備的精英士兵。

那批訓練有素的士兵，還不待趙君逸這邊反應過來，就見他們又快速的將李空竹他們一行給包圍了。見他們這方被圍，男人立時深鎖了眉頭，一雙眼如利箭一般直直的向華老射去。

華老亦是一臉黑沈，心中不知是何緣故，被趙君逸這一掃，馬上脹紅了臉的冷眼回喝。

「你在懷疑老夫？」

男人冷哼，顯然覺得此事除了他外，再無別人能做。

那邊車裡的李空竹正抱著丸子輕輕的拍哄、安撫著，皺著眉頭，也沒有想到這一齣。心中驚疑不定，眼中更是有著濃濃的不甘加仇視。未料他們一家都退讓至此了，崔九竟是還不罷休?!

外面的趙君逸已手摸在腰間的佩劍上了，那邊護鏢的一行人，見這般大的陣仗，顯然是怎麼也未想到，自己經營一家普通鏢局，竟然會與官兵對上。

那鏢頭白著臉，左右各看一眼後，實在怕自己丟了腦袋，對趙君逸一拱手道：「這位爺，這趟鏢咱們不押了……這是你付的託鏢錢，在此就還予你吧！」說著，那人便快速跑過來，將手中拿著的銀票，二話不說，直接就想往騎在馬上的男人手裡塞。

男人看著塞來的銀票，冷著的眼眸裡有寒光劃過。

那鏢頭冷不防與他這般一對視，頓時嚇得打了個冷顫，汗水更是從額上冒出。可再是如何害怕，也總比沒了小命要強吧。想到這裡，那鏢頭又硬著頭皮將銀票往男人手上一送，僵笑道：「那個，這位爺，你看……」

趙君逸低眸，看了那抖動的銀票一眼，無聲的勾了個嘲諷之笑。抬眸，並不相理的扯著馬韁，又向前走了兩步，待行到那圍著的士兵面前，男人眼神斜斜的又向後瞟了一眼。

老者被他懷疑，本就心火旺盛，這會兒見他還朝自己挑釁，當即一個高聲冷喝，衝著那圍著的士兵群大喊。「爾等是隸屬哪個門下的將士？你們的領頭之人是誰？且速速給老夫出來！這究竟是怎麼一回事？無令亂行，亂了軍紀，爾等一個個是想受了軍法不成？」

「喲！這話可嚴重了，沒先行通知舅公，倒是朕的不是了！」

那熟悉的懶懶聲音傳來，令趙君逸他們這邊先是一驚，繼而又是一疑，還不待回神，就見那邊圍著的士兵快快的讓出了道。

人頭攢動的另一邊，一骨節分明的白皙手掌，緩緩的掀開那華麗異常的金絲車簾。只見裡面，一著黑紋長袖衣袍的男子，頭戴玉冠，手拿金絲摺扇，從車裡彎身步了出來。

待站定立在車轅上，男子睜著一雙修長之眼，眼露笑意的向趙君逸他們那邊定定看去。

「看來是朕贏了呢！」崔九不待那邊一行人回神，嘴角含笑的揮著摺扇，又道：「來啊！全拿下了！」

三年後，極北之地。

如今的靖、變兩國貿易之區，早已成了兩國的重要樞紐，那曾經不值一文的地皮，如今更是千金難得。

李空竹所創立的人人作坊，商品種類越來越豐富，那蓄牧的奶牛牧場，更是成了人人爭相想進之地。如今極北地帶所產的奶糖、乳酪、奶油雪糕這些，已成為兩國上流社會桌上待客的最佳物品。

除此之外，為了打開更廣的銷路，李空竹更將商業頭腦發揮到了極致。

比方說她會將這極北之地的奶糖、乳酪並皮毛一些難得的北方之物運往南方後，再將南方多品種的罐頭並稻米這些又運到北方來賣。這番來往舟車勞頓，自然賣出的價格，與盛產地是天差地遠。

雖說路途遙遠、車行不易、多有風險，可這難得的南北之品，卻給人人作坊帶來了前所未有的最高得利。

這三年來，李空竹不但把人人作坊擴大到幾乎遍及兩國，更與另一人又合夥開起了藥膳坊與美容養身館。

說到這個，就不得不從三年前被崔九攔下的那一天說起。

當時在崔九下令拿下他們時，坐在車裡的李空竹與騎在馬上的男人，兩人都已做好同生共死、一起赴黃泉的準備了。

誰知，後面竟又來了個戲劇性的變化。

崔九在抓下他們後，不但沒有以抗旨不遵的罪名處死他們，更是在回到駐軍地，著人放了他們後，來了個一揖到底的賠罪。李空竹與趙君逸一看他這套路，瞬間就有些懵了。

崔九在給他們賠罪後，便面上帶笑的與他們說這乃是戲弄罷了。原來，在確定趙君逸藏寶藏不是為了留隱患後，崔九便將自己的所作所為，與他們兩口子相處的點點滴滴又重新梳理了一遍。

尤其在想到女人赴邊關治時疫的那一年，想著華老曾求他繼續隱瞞截信的事，那時他便覺得事有蹊蹺，總覺心頭不踏實，認為女人怕是要報復什麼。

如今他終是想通，畢竟結合寶藏一事，也就不難猜出女人當初的設想了。雖說結果變得有些不一樣，可終究是他這個作為帝王的有錯在先，錯待了功臣。

不過雖想明白了，但在下這一道命令時，他仍存了試探之心。想著以男人的倔勁與女人的性格，做最後試探，看看他們夫妻倆最終會以何種姿態來面對這危機？

結果顯而易見，為了全家一世安寧，趙君逸選擇隱忍下這口氣，聽從了女人的安排，願捨棄不再信任的榮華，與她遠走他鄉，再次做回平凡人。

可以說，對於這一試探結果，崔九是相當滿意的。

畢竟，他可不想留下還有反叛之心的人。有了妻兒的牽扯，趙君逸這輩子只要不變心喜歡上旁人，怕是很難再與他有對抗之心了。

崔九在解釋這一行徑時，說得那叫一個理直氣壯，弄到最後，他還不要臉的想讓趙君逸重返朝堂。

結果，這夫妻倆在聽完他那些解釋，不但心中的怨氣未消，反抗之意更如火上澆油，越演越烈了。

趙君逸更是當場黑著臉的再次抗旨，拒了重返朝堂之事。對於這番戲弄跟死穴被抓，男人心頭火起，當著崔九的面，就一拳將坐著的桌椅給劈了個粉碎。

這一行徑，自是引得邊上一群侍衛緊張萬分，抽刀圍上來對峙。可崔九卻是相當氣定神閒，偏執的認為男人之所以拒回朝堂，不過是他開出的條件不夠豐厚。

是以，他隨後又開出重擬聖旨的條件。大意是重新昭告天下，告訴天下百姓，靖國乃是在他君逸之的帶領下才能成功收回，且為表歉意，他還願意歸還李空竹七成的作坊股份！

他以為這一筆筆的退讓，男人一定會答應下來。哪承想，趙君逸聽完，只涼涼的看他一眼，又對於他說的歸還股份一事提到了八成；至於廟堂，他依舊不願回，讓他無須多此一舉補上功名。

崔九聽此不依，硬要他回。

結果，爭執得狠了，男人氣得是當場抽出佩劍指向他，雙眼狠絕，聲音也是極度冷寒。

「若再相逼，此一劍之隔，以我的身手，不過是你死我陪葬罷了。」

看出男人已隱忍到了極限的華老，當即就當起了和事佬打圓場，對雙方都勸了一通。

隨即又對崔九斥責了兩句。

「做人凡事憑良心，須知有些事，你越想達到所想，越會向相反之地跑。逼得狠了、急了，連牲口都會起了反意，更何況是人？」

老者的嘆息相勸，終是令崔九軟了心思。雖仍有些不服氣，覺得對方很不識相，但看著趙君逸長劍相指，眼中已經有了決絕之意，莫名有些心虛。想了想，終是答應了男人的所求。

拿到了想要的結果，在重返出租小院時，李空竹是難嚥心口之氣的決心要壯大，準備壯大到讓崔九都忌憚、不敢動手的地步。趙君逸對於她這一提議，亦是十分贊同的傾力相助。得到丈夫的鼎力支持，又扯著皇室的這張大旗，女人終是又重拾壯志雄風的開始了擴業之路。

在擴業的時候，兩人便想過，要脫離崔九掌控的最好方法，便是另闢蹊徑。至於怎麼開闢、如何開闢，兩口子一面擴展經營，一面慢慢找尋。不想貴人在那時，卻自動的上門了。

那個貴人不是別人，就是那位曾經救過趙君逸，身懷醫術的小女孩。

女孩叫蘇諾一。當時女孩再不是趙君逸當初醒來時所見的乾乾瘦瘦，相反的，已長得十分紅潤漂亮。而她也不再住山邊小茅屋了，因一手醫術高超，她妙手回春的救下了雲國皇子，從此一步登天，與雲國皇室走得極近。

之所以她會找上門，也是因為李空竹所開的人人作坊裡的產品吸引了她。不為別的，只為了她也同是穿越而來，尋來，也不過是為心底對故鄉的想念，與身處異鄉的孤寂。

她們的相遇可以說是上天給予李空竹的最大感動，不但找到了有相同經歷的同伴，且在最需要相助的時候，老天終於開眼，不再讓他們單打獨鬥了。

蘇諾一聽完李空竹的遭遇後，兩人很快便結盟合夥。她會醫術，又與雲國高層認識，因此，她們便結合現代的一些概念，融合中藥用途，開了食樓做藥膳跟養身館，專賺上流富貴階層的錢。

除此之外，連雲國的貧瘠土地，除了李空竹簽訂的一些果樹與番薯契約外，許多山的山頭都種起了藥材。

如今的雲國，在兩個女人和雲國高層的同意下，早已不是以前那個貧瘠孱弱的國家了。即使有了與變國合作的貿易區，雲國的藥材，還同時走私到其他國家。

現在的雲國，是名副其實的富貴藥材國。為了那些高端藥材，各國對雲國是十分友好。當然，這只是在雲國看到的成效而已，在變國，因貿易區的養身館與藥膳食樓的興起，於變國國境內，也連著開了好幾家這樣的食樓與養身館。

這三年來，李空竹一次也沒有忘記當年的戲耍。崔九身居高位，他可以變臉將威脅說是戲言便是戲言，可他們卻不能傻傻的再這樣下去。有誰知道，下一回的戲言會不會變成了真言呢？

站在來來往往好不熱鬧的貿易區街頭，李空竹撫著七個月的肚子瞇眼。如今她日進斗金，變國一半以上的經濟命脈都捏在她的手上，除此之外，雲國也被牽扯在一起。

她已不是手無籌碼的軟弱婦人，崔九若想再動她，就得看雲國答不答應了。想著雲國如今皇帝寵愛的兒子正纏著蘇諾一，李空竹不由得會心一笑。

雲國之所以能容了蘇諾一和她抓著兩國經濟，不過是因為蘇諾一早晚會成為皇室之人。而她與蘇諾一情同姊妹，又與變國皇帝有疙瘩，自然樂得她們做大，與變國抗衡。

看著從遠處大步走來之人，三年時間的磨練，使得他愈加沈穩鋒利了。

「怎就站在這鬧市街頭？人來人往，如何連個作陪的下人也未帶？」男人皺起了好看的眉峰，歲月沈澱在他那眉心的一抹川印，使他平添了一抹成熟味道。

李空竹笑著拿絹帕撣去他黑色勁裝上的塵灰。「想獨自走走，就令她們遠遠的跟著了。」說著，見他牽起自己的纖手，就笑著與他向家的方向行去。「又訓練了？」

「嗯。」趙君逸點頭，低沈的道：「劍濁又送來了一批新的孤兒，如今的年歲，正是練武的好時候。」

自三年前那一羞辱，他便發誓再不投效任何一人。身為臣下，主上若有何疑心，難道他真能這般幸運，倚靠著一次次僥倖？

三年時間裡，他將原戰死沙場的遺孤與受瘟疫失親的孤兒全找了回來，組成了一支上萬人的隊伍。裡面有念書識字、天生巧手之人，也有天生適合練武的用兵奇才。

憑著朦山的山脈天險，他得到最好的練兵保障。如今的他，再不是過去手中無牌之人。他可以不造反、不惹事，但絕不再容許任何人給予第三次的羞辱！

感受到了他手上的用力，李空竹笑著輕拍了拍他。

男人回神，女人指著不遠處，家門口才下學歸來的趙泥鰍與丸子兩人，見兩人正向著這邊飛奔而來，不由笑道：「當家的，我想回環城看看。」聽說現在的環城，已經成了變國人人嚮往的地方。

惠娘在去歲時生了雙胎，麥芽兒也在三年間生了一男一女；至於于小鈴則嫁給了柱子，于家的也抱了外孫。還有驚蟄在給她的信中也寫到，今年秋闈時，已中了秀才。

三年的時間，雖說不長，卻令她很是思念。

「好。」男人點頭，眼神溫柔的自她肚上滑過，想著在華老那兒不經意聽到她懷丸子期間，因解毒而吃的苦頭。

解毒那種痛苦，就是身為男兒的他，也曾差點栽了跟頭，她能挺下來，很讓他滿心欽佩，同時心中也存滿了愧疚與自責。若那時，他能陪在她的身邊，不執意復仇的話，那些所錯過的歲月，不管她的日子有著怎樣的喜怒哀樂，至少，有他陪伴她一起度過。

想著，他緊了幾分手中的力量，道：「待到孩兒落地，海中的那處小島房屋也差不多建好時，我們就回去看看。」

他，不想再錯過任何與她相處的機會了。丸子的出生他錯過了，那麼如今這個孩子，就讓他好好彌補，陪伴著她一起迎接新生。

如今，他們有了退路，有了相護的夥伴，不管以後會碰上什麼紛爭，他們屆時只需拿著足夠的財產，脫掉手中產業，帶著重要之人，去往那建好的海中小島歸隱，一世安樂美滿即可。

他，今生，再不會放手與她別離。

「娘，爹爹——」

五歲的小兒隨著趙泥鰍跑近，白皙圓潤的臉上是燦爛的陽光笑容，張開的雙臂還不待撲過來，就被男人雙手一抄給舉得高高。

「咯咯咯……」小兒的笑聲迴盪在這熙熙攘攘的熱鬧街市中，引得路人駐足觀看，見一家四口俊美無雙、溫馨不已，皆不由眼露羨意。

——全書完

525

巧婦當家 4 完

國家圖書館出版品預行編目資料

巧婦當家 / 半巧著. --
初版. -- 臺北市 : 狗屋, 2017.05
冊 ; 公分. --（文創風）
ISBN 978-986-328-730-8（第4冊：平裝）. --

857.7　　106003601

著作者　半巧
編輯　林俐君
校對　黃薇霓　簡郁珊
發行所　狗屋出版社有限公司
地址　台北市104中山區龍江路71巷15號1樓
電話　02-2776-5889～0
發行字號　局版台業字845號
法律顧問　蕭雄淋律師
總經銷　知遠文化事業有限公司
電話　02-2664-8800
初版　2017年5月
國際書碼　ISBN-13　978-986-328-730-8

本著作物由北京黑岩信息技术有限公司授權出版

定價250元
狗屋劃撥帳號：19001626
網址：love.doghouse.com.tw　E-mail：love@doghouse.com.tw